ALTSTETTEN

Mike Mateescu ist ein Schweizer Schriftsteller und Redaktor mit transsilvanischen Wurzeln, der in der Stadt Zürich lebt und arbeitet. Er war bereits in der Grundschule Chefredaktor einer Comicpublikation, war lange Zeit in der Telekommunikation und der Musikindustrie tätig und hat eine grosse Leidenschaft für Kino, Kochen und Populärkultur. Mike Mateescu hat keinen Hund.

MIKE MATEESCU

ALTSTETTEN

Kriminalroman

emons:

Bibliografische Information der Deutschen Nationalbibliothek
Die Deutsche Nationalbibliothek verzeichnet diese Publikation in der Deutschen Nationalbibliografie; detaillierte bibliografische Daten sind im Internet über http://dnb.d-nb.de abrufbar.

Umschlagmotiv: en.joy.it/photocase.de
Umschlaggestaltung: Nina Schäfer, nach einem Konzept von Leonardo Magrelli und Nina Schäfer
Gestaltung Innenteil: César Satz & Grafik GmbH, Köln
Lektorat: Irène Kost, Biel/Bienne, Schweiz
Druck und Bindung: CPI – Clausen & Bosse, Leck
Printed in Germany 2019
ISBN 978-3-7408-0662-0
Originalausgabe

Für Martina, Pascal, Waui und Arjuna

1

Dienstag, 1. Oktober, 16.45 Uhr, Landesmuseum Zürich

Die Polizei rief bereits zum dritten Mal an, doch Enitta Carigiet liess das Smartphone zurück in ihre Lederjacke gleiten. Obwohl draussen die Sonne strahlte, wirkte Zürich jenseits der blau getönten Hochfenster, als stünde der Limmatstadt ein wüster Regensturm bevor. Sie befand sich mit ihrem Langzeitfreund Felix Vollenwaider im Industrieraum des Landesmuseums, einer bunkerähnlichen Galerie, deren Ecke über das Dach des Hauptbahnhofs hinweg zu den Panzerschränken der Europaallee zeigte. Die grün-grauen Wände waren mit vergrösserten Schwarz-Weiss-Fotos und gerahmten Zitaten geschmückt. Abbildungen der Philanthropin Harobeth Hensel und ihrem Anwesen in Rüschlikon, das Cover von Friedhelm Döhrs Romanklassiker «Gezeitenwechsel», ja überhaupt alles, was mit dem Fall zusammenhing, war säuberlich dokumentiert.

Ihr Augenpaar war bei den Polizeisoldaten angelangt, die beide Zugänge bewachten. Hinter den grauen Holzpforten rauschte und rumorte es, weshalb Enittas Augen in die Mitte des Raums flüchteten. Auf dem gesprenkelten Marmor thronte zwischen Stahlträgern eine Vitrine, die eine kleine Doppelpyramide mit Goldfassung barg. Ihre acht Seiten, gefertigt aus Kristallglas, schickten das kalte Licht der Scheinwerfer in alle Richtungen. Die berüchtigte Zorilla-Rose, auch bekannt als der grösste Schatz der helvetischen Kunstgeschichte, dessen Versicherungswert sich auf eine halbe Milliarde Schweizerfranken belief.

Für Enitta hatte der Anblick viel seines vormaligen Glanzes eingebüsst, während Felix gebannt auf das Juwel starrte. Verständlich, denn er hatte es damals kaum zu Gesicht bekommen, an jenem Sonntagmorgen, als sie es nach langer Jagd endlich in Händen hielt.

Die linke Pforte wurde erschüttert. Einer der Polizeisoldaten liess eine Museumsmitarbeiterin hereinhuschen, gefolgt von den säuerlichen Blicken wartender Besucher.

Felix schlang seinen Arm um Enitta. «Keine Sorge. Dieser Raum ist der sicherste Ort in der sichersten Stadt der Welt.»

Sie bettete die Wange auf seine Schulter und holte tief Luft. «Hoffentlich. Ich will dem verwunschenen Ding nicht noch mal hinterherrennen.» Nach jahrelangem Rechtsstreit hatten die Erben der Hensel-Stiftung eingewilligt, die Rose erneut an ihrem angestammten Platz im Landesmuseum Zürich unterbringen zu lassen – über siebzig Jahre nach ihrem Verschwinden. Nur deshalb wurde sie erst jetzt der Öffentlichkeit präsentiert. Und da ihre Auffindung Enitta geschuldet war, durfte sie die Rose als Allererste bewundern – sogar vor der Presse und der Stadtpräsidentin. Auf einmal war ihr, als würde das Juwel ihre Aufmerksamkeit belohnen, indem es seine Leuchtkraft subtil verstärkte.

«Ich weiss, wie sehr du sie vermisst.»

Enitta zuckte zusammen. «Was hast du gesagt?»

Felix wies auf die Vitrine. «Auf eine Art ist das Juwel wie deine Schwester. Ein Schatz, den du ewig gesucht und schliesslich gefunden hast. Und nun ist er weggesperrt. Die Rose im hintersten Winkel des Landesmuseums und Janita in der hintersten Ecke deines Herzens.»

«Ich will jetzt nicht darüber reden.»

«Du willst nie darüber reden.»

«Ich will einfach nicht, dass uns die Vergangenheit einholt. Wir sind doch glücklich, oder?» Sie forschte in seinem Gesicht. «Sag mir, dass wir glücklich sind.»

Er hielt ihrem Blick stand und drückte sie an sich. «Wir sind glücklich.»

Das Klopfen an der Pforte kehrte energischer zurück. «Die Leute draussen aber nicht.»

Die Angestellte, deren dunkelblaue Kleidung an die Freizeitversion der Parkplatzpolizei-Uniformen erinnerte, trat näher und tippte diskret auf ihre Armbanduhr.

Enittas Telefon vibrierte. Sie spürte Felix' Blick an ihrer Backe.

«Willst du nicht langsam rangehen? Ist bestimmt wichtig.»

«Genau das befürchte ich ja.» Sie strich mit dem Daumen über das grüne Feld. «Jena?»

«Hallo, Liebes», antwortete Kriminaldetektivin Jena Thorbach von der Stadtpolizei.

«Heute ist mein freier Tag», erwiderte Enitta härter als gewollt.

Thorbachs Tonfall blieb versöhnlich. «Wenn ich darauf bloss Rücksicht nehmen könnte.»

Sie wandte sich von Felix ab. «Ein Notfall?»

«Es geht um dich.»

«Mich?»

«Aber nicht am Telefon. Du kennst das ‹Park Hyatt›?»

Das Edelhotel lag nahe am Seeufer. Um dahin zu gelangen, musste sie sich quer durch die Innenstadt pflügen.

«Fünfzehn Minuten? Hier kostet der Quadratmeter fast dreissig Franken – pro Nacht», sagte Thorbach.

«Muss ja echt dringend sein.»

«Zumindest sehr seltsam. Bis gleich.»

«Lass uns gehen.» Enitta schritt zur rechten Pforte, die ins steinerne Treppengewölbe führte, und wurde von Blitzlichtgewitter empfangen, das rasch verblasste. Hinter sinkenden Kameras kamen enttäuschte Mienen zum Vorschein. Woher sollte die Presse auch wissen, wer sie war? Sie hatte ihre Beteiligung an der Auffindung stets geheim gehalten, denn bekannte Gesichter konnten nicht länger verdeckt ermitteln. Überhaupt hatte die Zorilla-Rose ihr Leben beinahe ruiniert, und manchmal überkam sie der Verdacht, dass deren Fluch sie bis heute verfolgte.

In ihrem Rücken öffnete sich die zweite Pforte. Schnatternd drängten Zuschauer zum Kunstschatz, und die Polizeisoldaten gaben ihr Bestes, die Ordnung zu wahren. Die Stufen einer Wendeltreppe hinab, an deren Wänden antike Skifahrerutensilien hingen, suchten sie das Weite.

Am Turm der Museumsburg hing ein riesiges blau-weisses Plastikbanner. Goldene Lettern verkündeten, dass die Sonderausstellung der Zorilla-Rose bis Ende Monat geöffnet sein würde. Gemessen an der Warteschlange, die aus dem Eingangspavillon auf den kiesbedeckten Vorplatz quoll, war dem Landesmuseum gewaltiger Andrang sicher.

Enitta eilte zu den Veloständern an der Grosskreuzung zwischen Limmat und Hauptbahnhof. Bevor sie ihr feuerrotes Rennrad erreichte, passierte sie einige Werbeplakate und blieb abrupt stehen. Eins davon kündigte einen Spielfilm an. Es präsentierte eine stark geschminkte, falsche Blondine mit Filzmelone und Hosenträgern, die eine Pistole stemmte und einen struppigen schwarzen Schäferhund an gestreckter Leine hielt. Und erst der furchtbare Titel: «Tanita Courage und der Wipkinger Klingenschwinger».

Sie trat zum Plakat und schlug mit der Faust dagegen. «Nai!», brüllte sie und platzierte gleich noch einen Hieb.

Felix bugsierte sie sachte, aber bestimmt vom Plakat weg. «Krieg dich wieder ein. Es starren schon die Kabelhilfen vom Schweizer Fernsehen.»

Enitta riss sich los und zeigte anklagend aufs Plakat. «Wie können die mir das antun? Das grenzt an Schändung.» Sie liess den Arm sinken. «Ich hatte so sehr gehofft, dass er niemals in die Kinos kommen würde. Die hatten die Dreharbeiten mehrmals unterbrochen und lagen über ein Jahr hinter dem Zeitplan. Alles sah so schön nach Flop aus.»

«Jetzt tu nicht so überrascht. Die Einladungen für die Uraufführung hatten wir schon vor einem Monat in der Post.»

«Und dennoch ...» Enitta hatte die Verfilmung ihres Lebens bestmöglich aus dem Bewusstsein verdrängt gehabt. Der

Streifen behandelte lose Stationen aus ihrer Karriere als private Ermittlerin. Etwa die Rettung der Street Parade vor einer tödlichen Designer-Droge, die Jagd auf die Zorilla-Rose und angeblich sogar den Zerstörungsfeldzug der linksextremen Chaoten namens Schandbratzen. Bestätigter Teil der Story war aber ihre ältere Schwester Janita, mit der sie sich vor anderthalb Jahren bitterlich verkracht hatte. Dass dieses Zerwürfnis nicht ihre Schuld gewesen war, machte den Schmerz kaum erträglicher.

Sie wischte eine Träne aus ihrem Gesicht und gab sich der Hoffnung hin, dass der Film nur entfernt mit ihrer Person und den realen Umständen ihres Lebens zu tun haben würde. Die Chancen dafür standen nicht schlecht, denn sie hatte von einem Insider erfahren, dass das Drehbuch mehrere Male komplett umgeschrieben worden war.

Felix strich mit dem Handrücken über ihre Wange. «Gehen wir?»

«Ja.»

«Ich meine, an die Premiere.»

Enitta biss sich auf die Zähne. Der Film war vom Turica Filmfestival ins Sonderprogramm aufgenommen worden. Die Cineasten-Veranstaltung würde noch mehr Besucher anziehen als die Rose. Vom Sihlquai bis zum Bahnhof Tiefenbrunnen warben Wimpel und Plakate fürs «TuFF», wie das Festival von den Stadtzürchern genannt wurde. Es waren gar Stargäste aus Übersee angekündigt. «Sie wird ganz bestimmt dort sein, so mediengeil, wie die ist.»

«Umso besser. Ich weiss, dass dich der Kummer auffrisst.»

Sie packte ihn beim Shirt, zog ihn heran, küsste ihn und stiess ihn von sich. «Blödmann! Ich muss los.»

***

Sie umrundete die Front des Hauptbahnhofs und bog in die teuerste Strasse der Welt, die nicht unbedingt für Velofahrerinnen konzipiert worden war. Passanten latschten ohne von ihren Smartphones aufzuschauen über die Tramschienen, während Enitta Boutiquen, Schönheitssalons und Juweliergeschäfte passierte. Wenigstens würde die Bahnhofstrasse sie auf direktem Weg an ihr Ziel führen. Eine gefällige Route inmitten von Zürichs wirtschaftlicher Visitenkarte, einem Labyrinth aus diskret-vornehmen Geldtempeln. Hinter dem Paradeplatz bog sie links in die Beethovenstrasse, an deren Ende das Seeufer lag. Sie hielt vor einem fünfstöckigen Gebäude mit einer Art Rasterfassade aus hervortretenden Fenstern. Der wuchtige Eingang, über dem ein riesiges Surfbrett aus dem Schatten ragte, erinnerte an die Einfahrt eines Parkhauses – und tatsächlich hatte hier einst ein solches gestanden. Enitta war bekannt, dass Parkhäuser in Zürich heilige Stätten waren, aber dass man in deren Gedenken gar Hotels benannte?

Drei VW-Busse der Stadtpolizei hatten weite Teile des Trottoirs okkupiert, und Beamte unterhielten sich mit Herren in feinem Zwirn. Enitta kannte mindestens zwei der Polizisten persönlich, wurde aber dennoch um einen Ausweis gebeten. Dass sie ebenfalls zur Truppe gehörte, schmeckte längst nicht allen Kollegen in der Urania-Wache. Sie brauchte bloss in ihre Jacke zu greifen, denn den Bändel mit dem Plastikausweis trug sie stets um den Hals, wenn sie für die Stadtpolizei unterwegs war. Also grundsätzlich immer, wenn sie die Wohnung verliess. Jenseits einer voluminösen Drehtür wurde sie von höflichem Wortschwall umfangen. Zwei Angestellte in schlichten schwarzen Uniformen grüssten lächelnd aus der Distanz.

In dieser Welt, Janitas einstiger Domäne, wurde immer gelächelt, wenn man bedeutend genug erschien. Hinter einer niedrigen Decke eröffnete sich nach wenigen Schritten die Lobby. Links befand sich die Rezeption, rechter Hand ein Café mit immens hohen Wandvorhängen und schlummernder Feuerstelle, und dazwischen war eine verdrehte Plastik aufgebahrt. Ihr Dad hätte sie wohl mit einer Schnecke nach einem Transporterunfall verglichen.

Die Einrichtungsfarben pendelten zwischen nussbraun und cremefarben, und an den Wänden hingen gemäldeähnliche Teppiche. Sie verlangte nach Jena Thorbach und wurde zu den dunklen Liften geleitet. Im zweiten Stock führte die Angestellte sie über einen violetten Teppich mit gelben Farbstrichen, der den Klang ihrer Schritte gänzlich verschluckte. Die orange-gelben Korridore waren so dämmerig, dass das Abendlicht blendete, als es durch den Innenhof einfiel. Am Ende des Flurs wurden sie von einem Kollegen in die Suite vorgelassen.

Thorbach schaute auf ihre Armbanduhr. «Auf die Sekunde. Respekt.»

Enitta rückte ihren Bändel zurecht. «Ich hätt's in zehn geschafft, wenn Velos vor dem Hotel erlaubt wären.» Etwas eingeschüchtert musterte sie die Einrichtung der Eck-Suite, die von zwei Seiten mit Zwielicht geflutet und einem hohen dunkelbraunen Multimediaschrank unterteilt wurde. Im Eingang standen ein Schreibtisch und eine Sofagarnitur, und im hinteren Bereich ruhte ein wuchtiges Doppelbett. Es dominierten Olivgrün-, Braun- und Creme-Töne. Das Design des Interieurs wirkte, als hätte Ikea ein Segment für Besserverdienende lanciert.

Alleine die Ständerlampe, ein beiger Schirm mit gefalzten Rändern auf einer gebogenen Kupferstange, kostete bestimmt mehr als Enittas ganze Wohnzimmereinrichtung. Sie war ohnehin der Ansicht, dass die Leute unmöglich viel für Möbel ausgaben. Manchmal erschien es ihr gar wie ein Wettrüsten. «Bin ja mal gespannt, was das alles mit mir zu tun haben soll», dachte sie laut.

Thorbach wies ins langeckige Bad, das sich links vom Bett erstreckte. Es war geräumiger als ihr Wohnungsflur. Am Ende der dunklen Fliesen befand sich eine eierförmige schneeweisse Badewanne. Enitta senkte den Blick auf ein Laken vor den Doppellavabos, unter dem sich etwas befand.

Beziehungsweise unter dem sich *jemand* befand.

Dietmar Peschmodt, Chef der Forensik, hob das Laken und enthüllte den Oberkörper einer jungen Frau. Ihr Hals war dunkel verfärbt.

Noch vor wenigen Jahren hätte Enitta den grausigen Anblick nicht verkraftet, aber der Bruch mit ihrer Schwester hatte sie härter werden lassen. Zumindest war dies ihre Erklärung dafür, dass sie in solchen Momenten, die gottlob selten waren, ihre Emotionen weitgehend unter Kontrolle halten konnte. Völlig unberührt liess sie der Anblick aber nicht, denn das Opfer war in etwa gleich alt wie Janita und ähnelte ihr überdies auch noch auf gruselige Weise. Es liess die schlecht verheilte Narbe über ihren Verlust gleich wieder aufreissen. Selbst mit zerzaustem Haar, geschlossenen Augen und verfärbtem Gesicht. Eins der Augen wies Schminke auf, die auf der Wange zerronnen war.

«Das war Sacred Holy Mélauacher», hörte sie Thorbach seufzen.

Der Zwanziger fiel mit Verzögerung. «Mélauacher? Wie die Mélauacherli?» Die scharfen Würstchen hatten in jüngster Vergangenheit einen enormen Popularitätsschub erfahren und bildeten quasi das evolutionäre Bindeglied zwischen Cervelat und Bratwurst. Die Marke gehörte zu den offiziellen Sponsoren des TuFF.

Thorbach strich über ein Tablet, ohne welches sie ihr Büro nie verliess. «Ja, sie war die Tochter des Wurstmoguls Franz-Rainhard Mélauacher.»

«Bin zwar Flexiganerin, sehe den Zusammenhang aber noch immer nicht.»

«Sind wir vielleicht selbstbezogen heute?»

Enitta ächzte, als sie ihren Mangel an Einfühlungsvermögen realisierte. «Verzeih. Der Termin im Landesmuseum war reiner Stress. All die Erinnerungen. Und dann noch die Presse, die mich für eine Marketing-Barbie hielt.»

«Davon konnte Sacred Holy bestimmt ein Lied singen. Sie war Schauspielerin.»

«Okay», krächzte Enitta und ahnte entfernt, was folgen mochte. «Du meinst doch nicht etwa –»

«Ich fürchte, doch.» Sie reichte ihr das Tablet. Es zeigte das furchtbare Kinoplakat von vorhin. Thorbach gehörte zu den ganz wenigen, die von der Verbindung zwischen Enitta und dem Film wussten. Schliesslich war sie Dinge-zu-wissen von Beruf.

«Lass mich raten: Sie spielte Janita?», fragte Enitta.

Thorbach nickte und strich sich eine Strähne des braunen Bobs hinters Ohr.

Enitta ging in die Hocke und überschaute das faltige Laken. «Todesursache?» Sie hatte das Gefühl, sich mit der Frage bloss ablenken zu wollen.

«Das Opfer wurde von hinten stranguliert. Muss jemand mit sehr grossen Händen gewesen sein», erklärte Peschmodt. «Hat ihren Hals zerdrückt wie ein frisches Baguette.»

«Eine doch eher unangebrachte Metapher», tadelte Thorbach milde.

«Passt aber zur Tageszeit», erwiderte Peschmodt. «Wir gehen davon aus, dass sich die Tat etwa um neun Uhr dreissig ereignete, also vor rund acht Stunden.»

«Diese Vorgehensweise würde immerhin erklären, wieso niemand Hilfeschreie gehört hat.»

Enitta spähte hoch. «Also ein grosser Täter?»

Peschmodt nickte. «Sehr grosser Täter.»

Ein schmächtiger Mann mit Glatze, Nickelbrille und grauem Anzug war vor dem Bett erschienen.

«Das könnte helfen», murmelte Thorbach und wandte sich dem Ankömmling zu. «Sie dürften der Mann von der Sicherheit sein.»

Er schüttelte ihre Hand zaghaft und erwiderte leise: «Rietberger Fabio, Director Engineering.» Er schielte auf die Leiche. «Wie lange, ich meine … wann sind Ihre Untersuchungen abgeschlossen? Die Gäste sorgen sich bereits wegen Ihrer Präsenz vor dem Hotel.»

«Wir verstehen Ihren Unmut. Aber beim Opfer handelt es sich um eine prominente Persönlichkeit», sagte Thorbach.

«Es ist eine Spezialität unseres Hauses, Klientel von Ruf zu umsorgen.»

«Was unsere Anwesenheit umso dringlicher macht. Zumindest bis wir hier ein, zwei Schritte weiter sind.» Thorbach drehte sich zu Peschmodt. «Geht das mit der Grösse etwas präziser?»

«Eins neunzig. Mindestens.»

Sie wartete auf Rietbergers Input, der erst die Augen von dem Opfer lösen musste. «Wir haben bereits alle Aufzeichnungen gesichtet, konnten aber keinen Verdächtigen ausmachen, der dieser Beschreibung entspricht.»

«Bestimmt nicht?», hakte Thorbach nach.

«Überdies wurden alle Zimmermädchen und Guest-Service-Mitarbeiterinnen befragt. Ihnen ist nichts aufgefallen.»

«Bei Ihrem Überwachungsstandard fällt mir das schwer zu glauben. Immerhin suchen wir nach einem Berg von Mann.» Thorbach schaute zu Enitta. «Na?»

Enitta zeigte zur Glasfassade hinter den Lavabos. Diese bot freie Sicht auf einen Betonklotz mit riesigen rechteckigen Fenstern über Baumkronen. «Die Gardinen waren nicht gezogen. Ob die Nachbarn was gesehen haben?»

Rietberger streckte seinen Oberkörper herein, wagte aber nicht, den Marmor zu betreten. «Unwahrscheinlich. Diese Immobilie ist eher eine Investition als ein Mietobjekt. Dort ist selten jemand zugegen, und mancher Gast empfindet dies als preferabel.»

«Prüfen werden wir's dennoch. Liebes, du suchst bitte die Anschrift der Verwaltung heraus», sagte Thorbach.

Enitta nickte abgehackt. «Entweder der Täter wusste darum und ignorierte es, oder er handelte im Affekt.» Sie studierte den Boden. «Es wurde nichts entwendet, oder?»

«Nicht nach derzeitigem Erkenntnisstand», erwiderte Thorbach erwartungsvoll.

«Hatte ich mir gedacht.» Enitta bückte sich und studierte einen dunklen Fleck. Sie neigte ihren Kopf, bis sie unter den Korpus sehen konnte. Dort ruhte etwas.

Peschmodt reichte ihr unaufgefordert einen Plastikhandschuh, damit sie das Fläschchen hervorholen und hochhalten konnte. «Blue Mountainfire Mascara.» Dass Janita dieselbe Marke benutzte, verdrängte sie für den Augenblick. «Die Flecken beschränken sich auf den Boden und das Lavabo. Was immer mit ihr geschah, passierte hier. Und nur hier.» Sie blinzelte zu Peschmodt, und dieser liess die Leiche unter dem Tuch verschwinden. «Ihre Verletzungen beschränken sich auf den Hals, ja?»

Peschmodt schnalzte zustimmend.

«Die Attacke erfolgte also nicht aus einem Streit heraus», sagte Enitta.

«Unwahrscheinlich», pflichtete Thorbach bei, «niemand färbt sich die Wimpern während eines Wortgefechts.»

«Er überraschte sie von hinten. Sie liess die Farbe fallen und kämpfte vergeblich um ihr Leben.» Enitta adressierte Rietberger. «Wurde eine zweite Zugangskarte für das Zimmer vergeben?»

Er schüttelte den Kopf. «Wir haben das mehrfach geprüft. Nur Frau Mélauacher war im Besitz eines Room-Keys.»

«Dann liess sie ihn herein?», fragte Thorbach.

Enitta zögerte. «Möglich. Glaub ich aber nicht.»

«Warum das?»

«Du hattest recht. Dieser Fall *ist* seltsam. Er hat das Opfer richtiggehend abgemurkst, dennoch bezweifle ich, dass sie sich persönlich kannten. Denn dann hätte er es ausgekostet und die Frau womöglich zuerst verprügelt. Stattdessen ging er ihr direkt an den Nacken und drückte mit voller Kraft zu. Der wollte sie einfach nur kaltmachen.»

«Woher dann die Leidenschaft?», fragte Thorbach.

«Das irritiert mich ja gerade.» Enitta strich über die Kante des Lavabos.

«Ein Fan vielleicht?»

Enitta musterte die Kosmetikprodukte unter den Spiegeln. Weder die Parfümflacons noch die Duschmittel oder Hautcremes wiesen das Logo des Hotels auf, den Hyatt-Schriftzug, der wie ein Sonnenaufgang über einem Bogen thronte. Die Produkte mussten dem Opfer gehört haben. «Ohne Devotionalien mitlaufen zu lassen?»

Rietberger räusperte sich. «Darf ich?» Er war bleich geworden und hielt sich die Hand vor den Mund.

«Selbstverständlich», erwiderte Thorbach sanft und lächelte Enitta zu. «Ausgezeichnet. Du wirst immer besser. Vielleicht noch etwas, das mir *nicht* aufgefallen ist?»

Enitta hüstelte künstlich und trat zurück ins Schlafzimmer, über das dunkle Parkett zum Schreibtisch, wo sie Papiere, Prospekte und einen aufgeschlagenen Terminkalender vorfand. Das Opfer schien sehr verliebt in die eigene Handschrift gewesen zu sein. Für den heutigen Tag war leider kein Mörder eingetragen.

«Sie hatte sich für drei Tage einquartieren wollen», erklärte Thorbach.

Enitta ging die Agenda durch, in der es kaum mehr unbeschriebene Zeilen gab. «Ihr stand ein Interviewmarathon für diesen grauenhaften Film bevor.»

«Du hast ihn ja noch gar nicht gesehen.»

«Ich wünschte, das könnten alle von sich behaupten.»

«Mir wurde zugetragen, das TuFF veranstalte seine Presse-Events bevorzugt in diesem Etablissement.»

«Macht Sinn. Stars und Sternchen haben bestimmt Freude am gehobenen Service. Und jemand wie Sacred Holy konnte es sich leisten, hier gleich zu nächtigen – um bloss nicht mit dem Fussvolk in Kontakt zu geraten.» Sie hob eine Mappe mit dem Logo von Henry Jénal Films, der Produktionsfirma des Tanita-Courage-Streifens, hoch und zog ein Pressedossier heraus. Zehn kopierte Seiten, die aneinandergeheftet und mit krakeligen Anmerkungen versehen waren. Zuoberst waren die Schauspieler und ihre Charaktere aufgeführt. «Merkwürdig.»

«Was denn?»

«Sagt dir der Name Augustin Barrer etwas?»

«Wie kommst du auf ihn?»

«Sein Name ist durchgestrichen. Der Legende nach hat er das Drehbuch verfasst.»

Thorbach hob die Augenbrauen. «Stimmt, das hatte ich gar nicht erwähnt. Sacred Holy ist bereits der zweite Todesfall in dieser Filmcrew.»

Enitta sperrte den Kiefer auf. «Barrer ist tot?»

«Sein Schädel wurde mit einem Nagelhammer durchlöchert. Drüben in Luzern. Vor einer Woche. Die Ermittlungen laufen.»

«Kam gar nicht in den Medien.»

Thorbach zuckte mit den Schultern. «Ich hab's von einer ehemaligen Arbeitskollegin erfahren. Na ja, wer kümmert sich schon um Autoren?»

Enitta hielt ihr das Dossier hin. «Finde ich beunruhigend, denn Sacred Holys Name ist ebenfalls durchgestrichen.»

Skepsis schlich in Thorbachs Gesicht. «Bestimmt war sie gelangweilt vom Warten. Schau dir bloss das Gekritzel an den Seitenrändern an.»

«Dafür wurde aber ein Stift mit breiterer Spitze verwendet.»

«Bei über zweitausend Franken pro Nacht konnte sie sich bestimmt einen zweiten Kuli leisten.»

Enitta prüfte den Schreibtisch und die angrenzenden Möbel. Da waren keine weiteren Schreibutensilien zu sehen.

«Und überhaupt», fuhr Thorbach fort. «Wenn er vorhatte, noch weitere Leute auf der Liste zu ermorden, wozu würde er dann einen Hinweis hinterlassen?»

«Weil es sonst nicht lustig wäre?» Enitta zeigte zum Bad. «Die offenen Gardinen lassen jedenfalls den Schluss zu, dass er sich seiner Sache relativ sicher war. Für mich weist das auf ein Gefühl der Überlegenheit hin.»

«Vielleicht war er auch einfach dreist. Kann gut sein, dass noch Zeugen auftauchen.»

«Ob wir nicht sicherheitshalber die Produktionsfirma verständigen sollten?»

Thorbach schob das Dossier zurück in die Mappe. «Und die Crew unnötig verängstigen? Wenn dies die Ankündigung einer Serie ist und der Mörder so selbstsicher, wieso wurde dann kein dritter Name durchgestrichen? Vermutlich hat der Fall alles mit Sacred Holy und nichts mit Janita zu tun.» Sie strich über Enittas Oberarm. «Die Frau Mayer-Daguette lag goldrichtig, als sie dich zur ersten zivilen Beraterin der Stadtpolizei ernannte.»

«Sieht deren Nachfolger anders.»

Thorbach stemmte ihre Fäuste in die Hüften, setzte eine säuerliche Grimasse auf und sprach mit tiefer Stimme: «Frau Thorbach, Sie brauchen einen Partner. Es kann nicht angehen, dass eine Polizeidetektivin alleine ermittelt. Und dann noch mit einer anderen Frau. Bestimmt wiehern und gackern Sie den ganzen Tag nur rum!»

Enitta musste auflachen, doch eine Sekunde später fiel ihr ein, wie unangemessen ihre Reaktion angesichts des Tatorts war – auch wenn ihr der kurze Lacher etwas Erleichterung beschert hatte. Thorbach konnte den neuen Sicherheitsvorsteher Kurt Ebnöther peinlich treffend nachäffen. «Der hat wohl noch nie von #MeToo gehört.»

«Wird er noch. Und von deinem Beitrag ebenso.»

Enittas Handy vermeldete den Eingang einer Nachricht. Sie stöhnte und streifte sich den Gummihandschuh von den Fingern. «Balu ist ausgebüxt. Dieser Failix kann nicht mal zwei Stunden auf den Hund aufpassen.»

«Freu dich doch darüber, dass sie sich unvermindert um dich streiten.»

«Aber meine Nerven.»

«Die haben wirklich etwas Schonung verdient. Geniess deinen freien Abend.»

Auf dem Weg durch die Lobby versuchte Enitta, Basil Bölz zu erreichen, jenen Jungschauspieler, der sie in «Tanita

Courage» verkörperte. Eine irrwitzige Casting-Wahl, die aus einem Mangel an Darstellerinnen mit Basils Renommée resultierte. Leider war es ihr nicht gelungen, die Produzenten davon abzubringen, weshalb sie sich schliesslich damit abgefunden hatte. Heute interessierte sie bloss noch, was Basil von den beiden Todesfällen halten mochte. Wusste er überhaupt davon? Und was war mit dem Rest der Crew? Fast freute sie sich darüber, dass er nicht ranging, denn so brauchte sie für heute nicht länger über diese bedrückende Episode nachzudenken. Sie würde es tags darauf wieder versuchen. Es wäre gewiss früh genug.

***

Die Sonne verschmolz neben dem glitzernden Fernsehturm mit dem Uetliberg, als Enitta die abgeschrägten, milchkaffeebraunen Mauern ihres Wohnsitzes am Bahngraben Wiedikon erreichte: Die Genossenschaft Kalkbreite, auch bekannt als «Kalki» oder – wie Felix sie liebevoll nannte – «Soziburg».

Vier Jahre hatte sie in einer schneeweissen Mietskaserne gewohnt, drüben an der Sihlfeldstrasse, gleich hinter dem Lochergut, einem weiss-beigen, abgestuften Sechziger-Jahre-Hochhauskomplex, der die Umgebung dominierte. Nachdem ihr Felix eine Weile Gesellschaft geleistet hatte, zogen sie hierher. Wegen des Bruchs mit ihrer Schwester hatte sich Enitta einen Tapetenwechsel gewünscht, ohne das Quartier Aussersihl verlassen zu müssen. Vom architektonischen Konzept her war es zwar kein Quantensprung, dafür kannten sich die Nachbarn persönlich und redeten sogar miteinander! Diese Intimität hatte sie in Zürich beinahe verlernt gehabt. Manchmal war es wie in einer Zwangsfamilie, denn die Basisdemokratie konnte sich rasch wie eine Mehrheitsdiktatur anfühlen. In Zürich gab man sich demonstrativ sozial, doch lebte man diese Sozialität bevorzugt unter seinesgleichen aus. Im Privaten, ja fast schon abgeschottet.

Die Kalki war auf einem dreieckigen Grundstück der Zürcher Verkehrsbetriebe errichtet worden und bot Wohnraum für zweihundertfünfzig Genossenschafterinnen. Es war Felix' Vernetzung zu verdanken, dass sie eine Dreizimmerwohnung ergattern konnten, denn für den Zuschlag an solch zentraler Lage hätten Tausende die Konkurrenz erschlagen.

Während Enitta die Aufnahme in diese exklusive Wohngemeinschaft eher ambivalent betrachtete, blühte ihr Freund so richtig darin auf und war beinahe häuslich geworden. Der Bau beherbergte mehrere Cafés und Imbisse, eine Bibliothek, einen begrünten Innenhof, ein Geburtshaus, einen Reinigungsdienst, ein privates Minihotel, einen Comicladen, ein Möbelhaus, eine Mensa, ein Fitnesscenter, ein alternatives Kino und einen Concierge. Da Felix seine Velokurierfirma in einen kleinen Bioladen umgewandelt hatte, arbeitete er sogar auf dem Areal.

Überhaupt gab sich die Gemeinschaft äusserst nachhaltig. Zurückgelegte Flugmeter mussten akribisch rapportiert werden, und dem Ideal der Zweitausend-Watt-Gesellschaft zuliebe war es den Bewohnern nicht mal erlaubt, ein Auto zu besitzen. Bei Felix konnte das kaum zu Problemen führen. Der hatte nicht mal einen Führerausweis. Sie jedoch schon. Wenn auch nur für alle Fälle. Besonders solche ausserhalb von Zürich, sollte je der Tag anbrechen, an dem sie die Stadt einmal freiwillig verliess.

Der warme Neonröhrenschein des Kinos Houdini mischte sich mit zartem Abendlicht. Sie kettete ihr Rennrad an einen der öffentlichen Ständer, weil sie wenig Lust verspürte, Miete für die Abstellplätze im Haus zu bezahlen oder ihr Velo hinauf in die Wohnung zu schleppen.

Die Tische vor dem Houdini waren gut besucht um die Zeit, und sie hoffte, dass «Tanita Courage» von den Betreibern ignoriert werden würde. Und wenn nicht, war einfach ein mehrwöchiger Kurztrip fällig. Den wünschte sie sich ohnehin schon lange.

Die Kalki lag so zentral, dass sie sich manchmal belagert fühlte. Der Innenhof war öffentlich zugänglich, und rund um das Gebäude hockten von Sonntag bis Samstag Gäste zwischen Blumenkisten und Bäumchen. Die konsumfreudige Verwandtschaft der Zwangsfamilie. Sie eilte eine breite Treppe hinauf, durch einen dunkel getäferten Korridor, an dessen Ende sich der Innenhof mit seinen Kinderspielplätzen, Gärtchen und Sonnenschirmen eröffnete. Dank eines äusserst milden Herbstes hatte die Natur ihr grünes Gewand bewahrt.

Jenseits der gläsernen Eingangspforte fand sie ihren alten Kumpel Thönder hinter einem neumodischen Korpus hocken. Ein Metallschild lautete auf seinen bürgerlichen Namen Thomas Weibel. Er kannte jeden, jede, jedes und natürlich alle Winkel der Liegenschaft. Deshalb wusste er auch ganz genau, wann er in seinem extrabequemen Sessel hängen und die Füsse hochlegen konnte. Sie trat vor den Empfang und bettete Stirn und Unterarme theatralisch auf die Theke.

«Ist heut nicht dein freier Tag?», fragte er trocken.

«Heut ist gar nicht mein Tag», seufzte sie.

«Was ist denn los?»

Sie schaute auf. «Gefällt's dir hier?»

Ihn kannte sie vom besetzten Scheuermatt-Areal, oben in Albisrieden, wo Thönder zuletzt gewohnt hatte. Nach dessen Räumung und dem damit einhergehenden Verlust seiner Werkstatt hatte sie dem Kybernetik-Bastler diese Teilzeit-Anstellung als Concierge vermittelt; den Job erledigte er tadellos. Er trug noch immer ein Cap und dunkle Skater-Klamotten ohne Aufdrucke oder Labels – einfach eine Preisklasse höher. «Ich habe nicht die Freiheiten, die ich in der Scheuermatt oder der Kommune in Olten besass.» Er fummelte am feisten Schlüsselbund herum, der ihm Zugang zu den meisten Räumen der Kalki verschaffte. «Wäre fast ein angenehmer Job, wenn ich nicht ständig diese nervtötenden Bikes wegräumen müsste.» Er kniff die Augen zusammen. «Wir wissen ja, wem wir die Dinger verdanken.»

«Felix hat lediglich den Prototyp entwickelt. Wenn er gewusst hätte, was die Stadtverwaltung daraus machen würde …» Enitta hatte die Geschichte in lebendiger Erinnerung. Gemeinsam mit ihrem vormaligen Lieblings-Velomechaniker Dale Carpenter III hatte Felix monatelang im Geheimen an dem Projekt gewerkelt: robuste Elektrobikes, die man grossflächig in Zürich aufstellen und zur Vermietung anbieten konnte. Selbst ihr hatte er lange nichts davon erzählt. Zwar hatte die Stadt sie unterm Strich über den Tisch gezogen, aber der Gewinn hatte ihm wenigstens ermöglicht, seine Kurierfirma in ein Lebensmittelgeschäft umzuwandeln.

«Diese Gurkenräder sind eine Plage. Unsere Mieter fahren ständig damit herum und lassen sie ohne Not auf dem Areal liegen, statt sie auf die Parkfelder zu stellen.»

«Was erwartest du von einer Wohngemeinschaft, die ihren Mitgliedern das Autofahren verbietet?»

«Dieser Umstand wiederum gefällt mir.»

«Ausserdem brauchst du sie nur von Dienstag bis Freitag einsammeln gehen.»

«Würde mich nie über meinen Job beklagen. Bin dir sehr dankbar, dass du ihn mir verschafft hast. Deine Arbeit ist da weit riskanter.»

«Ein Risiko ist lediglich eine Zukunft, die man vermeiden möchte. Ausserdem tauche ich meist erst dann auf, wenn die Gefahr schon vorüber ist.» Sie trat vor die Wand aus hölzernen Postfächern und prüfte ihr eigenes. Leer. «Aber du weisst ja: Ich kann ohnehin nicht darüber reden.» Sie trottete zurück und schob Thönder ein Feature-Phone hin.

Er rümpfte die Nase. «Und du weisst, dass ich diese Dinger nicht anfasse.»

«Hast du unser kleines Geheimnis schon vergessen?»

Thönder schnaubte amüsiert. «Operation Dunkler Schwarm?»

«Du sagtest eben selbst, mein Job sei gefährlich.» Sie schob das kleine Tastengerät gedankenverloren mit dem Finger umher. «Ich möchte, dass du das Projekt startklar machst.»

«Angst, dass du in naher Zukunft darauf zugreifen musst?»

«Ja, schon. Es soll eine Überraschung für Felix' Geburtstag werden.» Ihr Finger kam zum Stillstand. «Und damit werde ich es aktivieren.»

«Bei dem windigen Wetter? Wo ständig fremde Kinder mit Bierdosen bewaffnet auf dem Dach herumschleichen?»

Sie beugte sich vor und biss auf die Unterlippe. «Du findest einen Weg.»

«Tu ich immer. Und jetzt troll dich. Du ruinierst noch mein Image. Wechsle mit niemandem mehr als drei Sätze.»

Enitta nickte und wandte sich der Treppe zu.

«Hey!», rief ihr Thönder nach. «Alles golden?»

Sie warf einen Blick zurück. «Solange ich mich auf dich verlassen kann?»

Er liess das Telefon in eine Schublade plumpsen. «Toujours.»

In der benachbarten Kleinbibliothek führte eine schmale Treppe steil zu den Liften, wo Enitta einen Blick auf die bunten Felder eines Anschlagbretts warf. Die Einwohner unterhielten hier ein durchaus nützliches System zum Austausch von Geräten und Gebrauchsgegenständen, um unnötigen Konsum zu vermeiden und das geheiligte Miteinander zu stärken. Aktuell waren Reisetipps, Römertöpfe, Woks, Riesenmikados und vieles mehr gefragt. Aber auch an diesem Abend konnte sie nicht weiterhelfen.

Es war halb sieben, als sie ihr Heim im dritten Stock mit Ausblick auf die weitgehend wegisolierte Badenerstrasse betrat. Felix hatte ebenfalls seinen freien Tag gehabt, weshalb er höchstvermutlich zu Hause war. Sie rief erst ihn und dann den Hund, erhielt jedoch keine Antwort. Es lief nicht mal Musik. Sie fand Felix in der Stube vor, wie er auf dem Sofa die Fussballzeitschrift «Zwölf» las. Gegenüber hockte Hündchen Balu auf einem Sessel und starrte ihn mit aufgestellten

Ohren an. Die klassische Pattsituation. Balu reagierte nicht mal auf ihr Erscheinen. Die beiden hatten sich offensichtlich wiedergefunden, sprachen aber nicht miteinander.

Sie schwiegen sich so laut an, dass Enitta ihre Frage beinahe brüllte: «Was ist hier eigentlich das Problem?»

«Der Hund», antwortete es hinter dem Heft.

Balu reagierte mit empörtem Laut.

Felix nahm das Magazin runter und wies auf Balu. «Siehst du?»

«Der Hund sieht das anders.»

«Zwei gegen einen ist unfair», erwiderte er unbeeindruckt und nahm die Lektüre wieder hoch.

Enitta schaute wehmütig zu Balu und seufzte. «Ach, Ba. Du hast doch früher nicht solchen Ärger gemacht.»

Nun wandte sich der schwarze Russell-Terrier/Rehpinscher ihr zu, während Felix an seiner Stelle antwortete. Es war, als würde sie den Hund denken hören. «Ja, damals hattest du noch nicht diesen Beraterjob bei den Bullen und konntest ihn zur Arbeit mitnehmen. Bei mir im Laden sorgt er fast täglich für Unruhe, bellt die Kundschaft auf die Strasse oder klaut Bündnerfleisch.»

«Weil du Extralauch ihn nicht fütterst.»

Felix' Gesicht kam erneut zum Vorschein. «Weil du ihn verhätschelt hast. Der akzeptiert nicht mal mehr glutenfreies Bio-Hundefutter.»

Enitta grummelte und merkte, dass ihr Magen das Gleiche tat. Bei all dem Streit über Futter hatte sie ebenfalls Hunger bekommen. Sie schlenderte in die Küche und griff nach dem Kühlschrank. Abrupt kam ihr Arm zum Stillstand. An der Front hafteten Karten für die Filmpremiere. Wieso waren ihr die bis jetzt nicht aufgefallen? Und wie lange hingen die da schon? Sie zog eins der Tickets unter einem Steinbockmagneten hervor und studierte den Aufdruck. Dabei verfiel sie so sehr ins Grübeln, dass sie förmlich erschrak, als Felix unvermittelt hinter ihr stand.

Er knipste die Neonröhre über dem Lavabo an. «Wir müssen nicht gehen, wenn du nicht willst.»

Enitta liess das Ticket sinken und den Kopf ebenso. «Du hattest recht. Mir liegt die Sache noch immer tonnenschwer auf dem Magen.»

Er trat näher. «Ruf sie doch einfach an», sagte er sanft. «Es ist nicht viel anders als damals, auf der Treppe an der Erismannstrasse. Als du nach monatelanger Suche ihre Nummer herausgefunden hattest und dich dennoch scheutest, sie zu wählen.»

Sie rammte mit dem Rücken den Kühlschrank, dass das Geschirr darauf klapperte. «Du verstehst nicht», schmollte sie mit schmerzverzerrtem Gesicht und begann zu zittern. «Sie hat *mich* aus ihrem Leben geschmissen. Sie hat gesagt, ich sei für sie gestorben. Tot – begreifst du? Sie hat mich einfach so aufgegeben. Warum sollte ich noch länger an ihr festhalten?» Sie hatte die Faust geballt und dabei ungewollt das Ticket zerknüllt.

Felix öffnete ihre Hand und entnahm den Knollen.

Sie schniefte. «Noch nie hat mich jemand derart verletzt. Ich hätte alles – *alles* – dafür gegeben, sie zurück in mein Leben zu holen. Doch sie missbrauchte mich als Steigbügel für ihren sozialen Aufstieg. Und die Angst, zurückgewiesen zu werden, wenn ich jetzt den ersten Schritt tue, killt mich.»

Felix blickte ihr tief in die feuchten Augen. «Aber was hat mehr Schaden genommen: dein Herz oder dein Ego?»

Enittas Trauer erhitzte sich zu Wut. Sie verpasste ihm einen Stoss auf die Brust. «Du bist gemein!»

Felix parierte den Schlag und den gleissenden Blick.

Die Glut wurde von Tränen weggespült. Sie fiel ihm um den Hals und drückte ihn fest an sich. «Bald werden mich alle Freunde und die ganze Stadt auf unser Zerwürfnis ansprechen», schluchzte sie. «Dieser verdammte Film.»

Felix erwiderte die Umarmung und strich liebevoll über ihren Rücken. «Du kennst die Handlung doch gar nicht.»

«Ich bin ganz sicher, dass unser Streit an der Europaallee vorkommt.»

«Und wenn schon. Niemand wird wissen, dass ihr das seid.»

«Die machen überall Werbung. Selbst auf den Frühstücksflocken. Meine Leute werden das sofort raffen, huaragopfartami. Ich hatte das alles so luftdicht in meinem Unterbewusstsein verendlagert gehabt.»

Er löste sich und nahm ihr Gesicht in die Hände. Warme Tränen kullerten über seine Finger. «Vielleicht ist das ein Zeichen.»

«Ein Zeichen wofür?»

«Dass du dich der Wahrheit stellen sollst.»

Sie ergriff seine Handgelenke. Weitere Tränen rannen aus ihren Augen. «Es tut so weh.»

«Kann ich leider nicht ändern, Schatz. Das kannst nur du.»

Balu war in der Küche aufgetaucht, liess die Ohren hängen und machte einen wehmütigen Laut.

Felix schlang seine Arme um sie. «Da musst du durch. Aber nicht alleine.»

2

Mittwoch, 2. Oktober, 8.30 Uhr, Genossenschaft Kalkbreite

Der Gesang des Trams hatte einst wie Musik in ihren Ohren geklungen, weil es das kennzeichnendste Geräusch der Stadt war. Doch diese Liebe hatte nur so lange gewährt, wie keine Tramschienen direkt an ihrem Haus vorbeiführten. Nun wohnte sie nicht nur *neben* einem Tramdepot, sondern *auf* einem drauf.

Enitta schmiegte sich an Felix' Oberarm, der sich noch immer stramm und fest anfühlte. Dadurch, dass er mit dem Cargobike bei den Biobauern der Umgebung höchstpersönlich Waren einkaufte, verbrachte er nach wie vor viel Zeit auf Zürichs Strassen. Wenigstens radelte er nicht mehr wie früher rund um die Uhr durch die Gegend und konnte deshalb auch nicht ständig anderen Frauen hinterherschauen. Diese Vorstellung sagte ihr sehr zu.

Vielleicht würde sie in drei Jahren, wenn auch sie eine Drei auf dem Rücken trug, ebenfalls etwas ruhiger werden. Diese Aussicht hingegen gefiel ihr gar nicht.

«Morgen», brummelte Felix.

«Hallo», flüsterte sie zurück.

«Was Schönes geträumt?»

Enitta erstarrte.

«Schatz?»

Der Gedanke hatte sich schon fast verflüchtigt gehabt. Nun wurde ihr wieder bewusst, was sie mitten in der Nacht durchlebt hatte. «Ich war auf diesem Platz, drüben am Seeufer. Und Basil ebenfalls. Er lag am Boden und … rührte sich nicht mehr.» Sie klaubte ihr Handy vom Nachttisch und ging den Newsfeed durch. Yoga-Alarm bei einer konservativen Jungpartei, Helene Hunziker machte Werbung für Zwingli-Kola, und zuunterst erschien eine Todesmeldung.

Junbaldo Wegener. Vierunddreissig. Schauspieler.

Der Name wirkte auf beunruhigende Weise vertraut. Sie kämpfte sich aus dem Bett und lichtete die Jalousien, was Felix fluchen machte. Sie blinzelte hinab zur Badenerstrasse und zu den Kinoplakaten auf dem Trottoir gegenüber. Auch dort hing ein Tanita-Courage-Poster, das sie bislang erfolgreich ignoriert hatte. Bereits standen Leute davor, zeigten darauf und hielten sich lachend die Bäuche.

Enitta sah es ihnen nach, denn ihr Bildnis war nun wirklich zum Schiessen. Sie packte den Feldstecher, mit dem Felix spätabends gerne Ausschau nach – angeblich – Velodieben hielt, und fokussierte die drei Namen über der Filzmelone.

Basil Bölz.

Sacred Holy Mélauacher.

Junbaldo Wegener.

Sie liess den Feldstecher sinken. Wegener verkörperte Felix!

«Abenteuermäuschen, was treibst du da?», fragte er.

Sie strich über ihr Handy. Der Artikel sagte nichts darüber aus, wie Wegener zu Tode gekommen war. Mord? Unfall? Suizid? Sie musste einen Anruf machen. Nur hatte ihr Handy in dieser Ecke der Wohnung kaum Empfang. Sie streckte es von sich und tigerte damit durch den Flur. Das Display gab nur einen kläglichen Balken her, und damit liess sich keine Verbindung herstellen.

«Schatz!»

«Ich muss ihn warnen.»

«Wen denn?»

«Basil.»

«Ja. Vor mir. Der Knilch verbringt viel zu viel Zeit mit dir.»

Sie schlich der Fensterfront zum Innenhof entlang und schüttelte den Kopf. «Ich habe ihn seit Monaten nicht gesehen.»

«Könnte ruhig etwas länger her sein.»

«Zwei von den drei Hauptdarstellern sind tot. Von dem Film. *Dem* Film.»

Felix stiess ein irritiertes Gähnen aus.

Sie liess das Handy sinken und versuchte es mit einem Neustart. «Die Frau, die Janita spielt, wurde gestern erdrosselt aufgefunden. Ich habe sie selbst gesehen. Und der Mann, der dich verkörpert, kam heute ums Leben.»

«Wie das?»

Enitta entsperrte das Gerät. Hurra, Empfang. Sie wählte, lauschte dem Wartezeichen und zuckte mit den Schultern.

«Siehst du? Bestimmt ein böser Zufall.»

Das Läuten dauerte an.

«Der Drehbuchautor ist ebenfalls tot.»

Felix nestelte an der Espressomaschine herum. «Wer weint denn Schreiberlingen hinterher?»

Es grüsste Basils helle Stimme. «Schon so früh unterwegs?»

Sie atmete auf und gewann rasch Abstand zum Röhren der Espressomaschine. «Hey, Kleiner, wollte nur wissen, wie's dir geht.»

«Ganz ordentlich. Du so?»

Sie überlegte und schielte zur Fassade auf der linken Seite. Darauf hatte jemand ein Graffito geschmiert. Die Absperrkordeln hielten niemanden davon ab, des Nachts die Treppen hinauf zu den Dachterrassen zu schleichen. Gesprühte Linien formten einen Totenkopf über einem Caquelon. Unschöne Gedanken versuchten, sich in ihrem Kopf breitzumachen, doch sie drängte sie zurück. «Ich muss dich sprechen, Basil. Können wir uns irgendwo treffen?»

«Ich darf das Festivalgelände leider nicht verlassen. Aber reden können wir durchaus. Ich werde eh den ganzen Tag Interviews geben. Du weisst schon, für unseren Film.»

Sie ignorierte den letzten Satz. «Wo finde ich dich?»

«Keine Ahnung, ich bin eben erst beim Bellevue angekommen. Frag einfach beim grossen Zelt nach, das steht mitten auf dem Sechseläutenplatz.»

Enitta versprach Basil, noch vor Mittag aufzutauchen, und beendete das Gespräch. Während Felix ihre Schultern massierte, zeigte sie auf das Graffito. «Wie lange prangt das schon dort?»

«Bö», antwortete Felix desinteressiert.

Die Zeichnung sah frisch und ziemlich furchteinflössend aus, auch wenn sie nicht präzise sagen konnte, weshalb. «Ob das eine Anspielung auf jenes mörderische Fondue ist, das einst die Street Parade bedrohte?»

Er liess von ihr ab. «Käumlich. So bekannt bist du nicht.»

«Oder eine Guerilla-Promo für den Film?»

«Wohl eher eine Schmiererei von Hardcore-Veganern. Von denen gibt's ja so einige in der Soziburg.»

«Wieso würden die ihr eigenes Heim besudeln?»

«Bestimmt eine unfreundliche Erinnerung an die Babylonier unter uns.»

Thorbach liess ihr Telefon vibrieren.

«Ich komme heute später», platzte es grusslos aus Enitta.

Stille.

«Du solltest eigentlich um neun hier sein.»

«Ähm, kleine Wiedergutmachung für gestern Nachmittag?»

«Das hat doch nicht etwa mit dem Tod von diesem Junbaldo Wegener zu tun?»

«Du der ...pfang is grad richti... schlecht.»

«Alles klar. Wir sehen uns nach der Mittagspause.»

«Was ist der Plan?», fragte Felix.

«Ich radle mal rüber zum Bellevue.»

Felix schmunzelte in seine Tasse. «Meine Freundin, die Velopolizistin.»

Sie stiess ihn von sich. «Du, gäll! Wie es wohl um deine Street Credibility bestellt ist, seit du dein Fixie gegen ein Frachtvelo getauscht hast?»

«Das habe ich jetzt höflich überhört.»

«Wie so manch anderes ...»

Balu hatte sich zwischen sie gestellt und gab Laut.

«Der Hund braucht Luft.»

«Hast du ein Glück. Ich nämlich auch.» Sie nahm Balu an

die Leine und zottelte hinunter in die Lobby, wo Thönder hinter dem Korpus hockte. Ihr Postfach barg einen blauen Briefumschlag, den sie zögerlich ans Licht zog. Der Absender, der krakelig auf der Vorderseite prangte, liess sie erschauern. Sie wedelte unentschlossen mit dem Couvert und legte es auf den Empfangsschalter. «Bewahrst du das für mich auf? Ich möchte den Inhalt erst später lesen.»

Thönder schielte auf den Absender. «Sicher? Es könnte wichtig sein.»

«Vielleicht *zu* wichtig.»

Er meldete sich sonst nie, und schon gar nicht schriftlich. Bevor sie auch nur daran denken konnte, sich eines möglichen Notfalls anzunehmen, musste sie erst sicherstellen, dass es sich bei dieser Ablebe-Serie nicht um eine aufziehende Krise handelte. Sie liess Balu im Innenhof seine Runden drehen, setzte sich auf eine Bank und wartete, bis er zu ihr zurückkehrte. «So schön wie du möchte ich es auch mal haben. Einfach nur unbeschwert sein.»

Balu machte Platz und schaute erwartungsvoll hoch.

«Ich habe ein schlechtes Gefühl, Ba. So als stünde eine Katastrophe bevor. Was soll ich bloss tun?»

Er schmiegte seine Schnauze auf ihr Knie und schloss die Augen.

«Hab schon verstanden. Augen zu und durch.» Sie streichelte sein schwarzes Fell. «Frauchen hatte in den vergangenen Monaten wenig Zeit für dich. Aber das wird sich bald ändern. Auch wenn ich keine Ahnung habe, wann das sein wird. Diesen letzten Satz hast du nicht gehört, klar?» Sie verweilte einen Moment, als würde es für lange Zeit die letzte Verschnaufpause bleiben.

Kühler Wind fegte über den Hof und holte die ersten Blätter von den Bäumen.

Nachdem sie Balu zurück in Felix' Obhut gegeben hatte, rauschte sie auf ihrem roten Rennrad die Badenerstrasse hinab,

Richtung Stadtzentrum, bog beim Hauptsitz der Tageszeitung «Die Mitte» scharf nach rechts, folgte der Stockerstrasse über die Sihl, mitten zwischen die seelenlosen Protzfassaden vom Kreis 1, mit direktem Kurs zum Seeufer. Diesmal passierte sie das «Park Hyatt» von der anderen Seite, und der Anblick des Hotels brachte sie auf eine Idee. Sie zog die Bremsen und zückte ihr Telefon, um Dietmar Peschmodts Nummer zu wählen, welcher sie mit vollem Mund begrüsste.

«Didi. Hei! Enitta hier. Störe ich?»

«Bisschen.»

«Du ermittelst nicht rein zufällig im Fall Wegener? Der Verkehrsunfall in Schwamendingen?»

«Du hast Glück», erwiderte Peschmodt spröde.

«Ob du mir etwas zum Tathergang sagen könntest?»

Peschmodt zögerte. «Ich wusste gar nicht, dass du und Jena an dem Fall dran seid.»

Sie schluckte. «Sind wir auch nicht.»

«Dann sollte ich besser nicht darüber sprechen.»

Enitta schielte zu den breiten Fenstern des Hotels. «Aber wir waren doch gestern am Tatort im ‹Park Hyatt›.»

«Ja und?»

«Wegener und die Tote spielten im selben Film mit.»

Wieder schwieg Peschmodt.

«War es Mord oder ein Unfall?», platzte es aus ihr heraus.

«Wir gehen derzeit von Fahrerflucht aus.»

«Keine Hinweise auf den Fahrer?»

«Wir wissen nur, dass das Fahrzeug wahrscheinlich schwarz war.»

«Wahrscheinlich?»

«Unser einziger Zeuge war ein Obdachloser, stark alkoholisiert.»

«Verstehe. Geniess deine Pause.» Sie steckte das Handy weg. Ein schwarzer Wagen? Unangenehme Erinnerungen überkamen sie. An einen mysteriösen Fahrer, der sie einst verfolgt hatte. Wobei ihre letzte Begegnung mit dem Gefährt fast zwei

Jahre zurücklag. Vielleicht war es ja bloss Zufall. Ganz eindeutig war derzeit nur, dass sie hinter dem Zeitplan lag.

Die Strasse mündete in den General-Guisan-Quai, der den Stossverkehr entlang der Mündung des Zürichsees führte. Die Strecke war ein Alptraum für Velofahrerinnen. Man kam sich unentwegt mit herumstreunenden Passanten in die Quere, sodass man kaum je Augen für die schönen Schneeberge am anderen Ende des Sees hatte. Sie flitzte am Schiffsteg vorbei und fuhr auf die Quaibrücke. Am anderen Ufer der Limmat befand sich das Bellevue, die zähflüssigste Riesenkreuzung der Stadt, und rechter Hand begann die gut besuchte Seepromenade. Eine Kurve später kam der Sechseläutenplatz hinter Bäumen zum Vorschein.

Einst war der Platz eine erdige Brache und nur den Wanderzirkussen und anderen ausgesuchten Festivitäten vorbehalten gewesen. Doch vor wenigen Jahren hatte man ihn mit Quarzitplatten ausgekleidet, sodass er wunderbar zum Opernhaus passte, dessen Kuppel sich majestätisch über dem öffentlichen Platz erhob.

Zwischen Springbrunnen, Gruppen von Jungbäumen und zahlreichen angeketteten Metallstühlen stand das Festivalzentrum; ein schneeweisses Zelt mit Wänden aus transparentem Kunststoff, flankiert vom grünen Teppich, der in wenigen Tagen Filmprominenz aus aller Welt erwartete. Die Stars würden nach abgeschirmtem Bad in der Menge einen halb transparenten Pavillon betreten, Journalistenfragen beantworten, sich ablichten lassen und dann die von der Polizei abgesperrte Strasse überqueren, um auf der anderen Seite im Kino Corso dem eigenen Film beizuwohnen.

Schon jetzt war hochwohlgeborenes Volk anwesend. Die meisten Stühle waren von Champagnertrinkenden besetzt, und wer einen Festivalausweis besass, liess ihn demonstrativ vom Leib baumeln. Der würzige Duft gebratener Mélauacherli tanzte durch die Luft.

Enitta betrat das aufgeheizte Festivalzelt, schlenderte vorbei an der opulenten Kaffeebar, dem Souvenirshop und erreichte die Auskunftsschalter – sortiert nach Besuchern, Industrie und Presse. Wände und Korpusse waren aus Holzplatten gezimmert und mit Filmplakaten ausgekleidet.

Eine freundliche Dame informierte sie, dass die Interviews für «Tanita Courage» drüben im Edelhotel «Baur au Lac» stattfanden. Enitta entschied sich, ihr Velo stehen zu lassen, und überquerte die Limmat erneut. Hinter dem von Bäumen eingefassten Bürkliplatz erreichte sie das obere Ende der Bahnhofstrasse, von der eine knappe Gasse direkt vors «Baur au Lac» führte. Die Fahrer vom Limousinen-Service standen herum und rauchten.

Das Hotel war ein weisser, wuchtiger Palast zwischen einem Wasserkanal und einer schäbigen Durchgangsstrasse. Der Eingangsbereich versprühte den Charme einer Zollstelle, was natürlich vornehmes Understatement war, denn hinter der Drehtür erwartete sie ein würdiges Interieur. Dunkle Teppiche, helle Fliesen und getäfelte Wände. Ein Schild dirigierte die Presse bereits nach zwei Schritten nach links vor eine Pforte.

Dahinter lag ein Konferenzraum, der mit keimfrei anmutenden weissen Wänden wirkte wie die Zahnarztpraxis des Sonnenkönigs. Von links drängte Licht durch schwere Gardinen, und rechter Hand führten bewachte Türen zwischen gläsernen Gestellen tiefer ins Hotelinnere. Unter einem opulenten Kronleuchter sassen Leute um einen runden, blütenweiss gedeckten Tisch. Ihren Ausweisen nach Journalisten. Es wurde bestenfalls geflüstert, und selbst diese Worte blieben mehrheitlich im geblümten ockerfarbenen Teppich und in den Gardinen hängen.

Enitta wandte sich an ein winziges Pult am Eingang, wo eine Presseagentin sie bereits streng beäugte und den Finger prüfbereit auf eine Namensliste gelegt hatte. Enitta zog ihren Plastikausweis. «Carigiet, von der Stadtpolizei. Ich müsste ein paar Worte mit Herrn Bölz wechseln.»

Die Dame verzog wehleidig das Gesicht und schielte dahin, wo das Sonnenlicht eintrat. Dann hob sie ihre filigrane Armbanduhr. «Die Interviews laufen bereits. Aber wenn Sie Glück haben, macht er gerade Rauchpause.» Sie gab einer Kollegin das Zeichen, Enitta auf den Vorplatz zu geleiten. Eine geweisselte römische Veranda führte dort entlang der Fassade zur Rückseite des Hotels.

Die Dame klopfte höflich und verweilte. Urplötzlich öffnete sich die Pforte knarrend, und Basil streckte seine braune Sturmfrisur ans Licht. Er hob die Augenbrauen und wedelte Enitta hastig in die Suite. Diese verfügte über hohe Spiegel mit geschnitzten Rahmen, einen Kronleuchter und ein Cheminée. Beim Eingang standen sich drei Stühle gegenüber und neben der Feuerstelle ein ungedeckter Tisch mit vier Sitzgelegenheiten. Zwei weitere Pforten waren verschlossen. Basil fiel ihr um den Hals, als hätten sie sich ewig nicht gesehen, machte einen Schritt zurück und musterte sie. «Das ist aber kein TuFF-Ausweis.» Er zog ihren Polizeiausweis näher. «Ist der etwa echt?»

«Ich arbeite lediglich als Beraterin.» Sie begutachtete ihr eigenes, erschreckt wirkendes Porträt. «Seit das Volk dieses bescheuerte Versicherungssetz angenommen hat, hält sich jeder zweite Geissbock in dieser Stadt für einen Detektiv. Und wenn unsere lieben Versicherungen nun Polizeipersonal für Schnüffeleien abwerben, dann wechseln wir Schnüffler halt zur Polizei.» Sie wies auf einen fast zwei Meter hohen Hochglanz-Kartonstand, der das Filmplakat von «Tanita Courage» präsentierte. «Wirklich das originellste Coming-out aller Zeiten.»

Basil lachte. «Einverstanden, der war verdient.»

Ihr Blick fiel auf Sacred Holys Namen. «Meine Schwester ist nicht zufällig auch hier?»

Er schüttelte den Kopf. «Aber weisst du, wer schon?» Er platzte beinahe vor Aufregung. «Imma Ramumoff-Ogla, die Hauptdarstellerin von ‹The Mateful Eight›.»

«Was ist los?»

«Dieses Jahr sind erstmals Hocherotikfilme zum Festival zugelassen.»

Enitta glaubte, sich verhört zu haben. «Die zeigen Rammelstreifen? Am TuFF?»

«Klarerweise nicht im ‹Corso›. Nur in kleinen Schmuddelkinos am Stadtrand. Aber sie dürfen die Produktionen mit Interviews bewerben. Und die Ramumoff-Ogla ist der Hammer. Vielleicht schaue ich mir sogar ‹Top Gun in the Dangerzone 2› an, den ersten Kampfpilotenporno der Welt.» Sein Lächeln verpuffte, als sie ihn verständnislos anglotzte. «Du bist nicht zum Spassen hier, richtig?»

«Der Anlass ist alles andere als lustig.» Sie näherte sich ihm weiter, damit die Pressedame an der Tür sie nicht hören konnte. «Ich denke, du könntest in Gefahr sein.»

Basil nickte stumm.

«Hast du gehört, dass Mitglieder des Cast umgekommen sind?»

Sein Nicken wurde hastiger. «Ich versuche, nicht darüber nachzudenken. Meine Agentin beteuert natürlich, dass das nur Zufälle seien, aber was weiss die schon.»

Die Dame winkte ihm mit ausgestrecktem Arm, obwohl sie nur drei Meter entfernt stand. «Herr Bölz, wir müssen jetzt wirklich vorwärtsmachen.»

Basil machte ein wehmütiges Gesicht. «Die Interviews gehen leider weiter.»

«Ich nicht. Wir reden nachher, ja?» Enitta kehrte über die Veranda in den Warteraum zurück.

Die Aufpasserin beim Eingangspult war verschwunden, und am Tisch sassen frische Gesichter. Eine weitere Presseagentin trat durch eine Seitentür herbei. «Ist Veronika Hausmeister inzwischen erschienen?», fragte sie etwas zu laut. «Für das Interview mit Henz Klüber?»

Enitta kannte den Namen. Klüber war der Regisseur von «Tanita Courage».

Ungeduldig nahm die Dame die Presseleute in Augenschein, doch niemand reagierte.

Was für eine Gelegenheit. Vielleicht hatte Klüber etwas Interessantes über den Film zu erzählen, das sie weiterbringen könnte. Sie schob ihren Polizeiausweis in die Jacke und hob die Hand. «Hausmeister? Das bin ich.» Stutzige Blicke trafen sie.

Auch die Dame verzog eine Miene, doch schien sie überzeugt genug. «Sie sind dran. Sie und Frau Petra Böckli.»

Ein schmächtiges Frauchen mit grauem Jupe und dicker Arbeitsmappe erhob sich und schloss zur Dame auf, wo erneut höfliches Anstehen gefragt war, bis sich Sesam gnädigerweise öffnen mochte.

«Böckli», stellte sich die Frau hastig vor. «Ich bin von ‹Gottes Korn› – dem kompromisslosen Sprachrohr der Schweizer Veganer-Bewegung. Und Sie?»

Enitta brauchte nicht mal zu überlegen. «Film & Fleisch.»

Entsetzen zerpflügte Böcklis Gesicht. «Nie von gehört.»

«Sollten Sie aber von probieren. Wir sind die offizielle Publikation der deutschsprachigen Freiluftkinos. Wir liefern nur an Abonnenten – und ausschliesslich zwischen Mai und August.»

Ihnen wurde Einlass gewährt in eine Galerie, wo wenige Stufen hinab in einen kleinen Speisesalon führten. Linker Hand floss der trübe Schanzengraben gemächlich an der Fensterfront vorbei.

Klüber hatte sich vor einem Wandrelief inszeniert und rückte die Hornbrille sowie kurze graue Haare zurecht, als sie Platz nahmen. Wenn Enitta nicht falschlag, würden sie sich mit Fragen abtauschen. Also hiess es, schnell sein.

«Herr Klüber», begann Enitta mit dem strahlendsten Lächeln, das sie aufzusetzen vermochte. «Worum geht es in Ihrem neuesten Werk?»

Der Regisseur schielte mürrisch zum Eingang, wo ein Gentleman wachte. Womöglich ein Vertreter des Filmverleihs.

«Haben Sie die Pressevisionierung etwa verpasst?», brummte er. «Die war Voraussetzung für dieses Interview.»

«Sicher nicht, aber die liebe Narkolepsie. Ich bin leider gleich nach dem Vorspann eingeschlafen. Dummerweise schnarche ich nicht, sonst hätte mich bestimmt jemand geweckt.» Sie konnte sich einen Blick zu Böckli nicht verkneifen. «Zu wenig Vitamin B12, schätze ich.»

«Dann holen Sie's nach. Der Film wird noch einige Male im regulären Programm gezeigt.» Schon wandte er sich Böckli zu.

Diese legte begeistert los. «Herr Klüber, in ‹Tanita Courage›, Ihrem neuen Film, geht es um einen geheimnisvollen Velofahrer, der anderen Velofahrern mit einem Samurai-Schwert nachts die Köpfe abschlägt. Woher stammt die Inspiration für diese Geschichte?»

«Velofahrer sind eine Walze aus Pestbeulen», blaffte Klüber. «Sie sind die wahren Verkehrssünder dieser Stadt. Diesem Umstand wollte ich ein Denkmal setzen.»

«Äh», fuhr Enitta dazwischen, «basiert der Film nicht auf der wahren Lebensgeschichte einer Privatdetektivin aus Zürich?»

«Dafür hätte ich Tanitas Pendant besser kennen müssen.»

«Sie hätten doch bloss nachzufragen brauchen. Sie hätte bestimmt mit Ihnen gesprochen. Also vielleicht.»

«Ich vermeide es strikte, mit real existierenden Personen zu sprechen, über die ich Filme drehe. Das würde lediglich meine künstlerische Souveränität kompromittieren. Ich wusste nur, dass sie was mit Hunden und Velos macht. Das war mir Grundlage genug.»

Böckli schaltete sich ein. «Herr Klüber, Ihr Film hat mir so gut gefallen, dass ich ihn unbedingt meinem Neffen zeigen möchte. Hatten Sie denn keine Sorge, dass der Film ein R-Rating erhalten könnte? Wegen der vielen abgeschlagenen Köpfe?»

«Zu keinem Zeitpunkt. Wir haben all diese Szenen bei

Nacht gedreht, in dunklen Gassen. Da können Sie Blut nicht von Bratensauce unterscheiden. Und davon haben wir kanisterweise fliessen lassen.»

«Klingt nach der originellsten Produkteplatzierung der Filmgeschichte», bemerkte Enitta spröde.

Klüber ignorierte sie. «Ich darf Ihnen versichern: Bei den herumfliegenden Köpfen handelte es sich um ausgesuchte Kohlköpfe von Schweizer Biobauern.»

«Diesbezüglich: Viele unserer veganen Leserinnen zeigten sich im Vorfeld besorgt. Wurden viele Kohlköpfe bei den Dreharbeiten verletzt?»

«Ja, sehr viele. Ich habe selbst perfekt gelungene Szenen nachdrehen lassen, weil es Spass machte, die Dinger durch die Luft wirbeln zu sehen.»

«Kamen Ihnen da keine Bedenken?»

«Welcher Natur?»

«Die hungernden Kinder dieser Welt?»

Klüber lehnte sich vor. «Wollen Sie etwa andeuten, Kohlköpfe hätten kein Anrecht auf Karriere? Eine solche Haltung empfände ich als enorm befremdlich.»

Der Gesprächsverlauf liess Enitta innerlich absterben. Sie ging die Liste mit den Darstellern auf dem Prospekt durch und nahm sich vor, nicht gleich mit der Tür ins Haus zu fallen. «Sie haben mit sehr wenigen Schauspielern gearbeitet. Lag das am Budget?»

«Nein. Ich wollte das Ensemble klein halten.»

«Wissen Sie, ich hätte sehr gerne jenen gut aussehenden Darsteller befragt, der den Bösian mimt.»

Klüber winkte ab. «Bruce weilt in Neuseeland. Der war nicht mal für ein Satelliteninterview zu begeistern. Undankbarer Flegel.»

«Schade», murmelte Enitta. «Die meisten anderen Darsteller sind ja leider nicht mehr für Pressearbeit verfügbar.»

«Wie meinen Sie das?», fragte Klüber.

Böckli wollte ihre nächste Frage stellen, doch Enitta wurde

lauter. «Herr Klüber, macht es Ihnen eigentlich nichts aus, dass Ihnen die Mitwirkenden des Films reihenweise wegsterben?»

Klüber lehnte sich so rasch vor, dass ihm beinahe die Brille vom Schädel gepurzelt wäre. «Was war das?»

Böckli verzog den Mund, als hätte sich Fleisch hineinverirrt.

«Sacred Holy Mélauacher? Junbaldo Wegener? Der Drehbuchautor – wie war noch mal sein Name?» Selbst aus dem Augenwinkel konnte Enitta erkennen, dass der Mann am Eingang nervös geworden war.

Klüber wedelte ihn herbei. «Ich denke, wir brechen das Interview an dieser Stelle ab.»

Der Mann trat mit ausgestrecktem Arm näher. «Madame, möchten Sie bitte –»

Enitta kam abrupt hoch und hielt ihm den Polizeiausweis entgegen. «Stadtpolizei. Wagen Sie es ja nicht.»

Er versuchte dennoch, sie zu ergreifen. «Sie haben die Etikette missachtet. Das hat auch für Sie Konsequenzen.»

Ein Schrei drang durch die Pforte am Fenster, die zu Basils Suite führte. Enitta stürzte zur Klinke, schaffte es aber nicht, sie zu öffnen. Sie eilte zurück in den Warteraum und entlang der Veranda zur offen stehenden Suite. Drei Presseagentinnen und zwei Securitys waren bereits zugegen.

Basils persönliche Betreuerin hatte sich über ihn gebeugt. Blut rann ihm von der Schläfe. Er blinzelte umher und versuchte auf die Beine zu kommen. Enitta drückte den Sicherheitsmenschen ihren Ausweis in die Gesichter, bevor sie sich an ihnen vorbeischob, um neben Basil auf die Knie zu fallen. Sie getraute sich kaum, ihn zu berühren. «Alles in Ordnung mit dir? Was ist geschehen?»

«Eni», stammelte er. «Ich bin nicht sicher. Jemand ist plötzlich hinter mir aufgetaucht. Ich kann mich nur schwach an seine Umrisse im Spiegel erinnern. Er sah aus wie ein aufgeblähter Farbklecks. Dann hat er meinen Kopf gepackt und ihn gegen die Wand gedonnert. Mensch, tut das weh. Ich glaub, ich habe eine zünftige Hirnerschütterung, und mein Arm schmerzt auch fürchterlich.»

Enitta starrte zur Presseagentin hoch. «Ist eine Ambulanz unterwegs?»

Die Frau schaute vom Smartphone auf und nickte hart.

Enitta erhob sich. «Haben Sie etwas bemerkt?» Sie suchte die Blicke der anderen. «Hat jemand von euch etwas gesehen?»

Sie erntete bloss hilfloses Kopfschütteln.

Beim Eingang machte sich Aufregung breit. Eine Dame verschaffte sich Zutritt, gefolgt von zwei Herren in Uniform. «Thorbach, Stadtpolizei. Lassen Sie uns durch.»

Enitta erstarrte, als ihre Partnerin vor ihr stand.

«Wusste ich's doch», sagte Thorbach.

«Aber … woher?»

«Ich kenne meine Pappenheimerinnen. War ja klar, was du mit diesem Vormittag anstellen würdest. Dabei hatte ich für heute sowieso eine Befragung geplant. Konntest du wenigstens was aus ihm herausbekommen?»

Enitta verzog die Mundwinkel. «Ausser Sternen hat er nicht viel gesehen.»

Sanitäter rollten eine Bahre auf Rädern heran und hoben den verletzten Jungschauspieler sachte an, während die Beamten das Personal zur Seite komplimentierten.

Thorbach trat zur Bahre, auf der Basil ruhte. Er stöhnte und hatte sichtlich Mühe, die Augen offen zu halten. «Herr Bölz, wir bringen Sie zur Untersuchung ins Krankenhaus. Danach brauche ich umgehend Ihre Aussage.»

Als er von den Sanitätern aus der Suite befördert wurde, hoffte Enitta inständig, dass Basil mit einem Brummschädel und kleineren Blessuren davonkommen würde.

Thorbach hatte sie im Fokus. «Ich weiss, was du sagen willst. Dass ich ohnehin zu spät dran gewesen wäre. Stimmt aber nicht. Mit mir wärst du bereits um neun Uhr hier aufgekreuzt.»

Enitta kam sich vor wie eine Wollsocke im Heisswaschgang. «Das war bereits das dritte Mitglied des Cast. Da besteht doch ein Zusammenhang.»

«Seltsam ist es auf jeden Fall. Aber Bölz ist der Einzige, den wir noch befragen können. Also lass uns der Ambulanz folgen.»

Enitta zögerte. Ihr Blick fiel auf die Pressemappe auf dem Salontisch. Sie studierte die vorderste Seite, wo unter einer Schwarz-Weiss-Kopie des Kinoplakats die Namen der Darsteller und ihrer Charaktere aufgelistet waren. «Ich fürchte, wir werden woanders gebraucht», murmelte sie.

«Wo denn?», fragte Thorbach.

Enitta zückte einen Kugelschreiber und strich die Namen der angegangenen Schauspieler durch.

~~Basil Bölz~~ – Tanita Courage
~~Junbaldo Wegener~~ – Fridolin Vollmer
~~Sacred Holy Mélauacher~~ – Serenita Courage

«Fällt dir was auf?», fragte Enitta.

«Hat sich da jemand von unten nach oben gearbeitet?»

Enitta traute sich kaum, die Worte auszusprechen. «Und wenn dieser Jemand nun bei den echten Figuren in der gleichen Reihenfolge vorgeht?»

Thorbach presste die Lippen aufeinander. «Wo wohnt sie?»

«Kannst du da nicht ohne mich hin? Please? Ich bring's nicht über mich.»

«Enitta!»

***

Die draussen vorbeiziehende Limmatstadt kam Enitta auf einmal fremd und abweisend vor, während Thorbach den Dienstwagen mit Blaulicht Richtung Langstrasse steuerte. Natürlich wusste Enitta, wo Janita zu finden war. Sie war ihre

Schwester und überdies eine Ermittlerin. Schmerzlich wurde ihr bewusst, dass sie ihren Wohnsitz nicht hatte wissen wollen, um sie in einem Anflug von Mut dereinst zu besuchen. Vielmehr hatte sie tunlichst vermeiden wollen, ihr rein zufällig über den Weg zu laufen. Und nun würde womöglich alle Eile vergeblich gewesen sein.

Thorbach kam trotz des Mittagsverkehrs zügig voran. Sie rollte kurz vor dem Limmatplatz auf ganzer Breite aufs rechte Trottoir, so wie sie es wohl von ihrem vormaligen Partner Mettmenstetter gelernt hatte. «Ist es das hier?»

Enitta spähte einen Blockrand hoch, dessen Anstrich an rostiges Erbrochenes erinnerte. Der gläserne Hauseingang befand sich gleich neben der nördlichen Hausecke. Sie nickte und packte den Türgriff.

«Warte, du kannst nicht einfach so los, ohne Waffe», mahnte Thorbach.

Enitta griff ins Handschuhfach und zog ein silbernes Gerät mit Stummelantenne heraus. «Aber mit einem Walkie-Talkie.»

«Er könnte bereits in der Wohnung sein.»

«Bloss weil ich ihre Adresse kenne, braucht das nicht auch für ihn gelten. Jemand muss hier draussen Wache schieben.»

«Und wonach soll ich Ausschau halten?»

Enitta überlegte und erinnerte sich mit Schaudern an Basils Schilderung. «Einen grossen dunklen Schatten.» Dann stiess sie die Tür auf und eilte zur Metalltafel mit den Namensschildern. «Coray», der Mädchenname ihrer Mum, stach ihr sofort ins Auge. Sie wollte auf die Klingel drücken, da trat gerade eine gedrungene Bodybuilderin vors Haus, sodass Enitta knapp durch den Eingang schlüpfen konnte.

Dahinter spähte sie ins Treppenhaus und horchte angestrengt. Hatte sie eben Schritte gehört? Sie eilte die Stufen hinauf, in den ersten, dann den zweiten Stock, stolperte beinahe über ein Heer von Schuhpaaren und stand schliesslich vor der Tür ihrer Schwester. Sie langte so zaghaft nach der Klinke, als könnte diese glühend heiss sein, und drückte sie sanft. Verriegelt, mit einem Zylinder älterer Bauart. Sie zog filigrane Metallstäbe aus ihrem Portemonnaie, die an Folterwerkzeug aus einer Zahnarztpraxis erinnerten, und knackte damit das Schloss innerhalb von Sekunden. Erfreut war sie darüber nicht. Wenn ihr dies so leicht gelang, dann galt das Gleiche für jeden, der etwas von Schlössern verstand.

Sie wagte erst nur, den Kopf durch den Türspalt zu schieben, und wurde von Friedhofsstimmung empfangen. Im Flur brannten keine Lichter, und nur durch ein Zimmer weiter hinten fiel kaltes Tageslicht ein. Enitta schlich hinein und stiess sich den Fuss an einem der vielen teuer aussehenden Reisekoffer. Dann erschauerte sie endgültig.

Sie hatte Janitas gellendes, fast schon boshaftes Kichern vernommen.

«Wie sieht's da oben aus?», nuschelte es aus dem Walkie-Talkie.

Rasch führte Enitta es vor ihren Mund. «Alles in Ordnung. Bleib auf Empfang.» Sie stellte es auf lautlos und verharrte. Herzschläge vergingen, bis das Kichern ihrer Schwester erneut aufschallte. Gott sei Dank. Sie hatte nichts bemerkt. Auf leisen Sohlen legte sie Meter um Meter zurück, spähte in eine Küche, ein Badezimmer und einen Stauraum, die alle drei zwar benutzt, aber wenig bewohnt wirkten. Das Kichern machte ihren Bauch schmerzen, auch weil es gleich ins Gegenteil umschlagen mochte. Heftiges Tippen auf einer Tastatur war zu hören. Enitta warf widerwillig einen Blick ins zweithinterste Zimmer, um sicherzustellen, dass sonst niemand in der Wohnung zugegen war, bevor sie sich jenem Raum näherte, aus dem die Laute stammten. Es war zu ihrer Überraschung perfekt aufgeräumt und sogar lauschig eingerichtet. Janita sass mit dem Rücken zu ihr vor einem Bildschirm und halb heruntergelassenen Jalousien.

«Okay», rief Janita, «genug gechattet. Nun möchte ich über ein grossartiges Produkt sprechen, den Lady-Save von unserem Kanalsponsor Vlaks-Maeder.» Sie hielt ein Gerät hoch. Es sah aus wie ein Rasierapparat für Herren mit pinkfarbenem Gehäuse. Blaue Funken tanzten knisternd an der Oberseite. «Damit könnt ihr nachts wieder sorglos auf den Strassen unterwegs sein.»

Enitta pirschte hinein und stellte sich so hin, dass sie von der Webcam am linken Bildrand erfasst werden musste. Sie hob die Hand zum Gruss.

Erst erstarrte Janita, dann wirbelte ihr Kopf herum. Sie riss den Mund auf und erhob sich so rapide, dass der Stuhl zu Boden stürzte. Wortlos verharrte sie in ihrer Pose mit bösem Blick, so als wollte sie Enitta am liebsten mit dem Lady-Save niederstrecken.

Enitta wandte sich von den Laserstrahlen aus Janitas Schädel ab. «Hier haust du also.»

Janita verkürzte die Distanz mit entschlossenem Schritt. «Und wessen Schuld das wohl ist?»

«Ein YouTube-Kanal. Ist das dein neuer Job?»

«Sicher nicht. Seit diesen Nazi-Vloggern und der Adpocalypse ist dort Schluss mit Werbeeinnahmen.»

«Mein unsterbliches Mitleid», murmelte Enitta. Sie pflückte ein edel geschnittenes, perlenverziertes Seidenkleidchen von einem Wandnagel und musterte es. «Des Geldes wegen tust du das hier bestimmt nicht.» Sie zeigte auf ein Amulett und herumliegende Banknoten. «Ist das Mums Schmuck? Um die Ecke für Geld verpfändet? Und ich wette, dass du von der Produktionsfirma ebenfalls einen fetten Check erhalten hast.»

«Völlig zu Recht. Ist ja auch mein Leben, das da verfilmt wurde. Frau muss schliesslich schauen, wo sie bleibt.»

«Lüg hier nicht so widerlich herum», schimpfte Enitta. «Es geht dir bloss um Aufmerksamkeit. Sonst würdest du dich wohl kaum mit Fremden im Internet abgeben.» Sie kniff die Augen zusammen. «Wie heisst dein Kanal? JaniTube?» Er hatte über dreieinhalbtausend Abonnenten, von denen gegenwärtig hundertachtzig live dabei waren.

Janita wandte sich dem Bildschirm zu und zeigte auf Enitta.

«Liebe Fans, darf ich vorstellen: meine Schwester, die wahre Tanita Courage. Sie könnte allen Fame der Welt haben; aber nein, sie gefällt sich zu sehr in der Rolle der ewigen Underbitch.»

Lachende Hundehaufen, Fausthiebe, angezündete Bomben und Stinkefinger fluteten den Chat.

«Gibt es etwas, das ihr sie gern fragen würdet?» Sie beugte sich über die Tastatur, um die Antworten zu lesen.

Enitta nutzte die Gelegenheit und zog das Stromkabel des Modems aus der Dose, was den Nachrichtenfluss auf dem Bildschirm augenblicklich einfrieren liess.

«Was fällt dir ein?», empörte sich Janita.

Sie durften keine Zuschauer haben. «Hör zu: Du bist in Gefahr.»

«Ich laufe höchstens Gefahr, dir gleich eine zu scheuern, du blöde Kuh.»

«Basil Bölz ist vor weniger als einer Stunde verprügelt worden, und die beiden anderen Darsteller sind tot.»

«Sacred Holy ist –»

«Ja. Ist sie. Tut mir leid», beeilte sich Enitta zu sagen.

«So ein Brunz! Dabei hatte sie mich zur Geburtstagsparty auf ihrer Yacht eingeladen.»

«Das ist alles, was dir einfällt?»

«Ja, was denn sonst noch? So gut haben wir uns nun auch nicht gekannt.»

Enitta vernahm ein knarrendes Geräusch und hielt sich den Finger an den Mund. «Warte. Hast du das eben gehört?»

Draussen im Korridor war etwas erschienen. Eine Gestalt, die sich nur schwerlich beschreiben liess. Ein Sonnenstrahl aus der Küche traf den Spiegel im Flur und blendete Enitta. Sie glaubte einen wuchernden Schatten zu erkennen, der den Korridor auf ganzer Höhe vereinnahmte. Schon schwang die Eingangstür auf, und die Erscheinung verblasste ins Treppenhaus.

Enitta griff zum Walkie-Talkie. «Jena, er rennt soeben die Treppe hinab.»

«Bleib unbedingt auf Position», rief Thorbachs verzerrte Stimme zurück.

Enitta stürmte aus dem Flur und klammerte sich an den Handlauf. Atemlos starrte sie die Stufen hinab und lauschte schweren Tritten. Es tönte, als polterte ein Rhinozeros mit der Geschwindigkeit eines Pumas die Treppe hinab.

Thorbachs Stimme schrillte auf. «Polizei. Stehen blei–»

Ein Schuss peitschte durchs Treppenhaus. Erst glaubte Enitta, sich nie wieder aus ihrer Starre lösen zu können, doch dann beobachtete sie selbst, wie sie die erste Stufe nahm, die zweite, dann die fünfte und achte, bis sie eine Unendlichkeit später im Hauseingang stand. Eine Blutspur führte aufs Trottoir. Sie trat zaghaft an die Langstrasse und fand Thorbach am Boden liegen. Ein tiefroter Fleck begann sich in ihr weisses Hemd zu fressen. Enitta kauerte nieder und hob ihren Kopf an. Hastig sah sie sich um, aber es war niemand zu sehen, auf den der Schatten von zuvor gepasst hätte.

«Bring dich in Sicherheit», stammelte Thorbach. In ihren Augen schimmerte Angst und Trauer. «Er ist … er ist zu gefährlich …»

«Du weisst, wer er ist?», keuchte Enitta.

«Keine Polizei», schaffte die bebende Thorbach noch zu sagen, dann schlossen sich ihre Augen, und ihr Kopf fiel zur Seite.

«Bleib bei mir, Jena!» Enitta hoffte, dass Thorbach nur das Bewusstsein verloren hatte. Sie legte einen Finger an ihren Hals, doch da war kein Puls mehr. Enitta brüllte aus vollem Leib, bis ihre Kehle keinen Laut mehr hergab.

Ein Passant winkte zur Strasse zu einem Polizeiwagen, der die Räder einschlug und schräg auf dem Fahrstreifen abbremste. Enitta bekam nur weit entfernt mit, wie Beamte herbeieilten, sie von Thorbach lösten und beiseiteführten. Jemand prüfte den Ausweis an ihrem Bändel und stellte Fragen, die sie mechanisch beantwortete. Den zweiten Polizeibus und die Ambulanz nahm sie nur wie gespenstische Erscheinungen wahr, die im Vorspulmodus auftauchten und wieder verschwanden, während sie kaum den Blick vom Laken wenden konnte, das über Jena gebettet worden war. Als Janita neben ihr auf der Trittstufe abhockte, schienen mindestens hunderttausend Jahre vergangen zu sein.

Die erste Gestalt, die sie als Menschen wahrnahm, war Jakob Mettmenstetter, einer der dienstältesten und geachtetsten Kriminaldetektive der Stadtpolizei. Sie waren sich seit einer Ewigkeit nicht mehr begegnet. Aus seiner Geringschätzung für sie hatte er nie einen Hehl gemacht und war überdies Jena Thorbachs vormaliger Büropartner.

Mit eiskaltem Blick und den Händen in den Taschen baute er sich vor Enitta auf. Seine schütteren Haare waren kurz geschnitten und an den Schläfen ergraut. Die Gesichtszüge waren ledriger, als sie sie in Erinnerung gehabt hatte. «Was ist hier los?», fragte er mürrisch.

Enitta starrte betreten auf den Grund. «Ich bin nicht sicher.»

«Verdammte Scheisse, wie konnte das geschehen?»

«Es ging alles rasend schnell. Es tut mir alles so furchtbar leid.» Enitta hüllte sich tiefer in die Decke, die ihr ein Beamter über die Schultern gelegt hatte.

«Sie haben keine Vorstellung davon, *wie* leid es Ihnen noch tun wird», brüllte er. «Sie war Ihre Partnerin. Sie hätten sie beschützen müssen!»

Wut brachte Enitta auf wackelige Beine. «Ach, jetzt bin ich plötzlich ihre Partnerin?», erwiderte sie mit brüchiger Stimme. «Bisher wollten Sie ja nicht mal anerkennen, dass ich ein vollwertiges Mitglied der Stadtpolizei bin.»

«Sind Sie auch nicht», erwiderte er barsch. «Sie und Ihre Einbildungen.» Er wies energisch auf das Laken. «Hätten Sie die Augen aufgesperrt, wäre *das* nicht passiert.»

«Ich hatte beide Augen weit offen», antwortete sie kraftlos, «konnte den Täter aber dennoch nicht erkennen.»

Mettmenstetter fletschte die gelben Zähne. «Haben Sie überhaupt was gesehen?»

«Einen Schatten. Ein … gesichtsloses Phantom.» Sie blickte zu den gut dreissig Leuten, die sich hinter dem Absperrband um den Hauseingang aufgestellt hatten. «Hat hier draussen niemand etwas bemerkt?»

«Das wird die Befragung ergeben. Und Sie kommen jetzt mit mir. Ich will Ihre Aussage.»

«Ich habe den Kollegen schon alles gesagt.» Bevor Mettmenstetter protestieren konnte, schrillte ihr Handy. Enitta überwand sich, den Bildschirm zu prüfen. Die Welt kam augenblicklich zum Stillstand, als sie die eingegangene Nachricht von einer ihr unbekannten Nummer las.

«Nächstes Mal kriege ich euch. Versprochen.»

Hektisch musterte sie einen Schaulustigen nach dem anderen, blickte zu den Gitterbalkonen über der Langstrasse hoch, in die Fahrkabinen der Autos, die auf der gegenüberliegenden Fahrbahn vorbeischlichen. Aber niemand hätte zum Schatten gepasst. Vielleicht der Typ dort mit der Mütze von fast zwei Metern Höhe? Nein, seine Schultern waren zu schmal, und in seinen Augen konnte sie keine Belustigung und keine Gefahr erkennen. Bestenfalls aufrichtige Besorgnis. Was hatte Jena gesagt? Sie solle sich in Sicherheit bringen? Keine Polizei? Aus heiterer Hölle wurde sie vom Impuls ergriffen, den Tatort augenblicklich zu verlassen. «Ich muss weg», stammelte sie abwesend, warf die Decke in den Polizeibus und blickte sich nach einem Taxi um.

«Ja, ja», giftete Mettmenstetter, «rennen Sie nur weg. Wahnsinnig professionell.»

Enitta wirbelte herum. «Sie war meine Freundin», krächzte sie mit letzter Kraft.

«Und meine Partnerin», entgegnete er eisig. Er wandte sich ab und wedelte sie fort. «Gehen Sie schon. Ihre Anstellung war ohnehin ein Fehler. Sie haben nicht die Nerven für diesen Job. Und wehe, ich bekomme Ihre Aussage nicht bis morgen früh.»

Die Worte trafen Enitta wie ein Tritt in die Magengrube.

Ihre Füsse fühlten sich bleiern an, als sie das Absperrband ungelenk überwand, ein Taxi stoppte und sich auf den Rücksitz rettete.

Unvermittelt flog die Beifahrertür auf, und Janita stieg zu. Sie bettete eine ihrer extravaganten Handtaschen auf den Schoss.

«Was wird das?», quiekte Enitta entgeistert.

«Deinetwegen ist meine Wohnung zum Tatort mutiert. Na los, sag dem Mann, wo wir hinwollen.»

Enitta liess ihren Kopf aufs Polster sinken und verstand kaum die eigenen Worte. «Houdini.»

***

Janitas grosse Klappe währte nicht lange. Der Schock holte sie ein, noch bevor sie bei der Kalki ausstiegen und die grosse Treppe überwanden. Längst war ihr Gesicht so blass wie der milchige Wolkenhimmel. Eine volle Stunde hockten sie geschlagen im Wohnzimmer herum, hörten keine Musik, sprachen kein Wort und leerten eine Tasse Kaffee nach der anderen. Die Farbe kehrte nicht wirklich in Janitas Gesicht zurück, doch das viele Koffein liess sie auf und ab tigern.

Während Enitta ihre Schwester beobachtete, wurde ihr der Irrwitz ihrer Situation bewusst. Sie hatte Janita drei Jahre lang gesucht, gefunden, kaum mit ihr gesprochen und nur Tage später wieder im Streit verloren. Genauer gesagt hatte sie sich von ihr abgewandt, weil sie ihre feindselige Attitüde nicht länger ertragen konnte. Zu gerne hätte sie diesen Umstand angesprochen. Aber es wollte ihr partout nicht gelingen, das Schweigen zwischen ihnen zu durchbrechen. So reckte sie alle dreissig Sekunden den Hals, um einen Blick auf die Wohnungstür zu werfen.

Als sich diese schliesslich öffnete, zuckte sie zusammen, als hätte sie nie damit gerechnet. Wie in Zeitlupe sah sie Balu hereinstürmen und Janita überschwänglich begrüssen. Die beiden hatten sich seit vorletztem Frühling nicht gesehen. Das Treffen brachte wenigstens etwas Glanz in Janitas Augen.

Umso düsterer blickte Felix, als er Janitas Gegenwart bemerkte. «Was hab ich diesmal verpasst?»

Enitta fiel ihm um den Hals und liess ihn nicht wieder los. Danach platzte es aus ihr heraus wie ein Sturzbach. Der Angriff auf Basil, der Einbrecher bei Janita und … Jena. Sie starrte fassungslos auf den Boden, dann schaute sie auf. «Du könntest der Nächste sein.»

«Soll der bloss mal kommen», knurrte Felix.

«Am liebsten würde ich alle Fenster und Türen zunageln.»

«Nur nichts überstürzen. Der Hund warnt uns schon, wenn's gefährlich werden sollte.» Er streichelte Balus Rücken, während er Janita ins Visier nahm. «Und du? Kannst du nicht bei deinem Milliardärsfreund Scheller unterkommen? Bei dem wärst du bestimmt sicherer als hier.»

«Mein Ex und ich reden nicht mehr miteinander», erwiderte Janita schnippisch. «Der hat längst eine neue Gespielin.»

«Aber hier geht's um dein Leben», bekräftigte Enitta.

«Dem wär's egal, wenn ich *tot* wäre. Und dir bestimmt auch.»

«Ich war nicht diejenige, die vor zwei Jahren tödliches Gift spritzte. Dein Vorwurf, allein meine Geburt sei schuld an der Scheidung unserer Eltern gewesen, hat mich hart getroffen.»

Janita rieb sich den Nacken. «Womit ich dir bestimmt genügend Gründe lieferte, mich zu hassen.»

«Mich interessieren nur die Gründe für die Attacke. Hast du gar nichts Verdächtiges bemerkt?»

«Du standest doch neben mir, als ich befragt wurde.»

«Ich meine, in den vergangenen Tagen – und Wochen. Ist dir mal jemand gefolgt?»

«Eigentlich die ganze Zeit über. Diese Feiglinge wagen es sowieso nie, mich anzusprechen», sagte Janita.

Draussen wich das gräuliche Tageslicht dem Dunkelblau des Herbstabends. Felix stand auf und knipste die Ständerlampe an. «Wir sollten erst mal was essen.» Er verschwand in der Küche.

«Er kocht? Den hast du aber prima dressiert», staunte Janita.

«Ich bring im Moment eh nichts runter.» Sie beäugte die Ledertasche mit den feisten Goldschnallen. «Wann hast du die denn mitlaufen lassen?»

Janita packte das Edelaccessoire und verschwand damit im Bad, als Enittas Smartphone aufblitzte. Eine Nachricht von Mettmenstetter.

«Punkt acht Uhr Urania-Wache. Sonst werden Sie abgeholt.»

Für den Rest des Abends gingen sich die drei bestmöglich aus dem Weg. Felix kroch schon um zehn unter die Decke, während sich Janita ungefragt im Gästezimmer einquartierte, dessen Bett sonst immer dann Verwendung fand, wenn die jeweils andere Hälfte wieder heftig nervte.

Enitta selbst fand keine Ruhe. Immer wieder spähte sie aus den Fenstern und war sich sicher, dass unten obskure Dudas herumschlichen. Schliesslich verweilte sie bis nach Mitternacht grübelnd im Schein der Lampe auf dem Stoffsofa. Wer besass eigentlich alles einen Schlüssel zu ihrer Wohnung? In ihrem Magen begann ein Abgrund aufzureissen. Ob ihre Mitbewohner den Ernst der Lage begriffen? Wenigstens Jani schien wahrhaftig geschockt von Jenas Tod.

Balu lag auf dem Teppich und liess sie nicht aus den Augen. Immer wieder holte sie das Smartphone hervor und las die Nachricht, die ihr der Mörder geschickt hatte. Sie überlegte gar, die Nummer zu wählen, traute sich dann aber doch nicht. Dafür war sie viel zu aufgewühlt. Sie stellte sich vor, wie seine Stimme klingen würde. Wie er ihr unablässig ins Ohr flüsterte: «Schlaft gut. Wenn ihr könnt.»

3

Donnerstag, 3. Oktober, 7.22 Uhr, Genossenschaft Kalkbreite

Eine Melodie, so angenehm wie Reissnägel im Trommelfell, drängte ins Nichts. Es bedurfte einiger Wiederholungen, bis Enitta begriff, dass es sich um einzelne Töne handelte, die ein Muster formten. Ein akustisches Signal. Zerknittert kam sie auf dem Sofa hoch und rieb sich die Schläfe. Sie konnte sich nicht daran erinnern, einen Alarm programmiert zu haben, und fummelte nach ihrem Smartphone. Da war aber kein Alarm. Da waren Textnachrichten. Jemand hatte ihren Bildschirm mit einer Abfolge aus Totenköpfen geflutet. Es war dieselbe Nummer wie am Vortag.

Und die neueste Nachricht machte ihre Augenlider abrupt verschwinden. Jemand hatte einen Computerbildschirm fotografiert, auf dem ihr Twitter-Profil zu sehen war.

> Enitta Carigiet @fee_ding · 5 Std.
> Bullen NERVEN! Better don't be Mettmenstetter. NICHT UMSONST Schiesstraining absolviert. #WirWollenKeine #unfairgeltung @Stadtpolizei @DieMitte @TuFF_Official

Du heilige Berggeiss! Sofort öffnete sie die Twitter-App, die sie mindestens drei Jahre nicht mehr aktualisiert hatte, und fand lauter boshafte und empörte Reaktionen auf ihren Tweet vor. Von Journalisten, Leuten des TuFF sowie einem Herrn, der offenbar dem Staatsanwalt nahestand. Und da waren noch weit bösartigere Tweets in ihrem Namen abgesetzt worden, die gar blutigste Todesdrohungen enthielten. Sie konnte nur hoffen, dass Mettmenstetter nicht auf den sozialen Medien verkehrte. Überhaupt hatte sie nie kapiert, wie sich jemand etwas aus der weltgrössten Frust-Schleuder mit dem Vogel machen konnte.

Sie überlegte so scharf, wie es ihr belämmerter Zustand erlaubte, schielte nach Weingläsern und Bierflaschen. Fehlanzeige. Sie hatte tatsächlich nichts getrunken, weshalb die Tweets unmöglich von ihr stammen konnten. Auch hatte sie den Account seit seiner Eröffnung vor fünf Jahren kaum je verwendet. Hatte da etwa jemand ihren Account gehackt? Dieser eine bestimmte Jemand?

«So einfach mache ich es dir nicht», versprach eine Kurznachricht vom geheimen Absender. Was für ein riesengrosses, reinrassiges Super…

Eine Tür wurde aufgerissen, und trotzige Füsse marschierten übers Parkett. «Da hat mich einer mit Auberginen zugekleistert. Woher hat dieser Perverse überhaupt meine Nummer?», schimpfte Janita. «Die kenne ich ja nicht mal selbst.»

Felix trottete herbei, fuhr sich durch die windschiefen Haare und streckte Enitta das Handgelenk entgegen. «Schatz, es ist halb acht. Mach dich besser auf den Weg zur Wache, bevor sie dich einsammeln kommen. Ich will keine Bullen im Wohnzimmer.»

«Jena sagte, ich sei bei der Polizei nicht sicher.»

«Soll ich mitkommen?», fragte er mit gespielter Geduld.

«Kommt nicht in Frage.»

«Was ist *dann* das Problem?»

«Hast du gestern weggehört?»

«Ich hab's jetzt noch in den Ohren. Böser schwarzer Mann mit schwarzem Auto. Ich hatte gehofft, das würde sich legen, wenn du darüber schläfst. Und im Moment drohen dir vonseiten der Polizei die allergrössten Lämpen.»

«Da wäre ich nicht so sicher. Jemand hat sich meines Twitter-Accounts bemächtigt und Mettmenstetter persönlich bedroht.»

«Bestimmt ein Scherz von diesem Bölz-Bengel.»

«Basil liegt im Spital.»

«Aber nicht im Koma. Es ist bestimmt ganz anders, als du denkst.»

Als ihr Handy sich erneut meldete, wurde der Eingang einer Bildnachricht angezeigt. Energisch wischte Enitta die Sperre fort und ächzte. Sie brauchte eine Runde, um den Anblick zu verarbeiten. Als sie wieder aufschaute, hatten Felix und Janita einen Streit begonnen.

«Und was ist das?», beschwerte sich Janita und zeigte Felix ihre Auberginen.

Er schob den Kiefer vor. «Bei dir? Normalität.»

«Du hast dich kein bisschen verändert.»

«Und weil du gerade keine Designermode trägst, bist du plötzlich wer anders? Wo wir von sprechen, könntest du dir *bitte* was überziehen?»

Enitta hob ab wie eine Mondrakete. Sie streckte den beiden die Bildnachricht hin. Es war ein Foto, das jemand von den beiden geschossen hatte. In Enittas vormaligem Zimmerchen an der Sihlfeldstrasse. Felix und Janita küssten sich darauf. Zumindest war da ein fliessender Übergang zwischen ihren Gesichtern. Es musste entstanden sein, als sie Janita Unterschlupf gewährt hatte, weil diese sich kurz davor von ihrem Ex getrennt hatte und de facto mittellos war. Erst funkelte sie in Janitas, dann in Felix' Richtung. «Schwein!», brüllte sie.

«Schatz ...», stammelte Felix verlegen.

«Noch einen Mucks von dir, und ich mach die Supernova», bellte sie und stürmte aus der Wohnung, die glatt polierten Betonstufen des Treppengewölbes hoch und hinaus auf die Terrasse über den Wohnungen, die zur Grosskreuzung jenseits des Bahngrabens zeigte. Leere Bierkartons lagen herum, ein umgeworfener Einkaufswagen und orange Blätter, die ein Aufwind in Zeitlupe über Steinplatten fegte. Sie stellte sich ans Geländer und liess den Kopf hängen, versuchte, gleichmässig zu atmen und möglichst an gar nichts zu denken. Aber das Foto ging ihr nicht mehr aus dem Kopf.

Irgendwann bemerkte sie zögerliche Schritte, die sich in den Verkehrslärm mischten. Janita war angezogen an ihrer Seite erschienen.

«Wie konntest du mir das antun?», flüsterte Enitta.

«Das war irgendwie ein Missverständnis», maulte Janita. «Er hat *mich* angemacht. Ausserdem war niemand für mich da. Du warst bei diesen verfilzten Schmuddelkindern. Ich sass ganz alleine mit ihm in der kalten dunklen Wohnung – schon vergessen?» Sie wagte sich näher heran. «Ich bin deine Schwester. Ich würde niemals –»

Enitta brachte sie mit einer scharfen Geste zum Schweigen. Sie glaubte ihr nicht wirklich. Vielleicht sagte sie die Wahrheit, aber einer von beiden hatte den ersten Schritt getan, sonst wären sie nicht aufs selbe Bild geraten. Fragte sich bloss, wer. Schon wieder klingelte das Telefon.

Es war der Mörder!

Der Frust über das Foto liess sie den Anruf grusslos entgegennehmen.

«Hat dir das Bild gefallen?», fragte eine raue Stimme auf Berndeutsch. Sie klang so vereinnahmend ruhig wie die eines Schulpsychologen und wohl deswegen auch einschüchternd. Ein zutiefst amüsierter Unterton schwang in ihr mit.

Enitta drückte die Luft aus ihrem Bauch. «Woher weisst du all diese Dinge?» Sie bemühte sich, beherrscht zu klingen.

«Weil es persönlich ist.»

«Wer bist du?», setzte sie schärfer nach.

«Ich bin der Bombenvogel.»

«Und ich der Borkenkäfer!»

«Vorsicht mit der Wortwahl.»

«Warum bist du hinter uns her?»

«Weil du dich einmischen musstest.»

«Was willst du?»

«Ich bekomme bereits, was ich will. Schaut euch doch an, ihr verängstigten Häschen.»

Abrupt hob Enitta den Kopf. Konnte er sie beide etwa

sehen? Ihre Augen irrten umher. Auf dieser Seite konnte er sie bloss von … Sie starrte zum Lochergut. Dort blitzte im höchsten der aneinandergeschmiegten Blöcke etwas auf. Sie drückte die Lider zusammen und versuchte, das genaue Stockwerk auszumachen, liess die Fingerspitze von unten nach oben gleiten. Vierzehnter oder fünfzehnter Stock?

«Spar dir die Mühe», erklärte er abgeklärt. «Ist nicht meine Wohnung.»

Schlagartig zog sie die Hand zurück. Wie schaffte es dieser Kerl bloss, überall reinzukommen? Der Mann war ein Phantom.

«Brauchst mich auch gar nicht zu suchen. Ich werde dich holen kommen.»

«Nicht in einer Trillion Jahre.»

«Kannst dich nicht ewig in der Kalki verschanzen.»

«Wir sind eine Stadt innerhalb einer Stadt. Und sich einzugraben hat etwas Urschweizerisches.» Sie drückte ihn weg. «Psycho.»

Das Handy klingelte erneut. Sie wollte ihm bereits alle Schande sagen, als sie bemerkte, dass Mettmenstetter sie zu erreichen versuchte. Die Uhr zeigte zehn vor acht. Wegen Unpünktlichkeit rief er eindeutig nicht an. Das bedeutete dann wohl, dass er leider doch in den sozialen Medien verkehrte – oder seine Bürokollegen. Sie wartete, bis seine Nummer verblasst war. Wenige Sekunden später vermeldete der Sperrbildschirm, dass jemand auf ihren Anrufbeantworter gesprochen hatte. Huaragopfartami! Wann würde sie diese lästige Dienstleistung endlich abbestellen? Sie biss auf die Zähne und hörte die Nachricht ab.

Mettmenstetter war ausser sich. «Sie sind zu weit gegangen, Fräulein Carigiet. Meine Leute sind bereits auf dem Weg zu Ihnen. Sie haben eine Menge zu erklären.»

Erschöpft liess sie das Handy sinken. Einfach phantastisch. Nun hatte sie den Mörder *und* die Polizei am Hals. Die würden sie vielleicht auf der Wache festsetzen, und dann wäre sie womöglich ein leichtes Ziel. Ausserdem konnte sie Janita von einer Arrestzelle aus nicht beschützen. Sie beugte sich verzweifelt über das Geländer und starrte hinüber zur Kreuzung, wo sich Autokolonnen gesittet abwechselten, wie an jedem anderen Tag zuvor. Äusserlich war der Welt nicht anzusehen, dass sie in ihrem Innersten hoffnungslos durcheinandergeraten war.

Balu hatte sich zu ihren Füssen niedergelassen und blickte besorgt. Sie kniete sich hin, umarmte den Hund und gab ihm einen dicken Schmatzer auf die Stirn. «Tut mir so leid, Ba. Frauchen muss ihr Versprechen leider zurücknehmen.» Sie nahm seine Schnauze in die Hände. «Nun ist der Augenblick gekommen. Mir bleibt kaum eine andere Wahl, als das Zitadellen-Protokoll zu aktivieren.»

«Das was?», hörte sie Janita fragen.

Enitta richtete sich auf, drückte sich das Handy ans Ohr und hielt Janita im Auge. «Unsere allerletzte Hoffnung.» Sie hatte die eine Nummer gewählt, von der nun abhing, ob das Protokoll überhaupt noch aktivierbar war.

Eine freundliche Männerstimme meldete sich. «Hier spricht Jonas. Ich bin bis März im warmen Südostasien. Hinterlassen Sie bitte nach dem –»

Sie unterbrach die Verbindung. Der Weg war frei. Jetzt mussten sie ihn nur noch zurücklegen. Sie holte die Uberbringer-App auf den Schirm und bestellte einen Wagen. Blieb nur noch eines zu tun. Sie öffnete die SMS-App und wählte als Empfänger alle Nummern ihres Telefonbuchs aus. Dann holte sie tief Luft, bevor sie zu tippen begann.

Liebe alle, der Ernstfall ist eingetreten. Ich habe den Bogen überspannt und muss eine Weile von der Bildfläche verschwinden. Bitte glaubt nichts, was ihr in den Medien hört. Sprecht mit niemandem über mich. Und seht euch vor; wir schweben alle in Gefahr.
Enitta

Sie rammte ihren Daumen auf den Bildschirm und wandte sich Janita zu. «Dein Handy, schnell.»

«Wozu?»

«Los, hopp!»

Widerwillig leistete Janita Folge, und Enitta schaltete beide Geräte ab, um sie übereinanderzulegen. Sie holte weit aus, um sie im höchstmöglichen Bogen hinunter auf die Geleise des Bahngrabens zu schleudern, wo sie lautlos von den Schatten verschluckt wurden.

Janita stürzte so rasch ans Geländer, dass sie beinahe in die Tiefe gepurzelt wäre. «Wieso zur Scheisse hast du das getan?»

Soeben rauschten zwei Polizeibusse mit lautlosem Blaulicht über den Brückengraben. Mettmenstetter hatte nicht geblufft. «Weil wir sie loswerden mussten. Wir tauchen unter. Jetzt.»

Sie marschierte zurück ins Treppenhaus, wohlwissend, dass ihr eine erboste Janita auf den Schritt folgen würde. In der Wohnung schubste sie Felix beiseite und eilte ins Schlafzimmer, wo sie im obersten Fach des Kleiderschranks einen feisten Rucksack herauszog, den sie für genau diesen Fall gepackt und verborgen hatte.

Balu stürmte herein und gab Laut.

«Sorry, Kleiner. Wie schon gesagt: Frauchen muss ein Weilchen weg.»

«Und wohin?», fragte Felix.

«Unter den Radar.» Sie wollte an ihm vorbei, aber er liess sie nicht durch. «Wir haben uns diesen Samstag für den Küchendienst gemeldet. Wir müssen fürs Herbstfest zweihundert Leute bekochen und den Abwasch machen. Wenn du jetzt einfach so abhaust, wird uns die Zwangsfamilie allemachen. Dann wird kaum mehr was für deinen geheimen Verehrer übrig sein.»

«Er hat mich soeben angerufen.»

«Darf man erfahren, was er gesagt hat?»

«Du bist garantiert der Letzte, mit dem ich jetzt reden will.»

«Da war nichts», insistierte Felix.

«*Etwas* war da. Und du hast nichts gesagt ...»

Sie schob sich energisch an ihm vorbei, doch er ging ihr nach.

«Ich werde nicht zulassen, dass er dir was tut.»

«Und ich will nicht, dass du auch noch zu Schaden kommst. Es ist meine Schuld, dass er uns auf die Pelle rückt.»

«Hast du überhaupt einen Plan?»

«Weisst du noch, was du mir damals auf der Hardturm-Brache gesagt hast? Von wegen ich würde mich auf zu riskante Dinge einlassen? Ich hab es mir zu Herzen genommen und Vorkehrungen getroffen. Aber du darfst nichts darüber wissen. Am besten, du bringst dich ebenfalls in Sicherheit.»

«Ich gehe nirgendwohin. Und du auch nicht!»

«Zu spät.»

«Na, dann mach doch auf Dickschädel.»

«Und was ist mit mir?», fragte Janita.

Enitta ergriff ihr Handgelenk. «Du bleibst garantiert nicht hier.» Sie zerrte sie zum Eingang, doch Janita riss sich los, um ihre Luxushandtasche aus dem Gästezimmer zu holen.

An der Wohnungstür angelangt, blieb Enitta abrupt stehen und wandte sich an Felix. Auch wenn sie enttäuscht war, so konnte sie nicht sagen, ob er sie wirklich hintergangen hatte.

«Das ist doch der reine Wahnsinn!» Felix klang so aufgebracht, wie sie es noch selten erlebt hatte. «Da spielt euch jemand einen Streich.»

«Ja», stimmte sie zu, «von der mörderischen Sorte.» Sie kämpfte gegen die Bilder der sterbenden Jena an. «Pass auf dich auf», schaffte sie zu sagen und verliess die Wohnung, hopste die Treppe hinab, zur Lobby, wo sie eine letzte Sache zu erledigen hatte, bevor sie sich aus dem Staub machen konnte.

Auf der Treppe in die Bibliothek fror sie auf halbem Weg ein. Die Polizei stand bereits vor der gläsernen Eingangspforte und Thönder ihnen gegenüber. Die Beamten fuchtelten mit den Händen, schlugen gegen den Türrahmen, gegen die wuchtige Scheibe und riefen Dinge, die von der Isolierung fast gänzlich verschluckt wurden.

Thönder hielt sich die Hand ans Ohr. «Verzeihen Sie, was haben Sie gesagt? Cari-was? Ich kann Sie leider kaum verstehen. Ach, Sie möchten gerne eintreten? Tut mir leid, ich bin neu hier. Ich weiss nicht, welches der Schlüssel zum Eingang ist.» Er nestelte fahrig an seinem Bund und probierte die Schlüssel nacheinander vergeblich aus.

«Thönder.» Enitta wagte kaum, die Stimme zu erheben. Sie fürchtete, die Gesetzeshüter längst auf sich aufmerksam gemacht zu haben. «Unser Projekt?»

Thönder drehte den Kopf andeutungsweise in ihre Richtung, ohne die Augen von den Polizisten zu wenden. «Er wird einsatzbereit sein, Enitta. Jetzt verschwindet, durch die Garage. Presto.» Er wandte sich wieder den Beamten zu. «Wer? Was für Frauen? Hier gibt's keine Frauen. Hier bin nur ich.»

Enitta führte ihre Schwester hinab in einen langen, schmalen Betonkorridor, dessen linke Seite von einem voll belegten, doppelstöckigen Veloregal gesäumt war. Zwei Abbiegungen später erreichten sie die Garage, die gerade mal Parkplätze für eine Handvoll Autos bot. Hier war der Westausgang der Kalkbreite, wo die Trams ins Depot rollten. Eine unscheinbare weisse Mittelstandsbüchse japanischer Bauart erwartete sie draussen. Perfekt, um nicht aufzufallen.

Hastig stiegen sie ein, und Enitta gab das Zeichen zur Fahrt. Einfach der Badenerstrasse nach. Weg vom Zentrum. Im Rückfenster konnte sie die Blaulichter der Polizeibusse tanzen sehen. Sie wurden schon sehr bald kleiner, bis sie gänzlich in der Ferne verblassten.

***

Während jenseits der Scheiben zunehmend fremde Bauten vorbeizogen, wechselten sie kein Wort miteinander. Enitta war verstimmt wegen des Fotos und Janita wegen des Verlustes ihres Handys. Nach einer halben Stunde Irrfahrt stoppte Enitta in Fluntern den Wagen, um an einem Bankomaten Bargeld rauszulassen. Zweitausend Franken in möglichst kleinen Noten. Davon würden die Bullen schon sehr bald erfahren, weswegen sie den Trick nicht nochmals anwenden konnte und ausserdem rasch weiterfahren musste. Eine Viertelstunde später endete die Fahrt an einem Taxistand in Glattbrugg, wo sie umstiegen, nur um eine halbe Stunde später erneut das Taxi zu wechseln.

Enitta überkam der Verdacht, dass ihr Janita nur deshalb so artig folgte, weil sie auf die goldene Gelegenheit wartete, ihr eine reinzuhauen. Ihre bösen Blicke liessen dies jedenfalls vermuten. Doch darüber konnte sie sich jetzt nicht den Kopf zerbrechen. Dort drin kreisten bereits ähnlich viele Gedanken und Gefühle wie kaputte Satelliten um den Erdball. Was für eine Scheisssituation. Zerwürfnis mit Felix, abgeschnitten von ihren Freunden, auf der Todesliste eines Verrückten und von der Polizei bestimmt schon zur Fahndung ausgeschrieben. War dies eine Reise ohne Retourticket? Sie konzentrierte sich auf die Destination, um nicht komplett verrückt zu werden.

Die Zitadelle. Das Herzstück ihres ultimativen Notfallplans.

Mittlerweile waren auf den Trottoirs Trauben hungriger Büroangestellter unterwegs. Nach einer Reihe erratischer Richtungsangaben, die den Fahrer allmählich ranzig und geladen machten, rollten sie ins Flussgebiet von Altstetten, hinein in ein Siedlungsquartier, das üppig bewachsen wie kaum ein anderes war. Wohl auch deshalb hiess es Grünau.

Janitas Gesicht deformierte sich beim Anblick. «Ist das überhaupt noch Zürich?»

«Wenn nicht, wüsste ich's als Erste.»

Sie bogen in eine Strasse, zu deren Linken sich Sportplätze und zur Rechten neuartige Betonklötze erstreckten. Dahinter jedoch erhoben sich Fassaden, die den Elementen während Jahrzehnten getrotzt hatten. Kinder kurvten auf Velos herum.

«In dubio pro Ghetto, oder wie?», lästerte Janita.

«Du und dein Luxusfimmel.»

Janita zupfte an ihrer Lederjacke. «Bist ja selbst sehr modisch unterwegs. Felix hat dir ja echt was beibringen können.»

«Lass ihn aus dem Spiel», fauchte Enitta.

«Wenn ich daran denke, wie du früher rumgerannt bist. Die anderen Kinder dachten, du wärst mein kleiner Bruder.»

«Was konnte ich denn dafür, dass Mum mir ständig die Haare schnitt?»

«Du und ich, wir beide sind nicht so verschieden, wie du glaubst. Du bist einfach die anständige Version von mir. Aber wer ansteht, kommt nicht voran.»

«Park die Zunge! Nur für hundert Jahre, geht das?»

Als die Strasse rechter Hand aus dem Quartier führte, hielt der Wagen. Zu ihrer Linken erhob sich ein achtzehnstöckiger Wohnturm aus Ziegelsteinen, mit weissen Kanten und dem Grundriss eines zusammengedrückten Sterns. Dahinter erstreckte sich ein üppiger Umschwung samt Riesenkinderspielplatz, an dessen Enden sich eine Mauer aus zehnstöckigen, abweisenden Wohnblöcken entlangschlängelte. Eine Mischung aus Familienidylle und Arbeitertristesse. Während sie ihre Taschen schulterten, hoben sie die Köpfe.

«Willkommen in der Zitadelle», erklärte Enitta und überwand die Rampe zum Eingang, wo sie eine wenig geräumige Lobby betrat, die ebenfalls mit Pflastersteinen ausgelegt war, hinter Hochfenstern, eingefasst von korngelben Rahmen. Drei grosse Metallkästen beherbergten blaue Brieffächer und links vom gläsernen Hauseingang ruhte eine futuristische rechteckige Konsole in Blau, die stark nach hinten geneigt war. Darauf waren alle Mieter mit Namensschild und Klingelknopf aufgeführt. Die Immobilie fasste an die hundert Wohnungen.

«Ist ja voll DDR reloaded hier. Wie bist du auf die Gegend gekommen?», fragte Janita.

«Ein Bekannter hat mir ein Zimmer zur Verfügung gestellt. Es handelt sich bei diesem Hochhaus um einen Genossenschaftsbau, darum darf er sie nicht für sich alleine haben. Aber eigentlich braucht er den Platz eh nur selten. Der Typ ist ständig auf Weltreise.»

«Verirrst du dich öfters hierher?»

Enitta schüttelte den Kopf. «Und er würde auch gar nicht wollen, dass ich ein und aus gehe, wie's mir passt.» Sie drückte eine Klingel, und der Hauseingang begann zu surren. Dahinter befand sich ein kleiner Durchgang mit weissen Wänden, in dessen Mitte sich zwei hellblaue Lifttüren gegenüberstanden. Die Kabinen selbst waren wohl erst kürzlich renoviert worden. Ein anthrazitfarbener Metallwürfel beförderte sie in den zweiten Stock, wo Enitta in einem schummrigen Flur vor eine der dunkelroten Wohnungstüren trat.

Ein altes Frauchen mit Lockenwicklern und fleckiger Küchenschürze öffnete schwungvoll die Tür. «Ja bitte?», quäkte sie mit Oberaargauer Dialekt.

«Ich komme wegen dem Ersatzschlüssel für Herrn Aebischers Wohnung.»

«Die blöde Kuh?»

«Ja, die blöde Kuh bin ig.»

Das Frauchen griff in einen verborgenen Winkel und streckte Enitta etwas entgegen. «Dann können ja Sie ab jetzt die Blumen giessen.» Schon knallte die Tür.

«Was nun?», fragte Janita.

«Nun wohnen wir hier. Fürs Erste», antwortete Enitta.

Eine Liftfahrt später erreichten sie das oberste Geschoss. Unter quadratischen Deckenlampen verschafften sie sich Zutritt zu einer verwinkelten Wohnung. Exotische Masken und Hüte an den Wänden gehörten zu den wenigen Einrichtungsgegenständen einer ansonsten spärlichen Behausung.

Enitta folgte dem schmalen Flur, vorbei an einer topmodern eingerichteten Küche, ins Wohnzimmer und begutachtete die Aussicht auf die Geschäftstürme Altstettens jenseits der Autobahn. Das Panorama war atemberaubend. Es erstreckte sich vom Prime Tower über das Lochergut bis hinüber zum

Uetlibergturm. An klaren Tagen konnte man bestimmt die Schneeberge sehen.

«Das Penthouse», kommentierte Janita hörbar beeindruckt. «Jetzt erklär mir endlich, wie du hier untergekommen bist.»

Enitta warf ihren Rucksack aufs Sofa und streckte sich. «Ich habe Jonas auf der Akademie für Privatdetektive kennengelernt. Als es an die Abschlussprüfung ging, brauchte er meine Hilfe. Sein Vater hätte ihn enterbt, wenn er die vermasselt hätte. Also schrieb ich neben meiner Abschlussarbeit auch gleich noch seine.»

Janita linste skeptisch.

«Das hier ist das Resultat meiner Arbeit. Ich hatte eine letzte Rückzugsmöglichkeit konzipiert, für den Fall, dass frau untertauchen müsste – ohne dabei die Stadt zu verlassen. Die Leute denken ja gerne, als Privatdetektivin müsse man nix beherrschen – das könne jede.»

«Aber eine leer stehende Wohnung in Zürich?»

«Leer stehende Wohnungen gibt's kaum welche. Dafür jede Menge möblierte, die unbewohnt sind.» Sie musste lachen. «Eigentlich hat er mich schon dreimal schriftlich gebeten, auszuziehen. Aber der ist sowieso nie zu Hause und die Miete so tief, das glaubst du nicht. Geradezu kriminell.»

«Dieser Jonas ist der Einzige, der von diesem Versteck weiss?»

Enitta nickte.

«Trotzdem. Mehr als versauern können wir hier nicht.»

«Wie meinst du das?»

«Jemand hat deinen Twitter-Account gehackt und unsere Handys zugemüllt. Wahrscheinlich kann er unsere IP zurückverfolgen, sobald du dich irgendwo einloggst. Und ohne Internet werden wir kaum was über ihn rausfinden.»

Enitta grinste. «Genau dieser Teil war Kern meines Konzepts. Oder hast du vergessen, dass ich Informatikerin bin?»

«Warst.»

Janita konnte nicht wissen, dass sie nach ihrer Lehre nie damit aufgehört hatte, sich für Hacking zu interessieren, und überdies mehrere Computermagazine abonniert hatte, die allerdings meist von Felix auf dem Klo zerlesen wurden. «Ein bisschen ist schon hängen geblieben.»

«Und wenn schon. Vielleicht haben wir es sogar mit einem Mister Robot zu tun. Wann warst du noch mal auf dieser Schule? Vor vier, fünf Jahren? Was immer du hier angedacht hast, funktioniert doch niemals.»

Enitta schielte in die Schatten am Ende des Wohnzimmers, wo sich der Flur fortsetzte. «Die Frage ist eher, ob es *noch* funktioniert.» Mit dem Rucksack in der Hand näherte sie sich zögerlich einer braunen Zimmertür, strich mit den Fingerspitzen über den Rahmen und bekam einen Schlüssel zu fassen. Als sie die Klinke drückte, schlug ihr abgestandene Luft entgegen. Der Rollladen war unten, sodass sie die Deckenlampe einschaltete. Am Ende des engen, langen Raumes stand ein schlichter Arbeitstisch mit einem 16:9-Bildschirm, einer Tastatur, einer Maus und kleinen Lautsprechern, flankiert von einem Teleskop, das aufs Fenster ausgerichtet war.

An der linken Wand prangte eine gigantische Karte der Stadt Zürich, und rechter Hand befand sich ein Holzgestell mit Wasserflaschen, Konservendosen, einer Ladestation für mehrere Akkus und Baustellenlampen, die längst erloschen waren, sowie diversen Taschen, einem Drucker und einem Laminiergerät.

«Da hat sich wohl jemand auf den dritten Weltkrieg vorbereitet.»

«Eher aufs Jüngste Gericht.» Enitta schlenderte zum Schreibtisch, strich übers Holz und zog an einer Schnur. Die Jalousien gaben den Blick auf die niedrigen Fassaden hinter der Wiese frei, welche den Turm nach Norden und Osten umgaben.

«Aber dass du dieses Konzept gleich in die Tat umgesetzt hast …», ächzte Janita überwältigt.

Enitta grinste. «*Proof of concept.* Ich wollte wissen, ob das Ganze wirklich funktioniert. War mehr aufwendig als teuer. Und was an Kosten anfiel, hat Jonas bezahlt.»

«Da weiss jemand, wie man Geld springen lässt.»

«Wie wir wissen, liegt das in der Familie. Die Idee war, den Informationsfluss zu sichern, um mehr über den Feind zu erfahren. Also Zeit zu gewinnen, ohne dabei entdeckt zu werden.»

«Jetzt klingst du wie Dad», sagte Janita.

«Was denkst du, wer mich ursprünglich für Computer begeisterte?»

«Dann läuft der Internetanschluss also auf diesen Jonas?»

«Nein, das wäre zu auffällig. Wie du gesagt hast: Der Kerl ist vermutlich sehr technikversiert und kann mich anhand meiner Suchresultate und der sozialen Medien rasch herausfiltern.» Sie schaltete den Bildschirm ein, der aufdringliches Blau zeigte.

Janita spähte unter den Tisch. «Da steht gar kein Rechner. Ich sehe ja nicht mal ein Modem.»

«Ist aber eins da», erwiderte Enitta und blinzelte durchs Digitalfernrohr. «Dort drüben.» Die Linse war noch immer perfekt auf einen toten Bildschirm ausgerichtet, der in einem der obersten Fenster stand. «Beginnen wir mit dem Einrichten.» Sie verlagerte zehn versiegelte Produktepackungen vom Gestell auf den Spannteppich und setzte sich hin. Gemeinsam enthüllten sie acht jungfräuliche Nokia-Tastenhandys und zwei Smartphones der Billigmarke Westluck. Wenn sich Enitta nicht täuschte, waren deren Lithium-Ionen-Akkus auch nach über zehn Jahren Lagerung noch einsatzbereit und verfügten obendrein über einen Reststand, der ihr das Aufladen ersparte. Sie knickte die enthaltenen SIM-Karten aus den Halterungen und notierte deren PIN-Codes mit Filzschreiber auf der Rückseite der Chips. Dann grub sie ein spezielles Lederetui aus ihrem Rucksack und schob die SIM-Karten in winzige, parallel angeordnete Fächer. Die letzte drückte sie in ein Tastenhandy, aktivierte es und stand auf, um von einem Zettel am Bildschirm eine Festnetznummer abzulesen.

Während sie diese eintippte, neigte sie den Kopf zum Regal. «Reich mir bitte eine Wasserflasche.» Wenige Wartezeichen später wurde ihr Anruf entgegengenommen. «Hallo. Ich bin's. Es wär so weit ... Ja, danke. Ihnen hoffentlich auch ... Sehr schön, lieben Dank.» Sie drückte den Gesprächspartner weg und liess das Telefon in ein Glas gleiten. Dann öffnete sie eine PET-Flasche und ertränkte das Handy in sprudelndem Wasser.

Man konnte von blossem Auge erkennen, dass der Raum, in dem der Bildschirm stand, erhellt wurde. Das Digitalteleskop übertrug die Anzeige mit Hilfe eines komplizierten Adapterpuzzles direkt auf ihren Bildschirm. Darauf erschien statisches Rauschen und stürzte abrupt ins Dunkel. Weisser Programmiercode blitzte auf und machte Platz für das pixelige Logo von Windows XP, unter dem ein blauer Ladebalken umhergeisterte. Nach Eingabe ihres Administratorinnenpassworts erschien eine menschenleere Wiesenlandschaft als Schreibtisch-Hintergrund. Der Winkel war nicht perfekt, die Zeilen etwas schief, aber es war alles enthalten und klar ablesbar.

Sie drückte Walkman-Batterien vom Regal aus einer Verpackung und steckte sie in Maus, Lautsprecher und Tastatur. Die blaue Hintergrundbeleuchtung der höhergestellten Tasten schaltete sich ein, und der Cursor begann, den Bewegungen der Maus zu gehorchen.

«Bluetooth?»

«Klasse eins. Hat eine Reichweite von hundert Metern. Fast doppelt so viel, wie wir brauchen.»

«Wer wohnt überhaupt dort drüben?»

«Ein älterer Herr, den ich über den Quartierverein vermittelt bekam. Hab ihm gleich zwei PC-Stationen in die Wohnung gestellt. Stammten noch aus dem Rampenverkauf von meiner Lehrfirma «Carrington Davenport International». Er benutzt seinen Compi ohnehin nur für DAB. Ja, und seither schicke ich ihm jedes Jahr eine Karte mit Kussmund zu Weihnachten. So als kleine Wertschätzung.» Ansonsten hielten sie keinen Kontakt, den man hätte zurückverfolgen können. Für ihr Konzept eine Grundvoraussetzung.

«Ziemlich ausgeklügelt. Doch den anderen Computer kann der Perverse trotzdem ausfindig machen.»

«Ja, aber dann wüsste er noch lange nicht, von wo aus dieser angepeilt wurde. In dieser Siedlung kommen dafür eine Menge Fenster in Frage. Das würde uns im Ernstfall genug Zeit zur Flucht verschaffen.» Sie startete den Webbrowser und holte eine Suchmaschine auf den Schirm. Sie jauchzte ein «Yass!».

Janita sperrte den Mund auf. «Du gehst ja richtig ab hier», spie sie mit einer Mischung aus Erstaunen und Abscheu.

Enitta fühlte sich ertappt. Ja, sie hatte dieses Gefühl aus den Anfangstagen ihrer Ermittlungstätigkeit vermisst. Das Kribbeln. Die Ungewissheit. Wieder zurück im Spiel zu sein, ohne Protokolle, Dienstwege oder Vorschriften. Beutezüge ohne Papierkrieg. Leider kamen gleichzeitig die verdrängten Erinnerungen an all die Schrecklichkeiten hoch, die sie in den vergangenen vierundzwanzig Stunden in dieses Apartment gescheucht hatten.

«Es geht hier schliesslich um mein Leben.»

«*Unsere* Leben.»

Janita schnaubte. «So viel Einfallsreichtum hätte ich dir jedenfalls nie zugetraut.»

«Besser fürs Geschäft, wenn mich alle für ein unbedarftes Blondinchen halten. Nun können wir zurückschlagen, nur darauf kommt's an. Gleich nachdem wir uns gestärkt haben.» Hunger verspürte sie zwar nicht wirklich, aber sie hatte seit fast zwei Tagen kaum etwas gegessen und bereute es, Felix' Pasta am Vorabend aus Lustlosigkeit verschmäht zu haben.

Janita nahm eine Dose Thon vom Gestell und drehte sie. «Pech gehabt, läuft erst nächsten Sommer ab.»

Enitta hob eine weitere Konserve. «Wir hätten auch Ananas, Apfelmus und Bohnen. Das war aber bloss als eiserne

Reserve gedacht. Diesen Teil habe ich längst aktualisiert.» Sie nahm Platz und rief Facebook auf, um sich in einen ruhenden Account einzuloggen, den sie vor sechs Jahren erstellt und seither fast nie benutzt hatte. Sie war erstaunt, dass sie die Zugangsdaten noch immer auswendig kannte. Das Profilbild zeigte eine Frau mit Sonnenbrille, blonden Haaren, die in einen Schal gehüllt war. Selfies ohne Wiedererkennungswert waren in den sozialen Medien einfach die besten.

Janita las den Nutzernamen ab. «Wer bitte ist ‹Mar Tina›?»

«Ich hab auch eins, das auf ‹Va Leska› läuft.»

«Das mit dem Einfallsreichtum nehm ich zurück.»

«Das Gute chez Zuck: Man kann beinahe endlos Daten hinterlegen. Etwa in Form von Bildern.» Sie rief Mar Tinas Galerie auf, und Allerweltfotos scrollten vorüber, die mit Text versehen waren. «So kann man Informationen bunkern, die von Zucks Suchmaschinen und Algorithmen nicht als solche erkannt werden. Adressen, Telefonnummern und Kundendaten. Zum Beispiel die von Coop@Home.»

Sie loggte sich mit den Zugangsdaten von Mar Tinas Galerie beim Detailhandelsriesen ein und füllte gemeinsam mit Janita den virtuellen Einkaufskorb. Leider würde der Kurier die Waren erst am Abend liefern. Darum schnappte sie sich zwei grosse Büchsen Triangoli an Bolognese-Sauce, die sich dank einer Lasche wie Coladosen öffnen liessen. In der Küche besorgte sie sich Gabeln, stach damit in die Teigtaschen und hockte sich im Wohnzimmer aufs Sofa.

Janita holte eine Champagnerflasche aus dem Kühlschrank, angeblich, weil dieser voll davon war. Sie liessen sich ihr kaltes Menü still schmecken. Dabei überkamen Enitta Kindheitserinnerungen an Davos, wo dies ihr Lieblingsmahl gewesen war. Weil Mum ihr stets verbot, die Kochplatten zu erwärmen, hatten sie es schliesslich roh zu schätzen gelernt.

Janita zelebrierte einen Rülpser. «Die Wohnung strotzt direkt vor Ostblock-Fetisch. Und dieser Multi-Tumulti-Kram an den Wänden. Furchtbar.»

«Souvenirs. Jonas hat viele Naturvölker besucht.»

Ihre Schwester musterte die Fratzen aus Holz, Bambus und Schilf, die mit Kuhzähnen bestückt, filigran geschnitzt, mit Farben bepinselt oder Geflecht zusammengebunden waren. Manche blickten drein, als würden sie gerade aufgespiesst, während andere einzuschüchtern versuchten. «Sind die Menschen dort wirklich so hässlich? Nee, ne?»

Enitta schielte böse hinüber und hörte mit Kauen auf.

Wie meist in solchen Momenten änderte Janita auch diesmal ohne Not das Thema. «Ich kann nicht mal einen Fernseher entdecken.»

«Das ist mir auch lieber.» Besonders, wenn sie daran dachte, was dieser Bombenvogel sonst noch alles ausgefressen hatte oder dass sie womöglich gerade selbst in den Medien auftauchte.

«Klaus Trophobia hat angerufen.»

«Soll sich die Finger wund wählen. Ich will nicht, dass du auf den Balkon gehst, hörst du?»

«Ja, ja.»

«‹Ja, ja› heisst ‹leck mich am Arsch›. Ich will, dass du es versprichst.»

«Dann halt. Aber ewig werden wir es hier drin nicht zusammen aushalten.» Sie stellte die geleerte Büchse auf den Tisch und kippte ihr Glas Champagner runter. «Lass uns loslegen.»

Sie kehrten an den Schreibtisch zurück, und Enitta stieg ins Netz. «Zunächst sollten wir das Terrain abklopfen, schauen, wie unbehelligt wir uns da draussen noch bewegen können.» Sie überwand sich zu etwas, das sie höchst ungern tat.

Sich googelte sich selbst.

Die oberste Position der Ergebnisliste führte sie auf die Startseite des neuen Internet-Magazins «JEZ», das sich mit Mikro-Artikeln der Tagesaktualität verschrieben hatte. Der Reporter Mathias Krummenacher schlich in einem Video von einem Kameramann gefolgt bei der Kalkbreite herum. Er habe von Quellen erfahren, dass Enitta Carigiet im Zusammenhang mit einem Todesfall innerhalb des Polizeikorps gesucht werde. Damit rechtfertigte er zumindest seine Aufdringlichkeit. Er befragte wahllos Passantinnen und spähte sogar zwischen die hochgewachsenen Topfpflanzen vor der grossen Treppe, um zu sehen, ob sie sich dahinter versteckt hielt.

«Oh, Mathias», seufzte Enitta.

«Ein Freund von dir?»

«Dachte ich mal. Bei dem Kerl hilft nicht mal mehr eine Freundin.» Mit einem Klick entkam sie dem Video und landete auf der aktualisierten, rot gehaltenen Startseite. Dort verkündete unter einem Mauszeiger – dem Logo des Portals – eine Headline: «Polizistinnenmord an Langstrasse: Pressekonferenz folgt».

Ein Streaming-Fenster wartete darauf, angewählt zu werden. Noch zeigte es bloss einen verwaisten weissen Korpus, hinter dem die Führung der Stadtpolizei üblicherweise zu den Journalisten sprach. Sie wählte die Abspieltaste. Gemurmel und das Geräusch gedrückter Auslöser drangen aus den kleinen Lautsprechern. Blitze überzogen den Korpus, dann erschien ein Mann mit grauem Blazer, kurz geschorenen schwarzen Haaren über grauen Schläfen und Nickelbrille vor der Presse. Sie erkannte ihn als Kurt Ebnöther, den neuen Sicherheitsvorsteher der Stadt. Wie sehr wünschte sie sich die unlängst zurückgetretene Monika Mayer-Daguette zurück.

Ebnöther packte eine Stuhllehne, jedoch ohne erkennbare Absicht, Platz zu nehmen. Er wirkte gar, als brenne er darauf, die Konferenz rasch hinter sich zu bringen. Er hob ein Papier und schickte strenge Blicke in den Raum, wohl um sich der Aufmerksamkeit der Presse zu vergewissern.

An seiner Seite tauchte Mettmenstetter auf, der die Hände auf den Rücken gelegt hatte und ziemlich zerknirscht wirkte. Bestimmt verspürte er kaum Lust, überhaupt anwesend zu sein.

«In medias res», legte Ebnöther ohne Begrüssung los. «Gestern wurde eine Kollegin Opfer einer grausigen Gewalttat.» Er gab sich alle Mühe, seinem sonst so herrischen Tonfall eine Prise Würde und Betroffenheit beizufügen. «Sie haben mein Ehrenwort: Dies ist für mich eine Frage der städtischen Sicherheit. Die Untersuchungen laufen, und die vormalige Partnerin des Opfers wurde zur Fahndung ausgeschrieben.»

«Steht sie in Verbindung zu dem Vorfall?», verlangte jemand zu wissen.

«Nein», entgegnete Ebnöther halbwegs geduldig. «Sie wird im Zuge eines Disziplinarverfahrens gesucht.»

Eine Frauenstimme meldete sich. «Stimmt es, dass sie eine zivile Beraterin der Stadtpolizei war? Die erste überhaupt?»

«Ja. Ein sehr ... *kurioser* Umstand, ich weiss.»

Eine dritte Person fragte: «Welche Qualifikationen hatte sie denn, um diese Position zu bekleiden?»

Ebnöther wich mit dem Blick auf das Papier aus, das er wie einen Schutzschild vor seine Brust hielt. «Grundsätzlich keine. Das war so eine Quotengeschichte meiner Vorgängerin. Sie hatte glücklicherweise nur diese eine Stelle geschaffen. Eine Mitschuld dieser Beraterin am Mordfall kann jedoch nicht vollständig ausgeschlossen werden.» Er senkte das Papier, hob die Faust und fand zu seinem gewohnt bissigen Ton zurück. «Solches Verhalten muss Konsequenzen haben. Wir sind hier schliesslich nicht im Wilden Westen. Wie schon der grosse Schweizer Philosoph Friedhelm Döhr zu berichten wusste: Auf Sturm und Drang folgt Turm und Strang!»

Irritiertes Raunen brandete auf.

«Ich meine ... äh ... Sie wissen haargenau, was ich meine. Adieu und merci.» Er wandte sich ab und floh vor Folgefragen.

Enitta stoppte die Übertragung. «Dieser!», fauchte sie.

«Hat mich ja nicht mal beiläufig erwähnt», nörgelte Janita.

Enitta lehnte sich zurück und zog sich die Wangen mit beiden Handflächen lang. «Diese Art von Publicity fühlt sich nicht gut an, glaub mir.»

«Wenn die alle nach dir suchen, dann suchen wir halt nach ihm.»

«Eine Idee, wo wir anfangen sollen?»

Janita fletschte die Zähne. «Die offensichtliche Gemeinsamkeit der drei Opfer ist dieser Film. Dort sollten wir ansetzen. Vielleicht gab es Zoff hinter den Kulissen oder Streit um die Filmrechte. Was weiss ich. Ich war ja bloss in die Vorproduktion involviert.»

«Sieh an, sieh an», sagte Enitta fasziniert. «Endlich denkt mal eine mit.» Sie grub sich durch Artikel von «Tanita Courage», fand aber kaum etwas, das nicht von der Sorte Gerücht, Klatsch, Werbung, Fake News oder Klickköder gewesen wäre. Sie sank ernüchtert in den Sessel.

Nebenan rutschte Janita auf ihrem Küchenstuhl herum. «Etwas bequemer hättest du das Zimmer durchaus einrichten dürfen.»

«Hä?»

«Vielleicht düsterer, mit indirekter Beleuchtung und Chefsesseln? Wie in diesem unterirdischen Film, den Dad immer geschaut hat. Der mit dem Fledermausmann?»

Enitta schaffte es unter Mühen, die Augenbrauen zu heben. «Du meinst die Batcave?» Sie wiegte den Kopf hin und her. «Kommt drauf an, ob Burton oder Nolan.» Sie konnte Janita grinsen hören. Dann spürte sie, wie eine Hand ihren Kopf streichelte.

«Armes Ding. Hattest nie eine Chance», spöttelte Janita.

Enitta rappelte sich auf. «Du nimmst die Sache überhaupt nicht ernst.»

«Soll ich etwa schreiend durch die Wohnung rennen? Wär dir bestimmt auch nicht recht.»

«Ich bin bloss erschöpft. Hab kaum geschlafen letzte Nacht. Ich muss mich kurz hinlegen.»

Janita reckte die Hand nach der Tastatur. «Darf ich dann in der Zwischenzeit …»

Eilig drückte Enitta eine Tastenkombination. Das Browserfenster wich augenblicklich dem passwortgeschützten Bildschirmschoner – einem Emblem in Acht-Bit-Qualität. Zwei Steinböcke standen sich auf dem Zürcher Wappen gegenüber, und darunter prangte der Schriftzug «Zitadellen-Protokoll». Grafisch nicht mehr ganz zeitgemäss. «Auf gar keinen Fall.»

«Und was soll ich solange tun, ohne Handy? Ohne Fernseher? Ohne BuzzFeed?»

Enitta holte eins der beiden Westluck-Smartphones aus der Tasche, in das keine SIM-Karte eingelegt war. «Hier. Versuch's mal mit Computerspielen.» Ermüdet trottete sie zum Sofa und legte sich hin.

***

Als schrille Töne sie zurück ins Licht holten, entnahm sie der Wanduhr, dass es Punkt fünfzehn Uhr und somit kaum eine Stunde verstrichen war. Sie fühlte sich benommen, aber immerhin weniger ausgezehrt. Sie folgte den Tönen und fand Janita auf dem Thron sitzen.

«Hätte nie gedacht, dass man sich die Zeit so gut mit ‹Snake› vertreiben kann. Da hat man wenigstens die Illusion, mit jemandem zu interagieren. Ich habe der Schlange sogar einen Namen verliehen», sagte sie, ohne aufzublicken. «Komm schon, Cécile, komm, nur noch diese eine Ecke. Hat mich eine Ewigkeit gekostet, so ein gemeines, giftiges, nimmersattes Biest wie dich heranzuzüch… Ach, Mist – verstorben.»

«Wieso gerade dieser Name?»

«Mum hätte mich beinahe so getauft. Oder Hugo, wenn ich ein Junge geworden wäre.»

Enittas Nackenhaare wiegten sich in Schaudern. Cécile Carigiet? Nein, das hätte nicht mal Janita verdient gehabt. Dann blieb ein Gedanke hängen.

Interagieren.

Darauf verspürte sie gerade riesig Bock. Etwa, um zu erfahren, wie es um ihren Failix bestellt war. Im Halbdunkel des Zimmers kehrte sie auf Facebook zurück und rief einen dritten Geheim-Account auf, einen gewissen Ferdinand Franz. Dieses Profil hatte den Vorteil, dass es mit Felix' Freundesliste verbunden war. Ihre Nachrichten würden nicht erst in der Vorhölle aus Anfragen landen, sondern direkt angezeigt werden. Jetzt musste er nur noch online sein.

Schwein!
Du okay?

Klar.
Bullen haben alles auf den Kopf gestellt.

Prima. Wir hatten eh über eine Umgestaltung gesprochen.

Sonst so?
Nichts Verdächtiges?

Gesehen 15:11

HAAALLO!

War abgelenkt.

Aha! Von wem?

Niemandem.

Karre.

Nichts weiter.

DER TOD HAT EINEN GRÜNEN DAUMEN
KLAUDIA BLASL
111 TÖDLICHE PFLANZEN DIE MAN KENNEN MUSS
111 TÖDLICHE PFLANZEN DIE MAN KENNEN MUSS
emons:
KLAUDIA BLASL
BÖSE BLUMEN
Zwölf giftige Pflanzenkrimis
BÖSE BLUMEN
KLAUDIA BLASL
emons:
emons:
www.emons-verlag.de

Du interessierst dich
für Autos?

Für Klassiker schon.

Genauer.

Draussen schlich ein
Vintage-Sportwagen herum.

#Schönheit

GENAUER!

Er war …

Verdammt.

Schwarz?

Mattlack?

Ha!

PS: Blödmann.

#Schneeflöckchen

#Wollsöckchen

I guess.

Enitta loggte sich aus und dachte hart nach. Konnte es denn reiner Zufall sein, dass ein schwarzer Wagen immer wieder in ihrem Leben auftauchte? Sie wandte sich an Googles Bildersammlung. Eine Suche auf Englisch würde die maximale

Anzahl an Treffern hervorbringen. Sie tippte «Black Car 70s» ein und scrollte sich durch eine Fotoflut, die das gleiche Unwohlsein aufsteigen liess, das sie schon mal verspürt hatte. Der Wagen, der die dunkelsten Erinnerungen triggerte, war ein 1969er Ford Mustang, Special Sports Edition. Ein wirklich ästhetisches Automobil, sässe darin nicht höchstwahrscheinlich der Feind.

Janitas Kinn tauchte neben ihrem Ohr auf. «Wonach suchst du?»

«Felix hat ein ähnliches Modell gesichtet, das bei der Kalki herumschlich. Vielleicht bedeutet es was, vielleicht auch nicht. Es begegnete mir erstmals im Mai letzten Jahres, als du dich in der Scheuermatt vor deinem Ex verschanzt hast.»

Keine Reaktion.

«Jenes besetzte Areal mit den verlausten Linksradikalen?»

Janita stöhnte. «Hatte ich schon erfolgreich verdrängt gehabt.»

«Die Karre hat mich damals regelrecht verfolgt. Ein Rätsel, das ich nie gelöst habe.»

Janita nahm Platz. «Perfekter Untersatz für einen Perversen.»

«Das Auto, das Wegener totgefahren hat, passt ebenfalls auf die Beschreibung. Na ja, zumindest entfernt.»

«Dennoch. Ist das nicht etwas weit hergeholt? Wenn das derselbe Typ ist, der dich verfolgte, was hat er dann die letzten zwei Jahre getrieben?»

«Vielleicht sass er im Knast oder lag im Koma.» Enitta überlegte. «Einmal ist das Ding sogar mitten in der abgeriegelten Scheuermatt aufgetaucht. Ist dir dort nie ein solcher Wagen aufgefallen?»

«Autos interessieren mich nur mit geöffneter Hintertür und Chauffeur.»

«Du darfst nicht Auto fahren?»

«Ich will meist nicht. Und du fährst trotz Führerschein ständig Velo.»

«Bei dem Ding weiss ich wenigstens halbwegs, wie man's repariert. Moderne Wagen und ihre Bordsysteme. Die meisten Mechaniker zocken einen bloss ab.» Ein Geistesblitz erleuchtete ihre Hirnwindungen. «Mechaniker. Das ist es.»

«Hä?»

«Die Scheuermatt hatte doch einen Chefmechaniker.»

«Dieser ölige Putzlappen von Vinci, ja.»

«Wenn jemand weiss, wem dieser Wagen gehörte, dann er. Wollen wir doch mal sehen, was aus ihm geworden ist.»

«Der sitzt bestimmt noch immer ein. Und Gefängnisse sind derzeit keine Orte, die du betreten möchtest.»

Enitta googelte Vinci und wurde auf mehreren Portalen fündig. Ein aktueller Artikel in «Die Mitte» vermeldete, dass ein gewisser Vincenzo S. nach wie vor in U-Haft sass. Seit vorletztem Mai. Im Gefängnis Zürich, das im Bezirksgebäude untergebracht war, im Zentrum der Stadt. Angeblich, weil eine Staranwältin den Fall geschickt verkomplizierte. Enitta stiess einen waffenfähigen Fluch aus. «Dort komme ich nie an ihn ran. Der könnte ebenso gut in Fort Knox hocken. Dabei ist er vielleicht der Einzige, der etwas wissen könnte.»

Janita scrollte zurück zum Anfang des Artikels, wo Vinci beim Gang zur Verhandlung gezeigt wurde. Sie fuhr mit der Maus zum rechten Bildrand. Dort stand eine Frau mit strengem Blick und Hosenanzug. «Die kenne ich. Das ist seine Strafverteidigerin, die Madeleine Rist-Katter. Eine der besten.»

«Und was nützt uns das jetzt?»

Janita vergrösserte das Bild. Rist-Katter musste Ende fünfzig sein, hatte lange blonde Haare und war zentimeterdick geschminkt. Besonders um die Augen. Janitas Blick wechselte zwischen Enitta und dem Foto. «Mir kommt da grad so eine Idee.»

Enitta begriff. «Auf gar keinen Fall. Kommt nicht in die …»

***

«Nicht so dick auftragen», protestierte Enitta.

Janita hörte nicht hin und fuhr Schicht um Schicht damit fort, einen Teint auf Enittas Gesicht zu pinseln. Mit dicken Stiften malte sie Enittas Stirnfalten nach und verwischte sie wieder, bis die Runzeln furchterregend authentisch wirkten.

«Ich erkenne mich kaum wieder», schimpfte Enitta.

«Darum geht's ja. Du sollst aussehen wie sie. Ausserdem haben wir nicht viel Zeit.» Sie deckelte den Stift und streckte ihr das Westluck mit dem Bildschirmfoto der Rist-Katter hin.

Enitta hob es zögerlich an und verglich ihr Spiegelbild damit. «Für Halloween bestimmt geeignet, aber fürs echte Leben? Ich kann doch nicht einfach dort reinspazieren.»

«Aber klar doch», erwiderte Janita siegessicher. «Das ist gerade das Tolle. Schau, die Rist-Katter vertritt ihn seit über einem Jahr. Deswegen wird sie bestimmt eine Dauerbewilligung besitzen. Anwälte erhalten die, um ihre Klienten jederzeit besuchen zu können. Aus diesem Grund brauchst du dich nur noch telefonisch anzukündigen. Könnte ja sein, dass er gerade im Benimmunterricht hockt oder unter der Dusche steht.»

«Die werden nach meiner ID fragen.»

«Vergiss es. Die Rist-Katter kennen und fürchten dort längst alle. Allerdings müssen Besucher das Gelände bis siebzehn Uhr verlassen haben. Uns bleibt also wenig mehr als eine Stunde.»

Enitta streifte sich das Handtuch von den Schultern. «Woher weisst du das alles?»

«Scheller sass dort auch mal ein. Wegen der Schlägerei vor seinem Nachtclub in Oerlikon. Alter Hut. Jedenfalls hab ich in jener Zeit so einiges aufgeschnappt. Glaub mir, das ist der einzige Weg. Wenn du als jemand anders vorstellig wirst – etwa als Enitta –, wird Vinci seine Zelle womöglich gar nicht erst verlassen wollen.»

Nur mässig überzeugt trottete Enitta aus dem Bad und rief die Website des Bezirksgerichts auf. Sie suchte die Nummer heraus und aktivierte das nächste Wegwerfhandy. Sie erhielt augenblicklich eine Zusage und liess auch dieses Gerät ins Wasserglas gleiten. «Ging ja echt fix. Fragt sich bloss noch, wie ich dorthin gelangen könnte.» Sie stellte sich vor die Karte der Stadt Zürich und fuhr mit der Fingerspitze auf den Grundriss des Grünau-Quartiers, von dort aus über die Autobahnbrücke, vorbei am Bahnhof Altstetten und eine Strasse weiter zu einer Haltestelle. «Das 2er-Tram fährt direkt vors Bezirksgericht», murmelte sie.

«Perfekt. Dich wird niemand erkennen, und ich werde nicht gesucht.»

«Vielleicht nicht von der Polizei.»

«Gehen wir?»

«Spinnst du? Viel zu gefährlich. Du bleibst schön hier.»

«Willst du mich etwa alleine zurücklassen? Ganz ohne Fernseher?»

«Und machst *du* dir keine Sorgen, wenn ich ganz alleine dort draussen unterwegs bin? Mit echten Bösewichten?»

«Sei nicht so kleinlich. Und wer würde sich schon mit Madeleine Rist-Katter anlegen?»

Enitta schaute an sich hinab. Sie sah nicht gerade nach Staranwältin aus. «In dem Aufzug geht das aber nicht.»

«Supereinfach. Kaum eine Unpässlichkeit.» Janita holte ihre Tasche und zog ein Designerkleid nach dem anderen heraus.

«Da ist aber jemand eingedeckt», kommentierte Enitta spröde.

«Ich war in Eile und wusste nicht genau, was sich in den einzelnen Taschen befindet. Das hier sind Stücke von der Badesse-Kollektion. Ein Luxuslabel, das Scheller eigens für mich gegründet hat. Ausser mir besitzt die keine.»

Glücklicherweise teilte Janita ihre Masse. Sie zeigte auf ein dunkles Kollektionsstück, das entfernt an einen Hosenanzug erinnerte. «Dürfte einschüchternd genug sein. Hast du eine Monatskarte fürs Tram?»

Janita schnalzte verneinend. «ÖV ist für Arme. Lass uns einen Uber rufen.»

«Geht nicht ohne Smartphone.»

Janita streckte ihr das Westluck hin.

«Da mache ich aber keine Karte rein, wegen dem Ortungssystem.» Sie grub in ihrem Portemonnaie und machte grosse Augen. «Verflixt, ich hab mein Abo zu Hause liegen lassen …»

«Hat man das nicht immer dabei?»

«Ich brauch es doch so selten.»

«Siehst du? Kaufen wir eben neue Tickets.»

«Geht nicht. Die Automaten akzeptieren in dieser Gegend kein Cash. Die schaffen Bargeld gerade allerorts ab, weil es angeblich den Kleinkriminellen hilft.»

«In deinem Fall stimmt das sogar.»

«Und Plastik ist zu gefährlich. Das können sie zurückverfolgen.»

«Ist doch nicht weiter schlimm, wenn die unsere Personalien aufnehmen.»

«Es geht mir um die Aufmerksamkeit. Je weniger Leute gaffen, desto besser.»

«Wir reden lediglich von zehn Minuten Fahrt.»

«Und zurück.»

«Ticketkontrolleure sind ja wohl unsere kleinste Sorge. Im Notfall hauen wir einfach ab.»

«Ich will nicht bis hierher zurückrennen müssen.»

«Uns rennt bereits die Zeit davon. Umziehen und ab ins Gefängnis!»

***

Um kurz nach vier traten sie von der Autobahnbrücke mit dem grünen Geländer und am postmodernen Ziegeltempel der UBS vorbei. Sie entschwanden in den Personentunnel unter dem Gleisfeld und walkten dahinter über den Vorplatz des Bahnhofs Altstetten, wo sie sich mit Pendlern mischten. Ihre

Outfits hatten sie in den letzten dreissig Minuten mindestens zwei Gesellschaftskasten überspringen lassen. Das hielt die Leute zwar auf Abstand, erzeugte aber gleichzeitig eine unerwünschte Aufmerksamkeit – und diese verunsicherte Enitta. «Was, wenn mich eine Freundin der Rist-Katter anspricht?»

Janita preschte unter dem Blätterdach einer kleinen Allee vor. Jedes Augenpaar, das sich für sie interessierte, war verdächtig. «Die hat keine Freunde.»

«Aber bestimmt eine Menge Feinde.»

«Die werden erst recht einen grossen Bogen um sie machen.»

Sie erreichten eine Grosskreuzung, an der sich der Lindenplatz befand. Eine dörfisch gestaltete Plaza, eingerahmt von roten und gelblichen Niedrigbauten. Altstettens eigentlicher Kern, dessen Parkbänke allesamt besetzt waren. Jede Minute an der Tramhaltestelle nebenan erschien Enitta wie eine Ewigkeit, und als die Blechraupe vorfuhr, war sie bereits rappelvoll. Draussen zog erst Altstetten vorbei, dann der Albisriederplatz, das Lochergut, die Kalkbreite und schliesslich machte das Tram halt vor einem Gebäude mit Schrägdach, das stilistisch eine krude Mischung aus Schulhaus und Kaserne war.

Linker Hand führte eine schmucklose Seitenstrasse vorbei an einem Metallzaun, hinter dem der Pavillon vom Kino Xenix hervorragte. Enitta schmerzte es, dass sie sich gerade dort, wo echte Stadtzürcher bevorzugt Flagge zeigten, derzeit nicht blicken lassen durfte. Gegenüber, in der Mitte der wuchtigen, cremefarbigen Fassade, befand sich ein Durchgang zum Innenhof des Bezirksgebäudes. Die schweren Gitter standen zu dieser Zeit noch offen. Halb fünf. Es blieben nur noch dreissig Minuten.

Janita zeigte auf eine Eisenpforte auf der linken Seite. «Das ist der Zugang zum Gefängnis.» Sie öffnete die Hand. «Lass mal Scheine wachsen.»

«Was hast du vor?»

«Das, was ich am besten kann. Rüber ins Volkshauscafé gehen und das Teuerste auf der Karte ordern.»

Enitta blickte Janita hinterher, wie sie zur Helvetiaplatz-Kreuzung tänzelte, und kratzte ihren ganzen Mut zusammen. Sie betrat einen weitläufigen Innenhof, der rechts von einer Plastik aus Stahlbalken geziert wurde. Ihr Ziel lag gleich zu ihrer Linken. In die Eisenpforte war eine Tür eingelassen, und eine Überwachungskamera hatte sie längst im Visier. Sie drückte eine Klingel, woraufhin sich das Schott surrend entriegelte. Sie trat in eine Art Ausfahrt, an deren Ende ein Eisengitter den Zugang zum Innenhof verwehrte. Dort stand ein weisser Pavillon hinter Parkfeldern, umgeben von schäbigen Mauern mit winzigen Fenstern.

Janita hatte sich darüber lustig gemacht, dass das Gebäude unter Denkmalschutz stand, weswegen sich Renovationen schwierig gestalteten, und die Zellen den Charme von Mäusefallen versprühten. Die Fenster waren so hoch angebracht, dass die Gefangenen steil nach oben blicken mussten, um etwas Himmel zu erhaschen. Ausserdem sei in den hundert Jahren, in denen der Bau existierte, keinem einzigen Insassen die Flucht geglückt. Der erfolgreichste Versuch hatte auf dem Dach geendet. Zu spät. Sie stand längst mittendrin – und unter Beobachtung.

Rechts befand sich der eigentliche Zugang zum Gefängnis. Durch eine Fensterfront wurde sie von einem Vollzugsbeamten in hellblauem Hemd gemustert. Zielstrebig schritt sie in den Korridor neben der Kabine. Ihr war, als würde sie eine alte Postfiliale betreten, mit grässlichem Kunstlicht und dickem Panzerglas vor dem Schalter. Wenigstens würde der nikotingelbe Schein der Innenbeleuchtung ihrer Tarnung dienen.

Zwei Vollzugsbeamte hockten inmitten einer langeckigen Kommandokabine mit allerlei Annehmlichkeiten. Sogar ein kleines Lavabo war vorhanden. Unter der niedrigen Decke konnte Enitta förmlich das wuchtige Gebäude über ihr spüren.

Misstrauisch wirkten die beiden Beamten zwar nicht, dafür äusserst wachsam. Hatte der eine eben die Augen verdreht? Bevor sie genauer hinschauten, hob sie den Zeigefinger. «Grüezi», sagte sie mit fakem Hochdeutschakzent, so wie sie es bei einem TeleZüri-Interview abgeschaut hatte. Sie versuchte, ihre Stimme etwas tiefer klingen zu lassen, etwas herrischer, aber nicht zu laut. Sie wusste, dass ihre Person gefürchtet war, und diesen Trumpf galt es genüsslich auszuspielen.

«Frau Rist-Katter», stellte der Vollzugsbeamte höflich fest.

«Das bin ich», stiess sie hervor. «Mein Name ist Rist-Katter.»

«Das wissen wir.»

«Madeleine Adelheid Rist-Katter. Aus Trimbach. Kanton Solothurn.»

Die Augen des Beamten begannen sich zu verengen. Er suchte den Blick seines Kollegen.

Sie klatschte die flache Hand auf den Tresen. «Und ich verlange, meinen Klienten zu sehen.»

«Auch das wissen wir. Sie hatten vor kaum einer Stunde angerufen. Ist ja normal bei Ihnen.» Er schielte auf seine Armbanduhr. «Bleiben Ihnen nur noch fünfzehn Minuten, bis wir schliessen.» Er wies nach rechts, den Gang hinab.

«Das Gesetz sollte keine Öffnungszeiten kennen», scherzte Enitta kalt.

Der Beamte erwiderte das Lächeln auf gruselige Weise.

«Dann will ich mal besser keine Zeit verlieren.» Der Korridor führte zu einem Metalldetektor. Noch bevor sie sich den Kopf darüber zerbrechen konnte, ereilte sie eine dumpfe Stimme jenseits des Panzerglases.

«Frau Rist-Katter. Ihre Effekte.»

Sie wirbelte herum.

Der Mann zeigte auf eine Schliessfachsektion gegenüber dem Schalter.

Ihre erbarmungslose Visage mühevoll aufrechterhaltend

und um strammen Rücken bemüht, kehrte Enitta um, Schritt für Schritt auf die Schliessfächer zu, so als wüsste sie, worum es ging. Unschlüssig öffnete sie eins der Fächer. Da passte nicht viel mehr hinein als ihr Portemonnaie und ihre Schlüssel – aber genau dafür waren sie wohl auch gedacht. «Verzeihung. Die Eile.» Sie tippte auf die feiste Uhr, die sie sich von Janita geborgt hatte, um ihren Status zu untermauern.

«Sie vergessen es jedes Mal …», raunte der Beamte und widmete sich Papieren.

Enitta schob ihre Wertsachen hinein und marschierte mit dem Schlüssel durch den toten Detektor. Dahinter führte eine vergitterte Tür zum Innenhof und linker Hand ein paar Stufen zu einem Schott hinauf. Welchen Weg sollte sie nun wählen? Logisch wäre die Treppe gewesen, die tiefer ins Gebäude führte. Aber der Bau war so komplex, vielleicht musste sie ja erst den Innenhof durchqueren. Sie konnte lediglich die Fahnen vom Kanton Zürich und der Schweizer Eidgenossenschaft über dem Container wehen sehen. Welche Zugänge sich an den Seiten befanden, eröffnete sich ihr jedoch nicht.

«Zu den Gefangenen geht es immer noch die Treppe rauf. Elf Minuten», mahnte die dumpfe Stimme.

Sie funkelte in die Kabine. «Alte Angewohnheit. Ich mag Innenhöfe. Und Sie haben einen sehr schönen Innenhof. So schön … rustikal. Wie in der alten Zeit, als in dieser Stadt noch Zucht und Ordnung herrschten.» Sie nahm die Stufen und wartete, bis ein Summen die Entriegelung des Schotts vermeldete. Dann betrat sie einen kurzen, quer verlaufenden Korridor mit vier hellgrauen Sicherheitstüren auf dunkelgrauen Rähmen. Da kein Summen zu hören war, das ihr weiteren Zugang verschafft hätte, wählte sie den Stichgang in der Mitte des Korridors.

Jetzt bloss keine Emotion zeigen, einfach gefährlich wirken. Es ging nur noch nach links oder geradeaus. Also folgte sie dem Uhrzeigersinn und hatte Glück.

Ein Zimmerchen mit Fenster, das durch ein feinmaschiges Gitter und Milchscheiben jeden Blick auf die Aussenwelt verwehrte. Sie zählte einen Tisch mit vier Stühlen und auf der Gegenseite eine Gefängnistür mit Spion und Klappe, bestimmt dafür gedacht, um Dinge zu reichen. Jemand machte sich an dessen Schloss zu schaffen. Sie wandte sich dem Fenster zu und konnte darin die Umrisse einer gedrungenen Gestalt sehen, die hereingeschubst wurde. Danach verriegelte sich die Tür von aussen.

Sie wartete einen Augenblick ab und wandte sich geschmeidig zu dem Häftling. Dabei erhielt sie ihr gelangweiltes Gesicht aufrecht.

Bingo. Ein dunkler Adidas-Trainer. Seine Erkennungskleidung. Das Bärtchen verwilderter, als sie es in Erinnerung gehabt hatte, und der Blick nicht mehr so hochnäsig. Vinci sass ihretwegen ein. Er war Teil einer linksradikalen Gruppierung namens Schandbratzen gewesen, die vor zwei Frühlingen die Stadt mit ihrer Zerstörungswut erschüttert hatte. Ihr Schlupfwinkel war die Scheuermatt gewesen, eines der letzten besetzten Areale Zürichs, wo Enitta zur selben Zeit ihre Schwester aufstöberte, die sich dort vor ihrem steinreichen und gewalttätigen Lover versteckt gehalten hatte. Die Ehre, diese Chaoten am Ende hinter Gitter zu bringen, war ihr daher nur ungefragt zuteilgeworden. Aber besonders in seinem Fall verspürte sie nicht die geringste Reue über ihren Ermittlungserfolg. Vinci war echt das Hinterletzte. Wegen Menschen wie ihm gab es Krieg auf der Welt.

«Was ist es diesmal?», fragte er schnoddrig. «Ich habe gerade so schön –»

Mit galanten Schritten näherte sie sich und schaute ihm dabei tief in die Augen. Sie konnte aufkeimendes Misstrauen erkennen, aber dieses schien sich nicht über Verwirrung hinauszubewegen. Sie wechselte zurück in ihr breitestes Bündnerdeutsch. «Schade, ich hatte gehofft, dass sie dich zu den ganz harten Jungs mit den sexuellen Frustrationen verlegt haben – wo du hingehörst.»

Vinci sperrte den Mund auf. «Bist du nicht …? Wache!»

Enitta donnerte die flache Hand an seine Wange. «Du weisst, wofür.»

Er rieb sich die Haut und fand sogleich zu einem gefälligen Grinsen. «Du schlägst wie ein Mädchen.»

Sie beugte sich über ihn. «Ich *bin* ein Mädchen. Aber bitte, nur zu. Ruf die Wachen, wenn du nicht alleine mit mir fertigwirst.»

Stolz und Neugier schienen zu überwiegen. «Sag schon, was du willst.»

«Ich brauche Infos.»

«Und anscheinend ziemlich dringend. Sonst wärst du nicht ein solches Risiko eingegangen. Da bin ich mal gespannt. Was könntest du wohl von mir wollen?»

«Wem gehörte der schwarze Wagen?»

«Was für 'n schwarzer Wagen?»

«Habe ich eine Wange übersehen? Die Mattlack-Schleuder in der Scheuermatt. Die magisch auftauchte und ebenso spurlos wieder verschwand.»

Erst gaffte Vinci blöde, dann lachte er auf.

Die Luke öffnete sich. «Was ist da drin los?», verlangte eine raue Stimme zu wissen.

«Nichts.» Er winkte ab. «Sie hat mir bloss zum ersten Mal ihren Stundensatz verraten.»

Das misstrauische Augenpaar hinter der Klappe verschwand.

«Darf ich mitlachen?», fragte Enitta.

«Wenn der hinter dir her ist, bist du geliefert.» Vinci rieb sich grienend die Hände. «Köstlich. Du wirst alles bekommen, was dir meine Antifa-Freunde an den Hals gewünscht haben.»

Enitta stimmte kalt ins Lachen ein. «Diese kleinen Feiglinge können sich ohne ihre Kollegen nicht mal die Schuhbändel binden.»

«Weshalb sie am liebsten in Gruppen auftauchen. Aber im Vergleich zu *ihm* sind das wirklich blasse Figuren. Du bist wahrscheinlich nur deshalb noch am Leben, weil er mit dir spielt.»

«Wer ist er, und was will er?»

«Ist doch offensichtlich. Dich fertigmachen. Den Grund dafür kennst du bestimmt selbst am besten. Mischst dich ja gerne überall ein.»

Nein. Sie kannte den Grund nicht. Ob Janita etwas wusste? «Wie sieht er aus?»

«Selbst wenn ich dir seinen Namen verriete, würdest du ihn niemals kommen sehen. Ich sag nur so viel, er hat damals nach dir gefragt.»

Vincis Belustigung deutete darauf hin, dass dieser Typ wirklich gefährlich war. Aber immerhin. Es war ein *Typ*.

«All dieser Aufwand – für nichts.»

«Nein, nicht ganz», erwiderte Enitta ernst. Sie schickte sich an, zu gehen, als sie bemerkte, wie das Gemäuer allmählich zu schrumpfen begann, und das schon nach wenigen Minuten Aufenthalt. Sie studierte die Deckenlampen. «Wie hält man es hier drin eigentlich aus, ohne wahnsinnig zu werden?»

«Die Aussicht auf ein Leben in Saus und Braus. Meine Familie hat richtig Geld.»

«Obwohl du deinen Onkel ruiniert hast?»

«Ich habe mehrere Onkel.»

«Falls du es nach draussen schaffen solltest, bevor du unten durchhängst.» Sie wandte sich dem Ausgang zu, was Vinci verächtlich lachen machte.

«Du glaubst, du kannst hier einfach so rausspazieren?»

Ihre Augen loderten auf. «Wenn du meinen Besuch auch nur gegenüber den Ratten in einem Nebensatz erwähnst, füge ich meiner Zeugenaussage in Sachen Scheuermatt ein paar böse Erfindungen hinzu. Dürfte deinem Prozess kaum förderlich sein.»

«Hier drin gibt's aber keine Ratten.» Vinci versuchte, souverän zu klingen, doch seine Worte waren von Verzweiflung durchtränkt.

«Hat deine Zelle etwa keinen Spiegel?» Sie liess einen letzten mitleidigen Blick über ihn schweifen. «Würde so manches erklären.» Sie genoss seine bittere Miene und verliess den Besprechungsraum.

Der Weg in die Freiheit wurde ihr von niemandem verwehrt. Die Kabinenbrüder waren sichtlich erleichtert, eine vermeintliche Henkerwespe rechtzeitig aus dem Haus zu haben. Als sie über den Innenhof eilte, spukten Vincis Worte in ihrem Kopf herum. Was, wenn der schwarze Wagen wirklich hinter ihr her war? Und was, wenn dessen Fahrer die Schauspieler nicht ermordet hatte? Wenn da noch jemand ganz anders mitmischte?

Furcht stieg in ihr auf. Herbstblätter taumelten von den Baumkronen, und kühler Wind rüttelte an ihrer Frisur. Sie verdrängte die Vorstellung und folgte der schlecht beleuchteten Strasse hinab zum Lokal mit den vielen Neonröhren an der Decke, um Janita zu holen und in die Zitadelle zurückzukehren. Den einzigen Ort, an dem sie sich derzeit noch halbwegs sicher fühlte.

***

Sie erreichten ihren Rückzugsort um kurz vor achtzehn Uhr, als die Welt draussen längst ins Dunkel gefallen war. Enitta konnte die viele Schminke nicht rasch genug aus den Poren bekommen und brauchte dabei die halbe Flasche mit dem Reiniger auf. Um kurz nach sieben schrillte die Türglocke. Sie zuckte fürchterlich zusammen, doch es war bloss der Kurier, der ihr Essen lieferte. Zwei Papiertragetaschen voller Früchte, Getränke und Gemüse. Janita grub die Hand zwischen die Artikel und biss gierig in einen saftigen Apfel.

«Wie kannst du noch immer solchen Heisshunger haben? Du hast ganze hundertfünfzig Franken liegen lassen, in nur fünfundvierzig Minuten.»

«Obst mag ich nur frisch. Übrigens, ich hab nachgedacht.

Was, wenn wir ab jetzt nur noch nachts unterwegs sind? Da begegnen uns weniger Leute.»

«Nachts kannst du aber nicht mit Sonnenbrille rumlaufen.»

«In Zürich schon.»

«In deinem Zürich vielleicht.»

«Mein Zürich ist auch das einzig richtige.»

Begriff sie den Ernst der Lage wirklich nicht? Enitta hing wie eine tote Fliege auf dem Sofa und beobachtete Janita beim Spachteln. «So sorglos wie du möchte ich auch mal wieder sein.»

«Was hat er denn nun erzählt?», fragte Janita mit vollem Mund. «Kennt er den Fahrer?»

«Er wollte keinen Namen verraten, aber er freut sich über dessen Interesse an uns.» Enitta packte ein Kissen, drückte es sich ins Gesicht und schrie mit aller Kraft hinein. Ermattet schleuderte sie es in die Ecke. «Es klang fast so, als wäre der Kerl eine Berühmtheit.»

«Sollten wir ihn dann nicht kennen? Ich meine, ich kenne die gute Hälfte von Zürich und du den ganzen Rest.»

Enitta schenkte ihr einen strengen Blick. «Fein, gehen wir die Sache durch. Vielleicht finden wir ja heraus, warum er hinter dir her ist.»

Janita hob eine Braue, stellte das Bütschgi auf den Tisch und wischte sich den Mund. «Hinter mir? Sagtest du nicht, der schwarze Wagen sei dir schon vor zwei Jahren gefolgt?»

«Ja», erwiderte Enitta gequält, «aber ich dachte, der wäre hinter dir her. Dass er womöglich von Scheller geschickt worden war.»

«War er aber nicht», erwiderte Janita schnippisch. «Und heute an der Langstrasse? Wer sagt denn, dass er nicht deinetwegen aufgekreuzt ist?»

Enittas Miene verdüsterte sich. «Der Kerl hat bereits Sacred Holy getötet und Basil Bölz angegriffen.»

«Der Film handelt doch hauptsächlich von dir, nicht?»

«Schon, aber –»

«Wenn ich's bedenke, dann muss ich deinen Worten wohl einfach Glauben schenken. Ich habe den Typen ja noch nicht mal gesehen. Vielleicht hast du ihn bloss erfunden, um dich wichtigzumachen. Du hattest schon als Kind eine blühende Phantasie.»

«Ich sass im Nebenzimmer, als Basil angegriffen wurde. Es gibt mehrere Zeugen.»

«Hat *er* ihn denn wenigstens gesehen?»

«Nein», räumte Enitta zerknirscht ein. «Nicht wirklich.»

«Und wer sagt, dass der Fahrer die Mélauacher auf dem Gewissen hat? Gibt's dafür Beweise, oder ist das auch nur wieder eine deiner Theorien?»

«Na, hör mal.»

Janita würde keine Empörung dulden. «Also ich hab keine Leichen im Keller. Bei deinem Beruf kommen hingegen eine Menge Leute zusammen.» Genüsslich begann sie, Fehltritte und Schlüsselfiguren aus Enittas bisherigen Abenteuern aufzuzählen, und schloss mit vorwurfsvollem Kopfschütteln. «Du hast dir echt ein paar Feinde gemacht über die Jahre.»

«Woher weisst du das alles?»

«Weil ich das Drehbuch gelesen habe. Du etwa nicht?»

«Nein. Ich gab nach drei Seiten entnervt auf.» Ihr schwante, dass der Film offenbar weit mehr mit ihrem Leben zu tun hatte, als Klübers harsche Ausführungen Glauben gemacht hatten. Noch mehr beeindruckt war sie allerdings von Janitas Plädoyer. Das hatte sie so nicht erwartet.

«Manchmal habe ich das Gefühl, man muss ganze Romane gelesen haben, um deine Lebensgeschichte zu verstehen.»

«In dieser Episode geht's ja wohl nur um dich und mich. Obwohl's dir bestimmt lieber wäre, wenn du alleine im Mittelpunkt stündest», knurrte Enitta. «Hör zu, Frau Staatsanwältin. Er hat mir heute am Telefon gesagt, dass er hinter *dir* her ist.»

«So, hat er das? Warum verfolgt er uns dann beide?»

«Angeblich, weil ich mich eingemischt habe.»

«Na bitte. Dann ist es wohl tatsächlich deine Schuld, dass wir in dieser Situation sind. Ich habe mich jedenfalls nicht bedroht gefühlt, bis du in meiner Wohnung auftauchtest.» Janita stand auf. «Dieser ganze Schulausflug ist ja ganz lustig, aber allmählich langweile ich mich. Du bringst mein ganzes Leben durcheinander.»

Bevor Enitta etwas entgegnen konnte, war Janita in der Küche verschwunden und kehrte mit einer frischen Flasche Champagner zurück. «Keine Sorge. Ich werde noch ein bisschen mitspielen. Wenn auch nur, um dir zu zeigen, dass *ich* mich nicht einfach so davonstehle, wenn's Probleme gibt. Als Einzige in unserer Familie», setzte sie giftig nach. Mit polternden Fersen verschwand sie in den Schatten des Korridors.

«Sagt dir der Name Bombenvogel etwas?», rief ihr Enitta hinterher.

«Sagt mir gar nichts.»

«Sollte er aber. He, nicht ins –»

Eine Tür wurde zugeknallt.

Enitta liess den Kopf hängen. «Nicht ins Schlafzimmer.» Sie hing der Düsternis einen Augenblick lang nach, bevor ihr klar wurde, dass Resignation ein Luxus war, den sie sich nicht leisten konnte. Sie würde weiterhin alarmiert bleiben müssen.

Janitas Ausführungen liessen sie nicht unberührt, aber sie verzieh ihr die Skepsis. Sie musste diesen Bombenvogel nur ein einziges Mal zu Gesicht bekommen, dann würde sie ihr endlich glauben. Dummerweise galt es, eine solche Begegnung tunlichst zu vermeiden.

Enitta rappelte sich auf und begann ihre beiden Taschen neu zu packen. Um kurz nach zehn Uhr löschte sie alle Lichter, trat hinaus auf den trapezförmigen Balkon mit einem leeren Graben für Blumenerde und gab sich dem nächtlichen Panorama hin. Links erhob sich der Prime Tower wie ein grünes, kantiges Juwel, in der Mitte strahlte das Lochergut und rechter Hand posierten die halb toten Geschäftsblöcke von Altstetten. Nach und nach gingen die Lichter der Stadt wie Hoffnungsschimmer aus. Sie dachte an den ungeöffneten Brief, als ihr auffiel, dass etwas Entscheidendes an der Aussicht fehlte.

Etwas, das sie allmählich zu vermissen begann, wie sie unweigerlich begriff.

4

Freitag, 4. Oktober, 16.15 Uhr, Grünau

Das Tageslicht fühlte sich verbraucht an, als Enitta wieder die Augen öffnete. Zerknautscht wälzte sie sich auf dem Sofa und blinzelte nach der Uhr. Der Abend blutete bereits in den Nachmittag hinein. War sie derart erschöpft gewesen? Sie vernahm tänzelnde Schritte, und ein verführerischer Duft umspielte ihre Nase. Es roch nach zu Hause. Jemand sang. Enitta schlurfte in die Küche, wo Janita mit raschen Bewegungen Gemüse schnitt.

«Kaffee?», fragte sie und zeigte auf eine Espressokanne.

Enitta nickte und liess sich eine Tasse ein. «Du kannst noch immer kochen?», feixte sie matt.

«In Davos habe ich oft für dich gekocht, schon vergessen?»

«Wie könnte ich. Mum bekam regelmässig Anfälle, wenn du mit Messern hantiertest.»

Janita liess die Klinge durch einen Wirz flitzen, beförderte den zerkleinerten Kohl mit der Klinge in eine Pfanne und schaute zu, wie sich die grünen Fetzen mit dem brodelnden Wasser mischten. «Was mich an etwas erinnert: Ich hab dir ein Bad einlaufen lassen.»

Enitta schnupperte an ihrem müffelnden Shirt.

Janita legte das Messer hin. «Ja, deswegen.» Sie grinste diebisch und strich Enitta über den Kopf. «Und weil das hier noch mindestens eine Stunde dauert.»

Enitta verzog beschämt die Lippen. «Na, dann lege ich mich halt nochmals hin.» Das Wasser in der Wanne hatte genau die richtige Temperatur. Sie genoss, wie die luftigen weissen Berge um sie herumschaukelten und sich allmählich mit zartem Knistern auflösten, genauso wie ihre Anspannung. Durch die angelehnte Tür drang chilliger Synthwave-Sound, der sie wohlig dösen liess.

Umgezogen und mit frisch geföhnten Haaren fand sie den Weg zurück ins Wohnzimmer, wo Janita ihren Teller bereits zur Hälfte leer geputzt hatte. Es gab Pizokel, eine deftige Teigwarenspezialität mit viel Käse, Speck und Kräutern, aus ihrem Heimatkanton, wie Mum sie meisterlich beherrscht und leider nur selten aufgetischt hatte.

Während Enitta ihr Mahl genoss, deutete Janita zu einem Kassettendeck auf der Kommode, in dem sich ein Tape drehte. «Dein Jonas ist echt alte Schule. Der hat nur Kassetten. Das Ding da ist das einzige Unterhaltungssystem in dieser Bude. Keine Blu-Rays, keine CDs, nicht mal Schallplatten. Nur Tapes. Und den Beschriftungen nach aus aller Damen Länder.»

«Im Gegenteil, der ist ganz vorne mit dabei. Das nennt sich Cassette Culture. Felix hat in den letzten Monaten massenweise Tapes gekauft. Dabei besitzt er nicht mal ein Abspielgerät.»

«Cassette Culture? Nie von gehört», sagte Janita.

«Doch, doch. Das ist der letzte Schrei.»

«Du verbringst zu viel Zeit im Internet.»

«Ich bin nicht diejenige mit Entzugserscheinungen.»

«Ach, ich hatte bloss Hunger.» Janita stand auf, um die Kassette im Hi-Fi-Gerät zu wenden, und griff nach einer Zeitung. Da es jenseits der Fensterfronten bereits dunkel war, schaltete sie die Ständerlampe ein.

Enitta erkannte die Lektüre als Pendlerzeitschrift. «Ist das die Ausgabe von heute?»

Janita nickte.

«Wo hast du die her?»

«Lag draussen im Eingang auf einem Stapel rum.»

«Du hast die Wohnung verlassen?»

«Nur für einen kurzen Spaziergang. Ich brauchte frische Luft, und auf den Balkon darf ich ja nicht. Keine Sorge, ich hatte die Sonnenbrille auf.»

Enitta liess sich eine weitere Tasse aus der Kaffeekanne ein. «Steht wenigstens was Gescheites drin?»

Sie bekam keine Antwort und beugte sich vor, um die Titelseite abzulesen. Dort stand traditionsgemäss das Ungeheuerlichste des Tages, und tatsächlich wurde sie von der Überschrift in eine Eisstatue verwandelt. «Uni für Privatdetektive verwüstet».

«Darf ich mal?»

Janita händigte das bedruckte Klopapier widerwillig aus, damit Enitta das Getippsel überfliegen konnte. Das Titelfoto zeigte ein Büro, dessen Teppich mit Dokumenten und umgestürzten Möbeln übersät war. «Gar nicht gut», ächzte sie.

«Was denn?», fragte Janita.

«Jemand ist gestern bei der LAPE in Oerlikon eingestiegen. Der Landfeind Ausbildungsstätte für Privatermittler. Dort habe ich vor sechs Jahren einen Lehrgang besucht. Armer Herr Landfeind.»

Janita zuckte mit den Schultern. «Wenn die dort ihr Handwerk verstehen, werden die Einbrecher schon bald gefasst sein. Und sowieso: Was soll es dort schon zu holen geben?»

«Angeblich ist unklar, ob überhaupt was gestohlen wurde.» Sie vermochte sich kaum von der Aufnahme zu lösen, denn der abgebildete Raum kam ihr seltsam bekannt vor. «Das sind die Schränke im Archiv. Da drin haben sie die Akten von allen Schülern …» Sie blickte hastig auf. «Klaus Maria Höllenfahrt!»

Janita glotzte blöde.

«Die ganzen Prüfungsunterlagen wurden darin aufbewahrt. Auch meine Abschlussarbeit. Alle Einzelheiten des Zitadellen-Protokolls.» Beunruhigt eilte sie in ihr Zimmerchen und drückte den Bildschirm ins Leben. Der zeigte noch immer die Resultate ihrer letzten Suche auf. Sie packte das Digitalfernrohr und richtete es manuell auf die Wohnung gegenüber aus. Im Wohnzimmer lag ein Mann neben einem umgeschmissenen Rollstuhl. Eiswasser strömte wie ein Wildbach durch Enittas Adern. Rasch schwenkte sie nach rechts. Eine Gestalt hielt Karten ins Fenster. Die Weihnachtskarten, die sie dem alten Mann geschickt hatte. «Er ist hier», hauchte sie entsetzt. «Er hat uns gefunden. Wir müssen sofort verschwinden.»

Janita mochte sich nicht so bald von ihrem gelangweilten Gesichtsausdruck verabschieden und blinzelte selbst durchs Rohr. «Ich sehe niemanden.»

Enitta reichte ihr eine der Taschen, die sie am Vorabend gepackt hatte. «Zieh dich an. Schnell.»

Nur träge folgte ihr Janita zur Wohnungstür, wo sich Enitta hastig ihre Stiefel an die Füsse drückte.

«Moment mal. Wenn der Einbrecher alle Details deines Plans kennt, warum ist er dann nicht gleich hier oben aufgekreuzt? Weshalb ging er zum Nachbarn?»

«Weil ich nur dessen Adresse genannt hatte», erwiderte Enitta harsch und warf sich die Lederjacke über ihre Schultern. «Er kann nicht wissen, in welchem Stockwerk wir uns befinden, denn Jonas' Adresse konnte ich schlecht in der Arbeit vermerken. Sonst hätte die Schulleitung gemerkt, dass wir zusammenarbeiten. Die glaubten, wir würden rein zufällig im selben Quartier wohnen.»

Janita griente böse. «Mädchen hat übel geschummelt.»

«Für ihn. Nicht für mich. Jetzt komm, bevor er unten am Eingang steht.»

Drei Minuten später eilten sie vors Hochhaus in die kühle Nacht. Dankbarerweise lauerte ihnen niemand auf.

«Wohin?», knurrte Janita.

Enitta vermisste ihren roten Flitzer, der noch immer am Sechseläutenplatz auf sie wartete, aber ohne Gepäckträger hätte der ihnen ohnehin nichts gebracht. Sie erinnerte sich an die Mietvelos in der Einfahrt des nebenstehenden Schulhauses, die ihr bei der Ankunft aufgefallen waren. Sie hastete die Rampe hinab, hin zu einer Reihe grasgrüner Velos, die wie hochgezüchtete Kinderräder wirkten, und liess sich von Janita das Westluck-Telefon reichen, um erstmals eine SIM-Karte einzulegen. Das kleine Plastikstück wäre ihr vor Nervosität beinahe durch die Finger geglitten. Sobald das Gerät Empfang anzeigte, rief sie die App «öBike» auf und richtete die Kamera auf einen Kleber mit QR-Code unterhalb des Sattels.

«Spinnst du?», spie Janita. «Um die Dinger zu nutzen, muss man sicherlich seine Kreditkartennummer hinterlegt haben. Dann schnappen uns die Bullen sofort.»

«Nicht, wenn man eine Hintertür kennt.» Enitta hatte mit Felix die Grundlagen der Software erarbeitet und in weiser Voraussicht einen Kniff eingebaut, damit all ihre Freunde die Velos umsonst würden gebrauchen können – ohne Zahlungsdetails angeben zu müssen. Sobald die Kamera die Plakette fokussierte, hämmerte sie mit dem Daumen auf das Logo am unteren Rand des Bildschirms, bis sich das Mietvelo entriegelte. Sie wiederholte den Vorgang beim Velo nebenan und schleuderte das Smartphone aufs Flachdach des Schulhauses. Dann riss sie den Göppel mit dem Gitterkörbchen über dem Vorderrad aus der Reihe.

Janita tat es ihr weit weniger geschmeidig nach. «Diese winzigen Räder. Und tonnenschwer ist es auch noch. Da können wir ja schneller rennen.»

«Es sind E-Bikes, Schätzchen. Pass lieber auf, dass du nicht vom Sattel purzelst.» Sie holte ein weiteres Wegwerftelefon aus der Tasche und wählte den Notruf. «Kommen Sie rasch ins Grünau-Quartier, Meierwiesenstrasse 15, und klingeln Sie bei Herrn Werdmüller. Es gab einen –»

Aus dem Nichts rauschte eine verfilzte Gestalt heran. Sie trug dunkle Kleidung und hatte den Kopf unter einer Kapuze verborgen. Eindeutig nicht der Fahrer des Mustangs, aber dennoch ein Angreifer. Während er heranstürmte, brüllte er mit erhobener Faust: «Schandbratzen forever!»

Janita wirbelte so rasch herum, dass der Kerl schlagartig abbremste. «Du kleiner böser Niemand», fauchte sie und zimmerte eine Ohrfeige an seine Visage, die von den Hauswänden widerschallte.

Der Angreifer torkelte rückwärts, stolperte über den Randstein und stürzte auf den Asphalt, wo er sich wimmernd die Backe rieb.

Enitta spähte die Strasse hinab. Es näherten sich drei Scheinwerfer über blauen Lichtkegeln mit rasender Geschwindigkeit, von beiden Seiten. Elektro-Scooter. Nun blieb ihnen nur noch der Fluchtweg über die Rampe und den dahinterliegenden Park. Sie liess das Nokia fallen, sattelte auf und aktivierte den Elektroantrieb des öBikes per Knopfdruck. «Mir nach», rief sie und rauschte hinauf zum Ziegelturm, schwenkte vor dem Eingang nach rechts in den Park, umrundete ihn, glitt vorbei an den Schaufenstern im Parterre der umliegenden Blöcke, hinter denen sich die Teilnehmer einer Yogaklasse verknoteten, und fand bald zwischen Glasfronten einen kleinen Durchlass, der sie auf eine weitere Strasse führte, welche das Quartier in jene Richtung begrenzte, nicht ohne ständig einen prüfenden Blick über die Schulter zu werfen. Janita schlug sich wacker auf dem unnatürlich schnellen Gefährt, doch die drei Scooter lagen keine zehn Meter hinter ihnen – und ihr Abstand verkürzte sich rapide.

Rechter Hand mündete die Fahrbahn in eine Querstrasse, hinter der die wuchtige Europabrücke parallel verlief. Nach etwa zweihundert Metern würde sie linker Hand die Limmat überdachen.

Enitta verlangsamte nicht, sondern folgte den gefährlichen Tramschienen unter die Brücke. Auf Asphalt holten die Filzbrüder mühelos auf. Keine Minute, bis sie gleichauf sein würden. Im Schatten der Europabrücke passierten sie Automobile, die beidseits parkiert waren, und erreichten zu rasch den Punkt, an dem die Limmat sie zwang, ihrem Ufer zu folgen. Flussabwärts befand sich ein Stauwerk vor der Werdinsel. Wollten sie die Stadt nicht nach wenigen Minuten verlassen haben, mussten sie nach rechts abbiegen, auf unbefestigten Grund. «Tempo runter», rief Enitta Janita zu, «Kies.» Wie sie dem breiten Pfad zwischen Büschen und

Bäumen folgten, knirschte und kratzte es unter ihren Rädern.

Janita blieb dicht an ihr dran. Die Scooter hätten es auf ebener, asphaltierter Strasse wohl auf bis zu fünfundzwanzig Stundenkilometer gebracht – ausser vielleicht jener, der zwei Typen befördern musste. Die Verfolger unterschätzten jedoch den instabilen Grund, sodass das vorderste Gefährt die Bodenhaftung verlor, ausscherte und ins Gebüsch über dem Ufer krachte. Sein Scheinwerfer schnitt durchs Geäst, bevor er erlosch. Widerwillig brachen seine Kumpels die Verfolgung ab, um ihrem verunglückten Freund zu Hilfe zu eilen, jedoch nicht ohne Enitta und Janita vergeblich mit Steinen zu bewerfen.

«Nicht anhalten», mahnte Enitta. Der helle, frisch bestreute Weg wurde allmählich fassbarer. Das Ufer fiel stark ab und war vereinzelt von Bäumen verstellt. Gegenüber spiegelten sich drei übereinanderliegende Reihen Einfamilienhäuser neuer Bauart wie Ölgemälde in der schwarzen Limmat. Rechter Hand strahlten die Scheinwerfer von hoch eingezäunten Fussballplätzen durch Pappeln. Männer in Sportuniformen eilten auf hellgrün strahlendem Grund umher. Kommandos schallten durch die Nacht. Die Idylle mischte sich auf bizarre Weise mit der Furcht, die Enitta noch immer im Griff hielt. So sehr, dass sie bei der nächsten Brücke abbremste und ihre Optionen einschätzte. Auf dem hell erleuchteten Fischerweg waren keine Verfolger mehr auszumachen. Nun konnten sie links über die Limmat zwischen den Hügeln von Wipkingen verschwinden, rechts nach Zürich-West türmen oder weiterhin dem breiten, schummrigen Pfad vorbei am Fluss und an mehreren Arbeiterhäuschen folgen.

«Wer waren diese Creeple?», wunderte sich Janita laut.

«Ich kann mir zumindest denken, wer sie uns auf den Hals gehetzt hat.»

«Sei nicht paranoid.»

«Und wie wussten sie dann, wo sie uns abpassen konnten?»

Janita presste Luft durch ihre Lippen, dass es quietschte. «Was nun? Wo sollen wir jetzt unterkommen?»

«Erst mal nirgends», erwiderte Enitta, «wir müssen in Bewegung bleiben.»

«Ich bin müde», ächzte Janita.

«Selbst schuld, Frau Frühaufsteherin.»

«Ich weiss was! Wir könnten im Hotel Marriott neben dem Hauptbahnhof unterkommen. Scheller hat dort eine Suite fix gebucht.»

«Hat dich dein Ex nicht aus all seinen Immobilien verbannt?»

«Aus seinen Edel-Apartments, ja. Aber ich kenne die halbe Belegschaft vom Marriott. Die wissen bestimmt nichts von unserem Streit.»

Enitta rümpfte die Nase. Der Bombenvogel hatte sich bereits zweimal Zugang zu einem Luxushotel verschafft, obwohl die eigentlich über hohe Sicherheitsstandards hätten verfügen sollen. Sie schüttelte den Kopf. «Besser, wir versuchen es an der Sihlfeldstrasse.»

«In deiner Ex-Wohnung?»

«Ich kenne die Nachmieter.»

«Ist ebenfalls gewagt.»

«Hast du eine bessere Idee? Es wäre nur für diese eine Nacht. Danach sehen wir weiter.» Sie rollte hinab auf den dunklen Pfad, der nach wenigen hundert Metern von der Eisenbahnbrücke gekreuzt wurde, welcher sie zwischen Geschäftshäusern durch Zürich-West folgten. Bald überwanden sie eine Kreuzung an der Zürcher Hochschule für Künste und schlichen entlang eines spärlich beleuchteten Fussgängerpfads, der den Pfingstweidpark umrundete und ans Gleisfeld grenzte. Danach erreichten sie den Prime Tower vor dem Pendlerbahnhof und trampten mühelos eine Rampe zur Hardbrücke hinauf, die sie über das Gleisfeld in den jenseitigen Kreis 4 führte. Dort ratterten sie über den mit weissem Kopfsteinpflaster ausgelegten Hardplatz, hinein in die Schatten zwischen alten Wohnblöcken und auf den wohlig erleuchteten Bullingerplatz, von dem sich die Sihlfeldstrasse Richtung Wiedikon erstreckte und in dessen Mitte eine Traube von Szenegängern mit Getränken um einen noch immer plätschernden Springbrunnen hockte.

Bereits als sie den rustikalen Kreisplatz verliessen, konnte Enitta Sirenen hören und blaue Lichter zucken sehen. Personen und Fahrzeuge verstopften die Sihlfeldstrasse gut zweihundert Meter später, mitten vor einer langen schneeweissen Mietskaserne. Über dem Aufmarsch bemerkte sie zu ihrem Entsetzen eine Rauchwolke, die sich zäh in den Nachthimmel verflüchtigte. Enitta rollte zu den Schaulustigen und zählte eine Ambulanz und einen Feuerwehrwagen, der die Strasse auf ganzer Breite vereinnahmte. Hinter ihm standen zwei Polizeibusse. Die umliegenden Fassaden zuckten im Schein von Rundumleuchten. Enittas Befürchtung bewahrheitete sich: Der versiegende Qualm drang aus dem Balkon und dem kleinen Zimmerchen, das sie einst bewohnt hatte. Ihr entglitt ein kraftloses Stöhnen.

Janita spähte über die Köpfe der Leute, hinüber zu den Polizeiwagen. «Lass uns mal lieber wenden.»

Enitta wandte sich stattdessen an eine vormalige Nachbarin. «Was ist hier passiert?»

Die ältere Frau fasste sich an die Brust. «Es gab einen Brand.»

«Wurde jemand verletzt?»

«Ich habe alle drei Mieter das Haus verlassen sehen. Gut sahen die aber nicht aus.»

«Sie, hallo», brüllte eine Männerstimme. «Sie dort drüben. Hiergeblieben.»

Enitta reckte den Hals und erkannte einen Polizeibeamten, der in ihre Richtung zeigte. Er machte Meldung in sein Funkgerät, während er sich mühselig durch die Schaulustigen kämpfte. Sirenen heulten auf, und einer der Polizeiwagen hinter dem Feuerwehrwagen setzte zurück. Wegen der beidseitigen Parkkolonnen kam er jedoch nicht am Löschfahrzeug vorbei. Vermehrt wandten sich ihr Leute zu, weil allmählich klar war, dass sie das Interesse der Rettungskräfte geweckt hatten. Doch einzugreifen wagte keiner der Passanten.

Bevor man sie festsetzen würde, wendete Enitta ihr Mietvelo und radelte los, in die Kochstrasse, die sich von der Sihlfeldstrasse abspaltete und vorbei an mehreren Einfahrten und dunklen Gässchen verlief.

«Wollen wir uns nicht besser in einer Zwischenstrasse verstecken?», rief Janita.

«Sie würden uns nur einkreisen und irgendwann stellen. Wir müssen Abstand gewinnen, so viel wir können.» Unweit von ihnen geisterte ein Folgetonhorn durch die Nacht. Der Polizeiwagen musste erst einen Umweg machen, ans andere Ende der Sihlfeldstrasse fahren und dort die Badenerstrasse hinabrauschen, bevor er sich unmittelbar an ihre Hinterräder würde heften können. Sie bogen scharf auf die Agnesstrasse, und bevor die Scheinwerfer des Polizeiautos um die Ecke zeigten, schwenkten sie in den Bullingerhof, eine gut versteckte, riesige Parkanlage inmitten orangefarbener Mehrfamilienblöcke. Am anderen Ende der dunklen Wiese erhoben sich die Monolithe der Hardau mit ihren funkelnden Fenstern in den Nachthimmel.

Jenseits eines von wenigen Laternen skizzierten Fussgängerpfads erreichten sie die Kirche neben dem Bullingerplatz und flitzten in eine schmale Bananenflanke namens Hirzelstrasse, die sie erst auf den Felix-und-Regula-Platz und danach quer über die Hardaustrasse auf die stille Eichbühlstrasse führte, an deren Ende der städtische Schlachthof stand.

Das Geheul der Sirenen war nicht leiser geworden, was bedeuten musste, dass das Gesetz unvermindert dicht an ihnen dranblieb. Bald würde eines ihrer Fahrzeuge die Eichbühlstrasse passieren und womöglich einbiegen. Dann hätten sie das Ende der Strasse aber noch lange nicht erreicht, weswegen Enitta einmal mehr nach links steuerte, in eine weitläufige

Einfahrt, die mit einem Sportplatz verbunden war. Erst jetzt realisierte sie, dass die Batterieanzeige ihres Velos hypnotisch blinkte. Gleich darauf rollte das Gefährt aus.

Janita bremste so hart ab, dass sie sich unfreiwillig über dem Lenker aufbäumte. «Wieso halten wir?», blaffte sie.

«Der Saft ist alle.»

«Fällt dir früh auf.»

«Ich musste mich auf die Strasse konzentrieren. Felix hatte recht, die Dinger sind Schrott. Nicht mal ein akustisches Warnsignal.» Hastig sah Enitta sich um. Rechts erhob sich die Sporthalle Hardau, ein weisser Kubus mit Gitterfassade, und linker Hand türmten sich die vier Wolkenkratzer der Hardau auf. Am Ende des Platzes verlief die Bullingerstrasse, und in ihrem Rücken mochte jeden Moment die Polizei auftauchen. Enitta bemerkte einen Aufgang, der zu den Eingängen des diesseitigen Hochhauses führte. Sie stieg vom öBike, dessen Lichter fieserweise noch immer brannten, schob es zur Rampe und stellte es neben die dort parkierten Drahtesel.

Janita gab sich weit weniger Mühe und liess ihr Gefährt achtlos fallen, sodass es gegen Enittas Velo stiess und es mit sich zu Boden riss. Sie entschuldigte sich nicht, sondern scheuchte Enitta die dunkle Rampe hinauf. Diese führte auf eine Art Brücke, die sich über die Bullingerstrasse spannte und den einen Hardau-Turm mit seinen drei Schwesterbauten verband. Eigentlich wirkte die Brücke mehr wie ein Vorplatz, auf beiden Seiten von einer kleinen Wiese gesäumt, an deren Ende man auf die Bullingerstrasse mit ihrem breiten Trennstreifen hinabblicken konnte. Für den Moment ein willkommenes Versteck für eine Verschnaufpause. Enitta trat auf die Wiese und riskierte einen Blick über die Hecke.

Janita liess seufzend die Tasche ins Gras stürzen. «Ich weiss, ich stelle die Frage inzwischen alle drei Minuten.»

Enitta antwortete nicht. Sie behielt die Strasse im Auge, die zurück zum Bullingerplatz führte. «Ich kann nicht glauben, dass er uns zuvorgekommen ist», murmelte sie.

«Wer? Dein Heini mit dem schwarzen Auto?» Janita blinzelte hinab auf einen SUV, der gerade von der Tankstelle unter der Brücke rollte. «War womöglich Zufall. In der Gegend brennt's immer wieder mal. Besonders an der Hardstrasse.»

«Als langjährige Anwohnerin musst du das ja wissen.»

«Scheller besitzt dort mehrere Immobilien.»

Der Strassenbelag begann sich in wechselnden Blautönen zu verfärben. Die Nase eines Polizeifahrzeugs kam lautlos wie eine Killerwal-Schnauze unter der Brücke zum Vorschein, und Scheinwerfer züngelten aus dessen Fenstern. Die waren wirklich direkt hinter ihnen gewesen. Langsam schlich der Bus vorwärts, hinauf zur Kreuzung. Enitta war sich sicher, dass sie hier oben bestenfalls als Silhouetten auszumachen waren und diese mit Büschen verwechselt würden. Bevor die Polizei die Hardstrasse erreicht hatte, passierte sie ein anderes Auto, das eben erst eingebogen war.

«Runter», rief Enitta gepresst, ohne das Fahrzeug aus den Augen zu lassen. Es war ein Pkw, dessen Karosserie das Licht der Strassenlaternen verschluckte. Mit gleichmässig brummendem Motor glitt er unter die Brücke. Enitta eilte auf die andere Seite, vorbei an blühenden weissen Rosen, und bezeugte, wie der Wagen sich Richtung Altstetten bewegte, gemächlicher als irgendein anderes Auto um die Zeit. Abrupt blieb es stehen. Seine roten Rücklichter loderten wie die wachsamen Augen eines hungrigen Raubtiers. Würde es zurücksetzen? Schliesslich fuhr es weiter und verlor sich schleppend in der Ferne. Sie zeigte auf den Punkt, an dem sich der Wagen aufgelöst hatte. «Glaubst du mir jetzt?»

«Von der Sorte Wagen gibt es eine Menge in der Stadt.»

«Die rein zufällig in unserer Nähe eine Schleichfahrt hinlegen? Du denkst immer noch, wir spielen Mörder und Poli.» Sie stapfte auf den Plattenweg zwischen den Grünflächen.

«Dass wir von der Polizei verfolgt werden, stelle ich nicht in Frage», sagte Janita.

«Wenigstens ein Hoffnungsschimmer.»

«Dafür verwirrt mich etwas anderes.»

Enitta hob genervt die Augenbrauen.

«Wenn der Typ im Block nebenan war, wieso sind wir ihm dann nicht begegnet? Er wäre schneller im Parterre gewesen als wir. Warum hat er uns nicht bereits im Park den Weg abgeschnitten?»

«Sei froh, dass er's nicht getan hat.»

«Und warum nicht, wenn er so scharf auf uns ist?»

«Weil er mit uns spielt?», blaffte Enitta. «Vermutlich will er uns so richtig schön in Panik versetzen.»

«Dich scheint er ja mächtig zu beeindrucken.»

«Bis anhin haben mich die Leute stets eine Hardcore-Stadtzürcherin geschimpft, aber neben dir wirke ich wie ein Expat. Egal, wir müssen weiter Abstand gewinnen. Hier schwirrt zu viel Polizei herum. Ich muss überlegen.» Sie lief auf und ab und versuchte, ihre Gedanken zu sammeln. Sie mussten erst raus aus der Gefahrenzone, bevor sie sich auf die Suche nach einem Schlafplatz machen konnten. Das ferne, aber allgegenwärtige elektronische Klagelied der Ordnungshüter durchdrang eine jede ihrer Fasern, als ihr Nervenkostüm gleich noch mehr strapaziert wurde. Jemand hatte sich in Windeseile angeschlichen.

Ein Gefährt war direkt hinter ihr erschienen. Völlig lautlos, da höchstwahrscheinlich elektrobetrieben. Es wirkte wie ein überzüchtetes Spielzeug, ein Weihnachtsgeschenk für Kinder von Eltern mit zu viel Geld und zu wenig Geschmack. Die Fisher-Price-Version eines Motocross-Bikes mit abgesägter Front, bei dem nur die Stützräder fehlten. Darauf hockte ein dunkelhäutiger Knirps, kaum älter als sechzehn, mit schmalem Gesicht, Käppi und Hip-Hop-Kleidern. Warum trugen die Halter dieser Dinger eigentlich immer Käppis? Eine andere Frage drängte sich jedoch noch lauter auf. «Ich weiss spontan nicht, ob du viel zu alt oder viel zu jung für so ein Gefährt bist.»

«Auf jeden Fall ist er viel zu klein für uns», bemerkte Janita spitz.

Der Knirps griente und schickte einen Pfiff zur anderen Seite der Brücke. Drei Vehikel glitten lautlos aus den Schatten zwischen kugelförmigen Laternen. Die ersten zwei muteten an wie eine Kreuzung aus Mini-Harley und Monster-Trottinett mit je zwei Sitzplätzen. Die Sorte Roller, mit denen stinkfaule Menschen sonntags drei Blocks weiter Zigaretten holen gingen. Sie gehörten einem schmächtigen Jungen, dem platinblonde Haare unter einem Cap hervorlugten, und einem Hornbrillenträger mit Stoppelbart, dessen feuerrote Strähnen die Hälfte seines Gesichts verbargen.

Das vierte Gefährt glich einem Senioren-Scooter für Junggebliebene.

Enitta beschlich der böse Verdacht, dass dessen Besitzer, ein korpulenter Junge mit Wucherbart und Undercut-Frisur, sich zu Fuss nicht lange fortbewegen konnte.

Die vier Bikes hatten sie mittlerweile eingekreist, und Enitta erkannte die Fahrer als die Modeopfer, die sie waren. Glitzerturnschuhe von Plœffer, aufgeplusterte Sportjacken und zerrissene Hosen von Koboï und was pseudomoderne Boutiquen sonst noch alles hergaben. Die Kleider wirkten so neu, als hätten die Jungs eben erst einen Berg aus Zalando-Paketen aufgerissen.

«Noch mehr Rotzlöffel», schimpfte Janita. «Ihr schämt euch wohl, zu euren grossen Vorbildern an der Langstrasse aufzuschliessen.»

«Wie war das?», fragte der dunkelhäutige Kleine frech.

«Leute», rief der Korpulente. «Die Alte dort kenn ich. Das ist diese Anita Caritsch. Aus dem Internet.»

«Caritsch?», fragte der Blonde. «Bist du Albanerin?»

«Ja, Mann», knurrte Enitta.

«Und du warst im Internet?»

«Hast du das etwa nicht mitgeschnitten?», tadelte der Korpulente und zückte ein Handy, das wie ein Mini-Flachfernseher wirkte. Enitta fragte sich, wie es zuvor in seine Tasche gepasst hatte. «Sie hat den Bullen auf Twitter gedroht.» Er spielte Krummenachers infame Videoreportage ab.

«Stimmt das?», fragte der Brillenträger misstrauisch.

«Eine echte Gangsterbraut», quiekte der Dunkelhäutige. «Voll dape!»

Enitta beugte sich ihm entgegen. «Ja, ich bin die Braut, die haut. Und wer bist du?»

«Tennar», antwortete er und zeigte auf seine Kumpels. «Das sind Benji, Sevi und Tom.»

«Big Tom», korrigierte der Korpulente scharf.

Tennar verwarf die Hand. «Tom hat ständig Angst, übersehen zu werden.»

«Wie hoch ist das Kopfgeld?», fragte Sevi.

«Nicht so hoch wie diese Brücke», warnte Janita.

«Wer glaubt schon, was die Bullen erzählen», brummte Tom.

Janita grinste. «Du gefällst mir.»

«Ich bin single.»

«Nicht auf diese Weise.» Sie begann sich für die Roller von Benji und Sevi zu interessieren. «Was treibt ihr hier an einem Freitagabend?»

«Wir haben noch viel vor. Gleich riden wir rüber zum Schulhaus Kappeli», antwortete Benji.

«Dort twerkt bestimmt der Zürileu», frotzelte Janita.

«Aber so was von. Wir gehen Freunde treffen. Wird epochalistisch.»

Janita pflückte Benjis Cap, schob es sich verkehrt auf den Kopf und hockte ungefragt auf den Rücksitz.

«Ihr fahrt ohne Licht durch die Gegend?», fragte Enitta.

«Licht ist für Intensivopfer», knurrte Sevi.

Enitta seufzte. «Das dauert keine zwei Kreuzungen, bis uns die Polizei stoppt.»

«Die Polypen hängen wir immer ab.» Sevi lachte. «Das ist Teil des Spasses.»

«Supergut», sagte Janita.

«Jetzt echt?», fragte Enitta.

Janita hob die Augenbrauen. «Irgendwie müssen wir ja zur Hölle fahren.»

Enitta kapitulierte, zog sich ihre blaue Wollmütze über und schwang bei Sevi auf. Jenseits der Brücke rollten sie eine schmale Rampe hinab zur Bullingerstrasse und bogen in jene Richtung, in welcher der schwarze Wagen verschwunden war. Die Jungs bildeten eine Viererkette auf der breiter werdenden Strasse. Als sie das Stadion Letzigrund passierten, das mit seiner ringförmigen Überdachung wie ein schwarzes Ufo in der Nacht ruhte, glitt ihnen ein Polizeibus entgegen und verlangsamte die Fahrt. Enitta zog ihre Mütze tiefer ins Gesicht und wandte sich ab, während Janita in die Offensive ging. Sie streckte die Zunge raus und machte mit der Hand eine herausfordernde Rap-Geste.

Die Sirene des Fahrzeugs schrie auf, doch der Wagen gewann an Geschwindigkeit und rauschte davon, zurück zur Hardau-Siedlung. Sie setzten ihre lautlose Fahrt durch die menschenleere Baslerstrasse in Richtung Altstetten fort. In diesem Teil der Stadt war der Abstand zwischen den Gebäuden grosszügig, und die Geschäftshäuser waren weit schäbiger als in der City. Insgesamt sechs Kreuzungen später bogen sie um die Ecke in eine Grünanlage, die dem Schulhaus angehören mochte. Es lag direkt an der Badenerstrasse, gegenüber der Einfahrt vom heruntergekommenen Zentrum für Verkehrsbetriebe.

Auf der langen Bank vor dem überdachten Eingang des niedrigen Schulgebäudes hingen bereits ein paar Spätteenager herum und grüssten träge. Die vier Jungs machten sich in der Mitte breit, während die Schwestern ganz aussen Platz fanden. Süsslicher Rauch wehte vorbei, und aus einem Handylautsprecher plärrte klebriges Autotune-Genöle. Die Uhr über dem Eingang zeigte halb neun.

Janita kehrte von den Jungs mit einer brennenden Zigarette zurück.

«Du rauchst?», fragte Enitta verblüfft.

Sie nickte.

«Kostspieliges Hobby.»

«Gar nicht», erwiderte Janita und zückte eine Münze, die sie in die Luft warf, um sie mit dem Handrücken aufzufangen. «Ich habe immer meinen Glücks-Einfränkler dabei. Den biete ich den Leuten an, wenn ich sie nach einer Zigarette frage. Bislang hat ihn keiner haben wollen.»

Enitta blieb an dem schimmernden Ding hängen.

Janita bot ihr das Geldstück an. «Einen Franken für deine Gedanken?»

Sie musterte das runde, schimmernde Ding auf ihrer Handfläche. Wehmütige Erinnerungen stiegen auf.

«Was ist?»

Enitta gab den Einfränkler zurück. «Ich musste gerade an einen Freund denken.»

«Felix?»

«Den auch», seufzte sie und horchte in die Nacht hinein, während Janita still ihren Glimmstängel genoss. Das Schrillen der Sirenen war längst verklungen und auf der Badenerstrasse keine Polizei erschienen. «Ich glaube, für den Augenblick sind wir in Sicherheit.»

«Dennoch. Lange können wir hier in Bumblefuck-Nirgendwo nicht bleiben.»

Sie beobachtete die Jugendlichen, wie sie einander hochnahmen, sich Feuer gaben und von Städten schwärmten, die sie gemeinsam unsicher machen wollten. Gänzlich unbeschwert, so als gäbe es keine Kriege auf der Welt, keine Einkommensschere, kein Sozialdumping und keine wahnsinnig gewordenen Präsidenten. Viel mehr interessierten sie sich für «Tanita Courage». Darauf angesprochen wurden Enitta und Janita aber nicht.

«Es widerstrebt mir, andere in die Sache reinzuziehen, aber wir brauchen Hilfe. Dummerweise stehen die meisten Telefonnummern in meinem Facebook-Account.»

«Mit deinen Einweghandys kommen wir nur schlecht ins Netz.»

«Ihr braucht Internet?», fragte Tom und streckte ihnen sein gigantisches Handy hin, das bei genauer Betrachtung an eine rechteckige Frisbeescheibe erinnerte.

«Wir brauchen was Grösseres», erwiderte Enitta. In Wirklichkeit wollte sie sich auf keinen Fall über das Handy eines Fremden bei Facebook einloggen, und sei er noch so freundlich und hilfsbereit.

«Kein Problem. Mein Onkel betreibt ein Internetcafé. Gleich dort drüben an der Kreuzung.»

«Internetcafé?», prustete Janita. «So was gibt's noch?»

«Zum Glück», sagte Enitta und stand auf.

«Kommt ihr zurück?», fragte Tom.

Enitta neigte den Kopf. «Vielleicht.»

Auf der anderen Strassenseite folgten sie den schützenden Schatten einer Allee und standen einen Zebrastreifen später vor dem Portal zu einer längst untergegangen geglaubten Welt. Zwischen zwei Schaufenstern führte eine kleine Treppe zu einer mit Werbestickern zugekleisterten Glastür. Das kleine Café hatte orange gestrichene Wände, und aus versteckten Lautsprechern erklang ein hitverdächtiger Tränenlöser. Acht Computerstationen ruhten auf Tresen an den Fenstern. Schwarze Dell-Maschinen mit klobigen Tastaturen und 4:3-Bildschirmen, wie sie Enitta seit ihren Tagen bei «Carrington Davenport International» nicht mehr gesehen hatte.

Ein rundlicher Mann mit Halbglatze empfing sie mit herzlichem Lächeln. «Bidde schön.»

Enitta kam sich dumm wie Affenbrot vor, die nächste Frage zu stellen. «Äh, grüezi. Haben Sie Internet?»

Der Mann zeigte zu den Fenstern. «Diese.»

«Wir nehmen zwei grosse Colas.» Enitta bestieg einen lederbezogenen Barhocker und drückte das Display ins Leben. Ein Kleber am Bildschirm informierte sie darüber, dass eine

Viertstunde surfen zwei Franken fünfzig kostete. Als Erstes rief sie den Verlauf des Browsers auf. In den vergangenen Tagen hatten sich die Benutzer hauptsächlich für Börsenkurse und Klatsch interessiert. Sie zögerte einen Moment und rief dann Facebook auf.

Der Mann servierte ihnen zwei grosse Gläser mit prickelnder schwarzer Brause, Eis und Zitronenschnitzen. «Bidde schön», sagte er und begrüsste einen neuen Gast in fremder Sprache. Es klang arabisch, sicher war sich Enitta aber nicht. Der Gast präsentierte ihm stolz ein Handyvideo, und es amüsierte die beiden prächtig.

Enitta fühlte sich daran erinnert, wie wenig ihr selbst zum Lachen war. Erschwerend kam hinzu, dass ihre Fake-Accounts zur Prüfung ausgeschrieben worden waren, sodass ein Log-in nicht länger möglich war. Die Freischaltung hätte die Einsendung ihrer ID vorausgesetzt, und diese Daten würde sie dem gierigen Zuck nicht auch noch liefern. Mit dieser Sperre brachen natürlich eine Menge Ressourcen weg. Unzählige Telefonnummern von Bekannten sowie Passwörter und Adressen. «So kann ich Felix nicht anschreiben. Dabei wollte ich ihn unbedingt fragen, ob er mittlerweile etwas über den schwarzen Wagen in Erfahrung bringen konnte.»

«Ruf ihn doch einfach an.»

Enitta zog eine schmerzliche Grimasse. «Ich habe nur eine begrenzte Anzahl an Prepaid-Handys.»

«Ich weiss was. Das Strassenverkehrsamt rückt die Adressen von allen registrierten Autohaltern raus. Sogar übers Internet. Du brauchst nur das Kennzeichen auf ihrer Website einzutippen.»

«Ist mir aber nicht bekannt.»

«Die Karre ist dir doch x-mal begegnet», erwiderte Janita vorwurfsvoll.

«Und du hast sie vor einer Stunde selbst gesehen.»

«Durch eine Hecke. Für Sekunden.»

«Siehst du? Es geht jedes Mal zu schnell.»

«Dann müssen wir beim nächsten Mal einfach besser hinschauen.»

Enitta musterte die Gegenstände, die vor dem Fenster baumelten. Fussballfan-Schals, kitschige Plüschfiguren und hochverbotene Bauchtaschen. Für den Moment waren sie in Deckung. Nun drängte sich das zweite grosse Problem auf. Ein Plätzchen für die Nacht. In dieser Hinsicht hätte ihr Felix ohnehin nicht helfen können. Da musste sie sich schon an jemand anderen wenden. Sie machte ein Tastentelefon klar und wählte eine der wenigen Nummern, die sie noch auswendig kannte.

Als der Angerufene ihre Stimme erkannte, stiess er ein zutiefst verächtliches Grunzen aus.

«Du, Fux», begrüsste sie ihren alten Kumpel, einen stadtbekannten Scheibentreiber, der in den anonymen Sugushäusern an der Langstrasse wohnte. Bei ihm hatte sie schon einige Male übernachtet, ihn aber noch nie so aufgebracht erlebt. «Was ist denn los?»

«Das frage ich dich. Was sollte diese schwachsinnige SMS von wegen untertauchen und so? Da höre ich monatelang nichts von dir und dann so ein Dramarama. Ich hoffe, du hast die Nachricht keinem meiner Freunde geschickt. Was die wieder denken werden.»

«Ich hab dich immer wieder angeschrieben, aber nie eine Antwort gekriegt. Scheinst ja ständig unterwegs zu sein.»

«Exakt. Discjockey ist ein Knochenjob. Darum brauche ich People um mich, die Verständnis für meine Situation aufbringen können und sich nicht ständig wichtigmachen müssen.»

«Oh!», stiess Enitta empört aus. «Sagt grad der Richtige. Wer hat denn ein Crowdfunding veranstaltet, um eine drei Meter hohe Statue von sich selbst aus Vinyl und Rahmquark mitten auf dem Paradeplatz zu errichten?»

«Das war ein kulturell-politisches Statement.»

«Du und Politik? Du hast ja noch nie in deinem Leben einen Stimmzettel ausgefüllt.»

«Das brauche ich mir nicht anzuhören. Und tschüss.»

Enitta blickte aufs Display, das einen beendeten Anruf anzeigte. Enttäuscht liess sie das Nokia in der Cola versinken und schluckte ihren Ärger hinunter. Neues Tastenhandy, neue SIM-Karte, neues Glück. Dieser Anruf ging an ihren Vertrauten, Eric Stassel, ein vormaliger Investmentbanker und Bestseller-Autor. Wenn ihr jemand aus der Patsche helfen konnte, dann er. Er besass eine riesige Villa in Wollishofen, unweit vom Stadtzentrum, die sehr gut gesichert war. Besonders, weil sich vor ein paar Jahren Antifa-Böcke auf seinen Rasen verirrt hatten.

Stassel nahm den Anruf persönlich entgegen, auf Englisch, mit breitestem Walliser Dialekt. «Hallihallo, hier spricht Ihr Eric Stassel. Ich befinde mich bis Anfang Januar im sonnigen San Diego an der Mastermind-Konferenz der Feingesellschaft für Wohlstand, Weingut und Philanthropie. Ich sage Ihnen! Nächstes Jahr müssen Sie unbedingt mit von der Partie sein. In dringenden Fällen kontaktieren Sie bitte meine wunderbare Sekretärin unter der Nummer –» Enitta kappte die Leitung und ersäufte auch dieses Gerät. Nun waren nur noch vier SIM-Karten übrig. Sie stöhnte verzweifelt, stützte den Kopf mit beiden Händen und starrte durchs Fenster auf einsame Menschen, die an der Tramhaltestelle vor sich hin warteten.

«Mushkila?», fragte eine besorgte Stimme.

Sie stand vom Hocker auf und blickte ins wehmütige Gesicht des Wirts. «Verzeihung?»

Der Mann wiederholte das fremdartige Wort.

«Googel das mal», raunte sie Janita zu.

«Wie schreibt sich das?»

«Tu's einfach.»

Janita liess ihre Finger unerwartet treffsicher über die Tastatur wirbeln. «Das bedeutet so viel wie ‹Problem›», erwiderte sie stutzig.

Sichtlich erfreut zeigte der Wirt auf den Bildschirm. «Diese.»

«Spricht der etwa nur drei Worte?», flüsterte Janita.
«Scheint so.»
«Wie kann man mit so wenig Vokabular bloss ein Café betreiben?»
Enitta hob die Augenbrauen. «Manche Leute werden mit nur drei Hirnzellen Bundesrat.»
«Auch wieder wahr.»
«Keine Sorge, alles im rot-grünen Bereich», versicherte sie dem Wirt halbherzig.
Die Sorgenfalten auf seiner Stirn wurden zu Erdspalten. Er bequemte sich hinter den Kiosktresen und winkte sie herbei, während er eine Pendlerzeitung aufschlug und zu einem Artikel blätterte. Ein Foto zeigte Sicherheitsvorsteher Kurt Ebnöther an einer Pressekonferenz, in welches ein Porträt von ihr selbst montiert worden war. Die Aufnahme war keine drei Jahre alt, aber verglichen mit der damaligen Zeit mutete ihr gegenwärtiges Leben wie ein dunkler Reboot an. Der Wirt tippte auf Ebnöther und schüttelte den Kopf. «Diese», stiess er voller Unmut aus.
Enitta fühlte sich ertappt. «Das ist eigentlich alles ganz anders.»
Er liess einen Blick über Janita und die Taschen am Boden schweifen. Dann legte er die Hände aufeinander und bettete seine Wange darauf. «Mushkila?»
Enitta wollte verneinen, doch Janita nickte bereits wie wild.
Mit bedrückter Miene zückte er ein Kärtchen, wendete es und kritzelte auf die Rückseite.
Enitta studierte das Geschriebene. Es handelte sich um eine Adresse.
«Badenerstrasse 849», las Janita über ihre Schulter ab. «Wo ist das?»
«Gleich hinter dem Farbhof. Keine Viertelstunde zu Fuss.»
«Und *was* befindet sich dort?»
Der Mann wiederholte die Geste theatralisch, wies auf einen Kalender, tippte auf das aktuelle Datum und rieb mit

dem Daumen demonstrativ die bevorstehenden drei Tage. «Diese.» Er löste einen Schlüssel von seinem Bund und reichte ihn Janita.

Enitta wendete das kleine Papier. Es war eine Visitenkarte. «Arat Jalda. Gebäudereinigungen». Inklusive Telefonnummer und E-Mail-Adresse. «Haben Sie vielen Dank. Sie bekommen den Schlüssel so bald wie möglich zurück. Ziemlich sicher.»

«Bidde schön», erwiderte Jalda mit goldenem Lächeln. Sie verabschiedeten sich.

Im Gehen achteten sie darauf, möglichst über Neben- und Quartierstrassen dem Verlauf der Badenerstrasse ans nahende Ende Altstettens zu folgen. Beim Farbhof, einem riesigen Kreisel, auf dem die Strassenbahn wendete, setzte sich die Hauptstrasse von Baustellen vernarbt fort. Ideal, um ihre Reise verdeckt hinter Bretterstapeln, Containern und Absperrgittern zu vollenden. Nur Meter vor der Stadtgrenze, inmitten verlassener Einfamilienhäuser, standen sie vor einer Einfahrt, die ins rabenschwarze Nichts führte. Jenseits der Dunkelheit fanden sie den Vorplatz eines wahrscheinlich korngelben einstöckigen Hauses mit Satteldach vor. Es war an einen niedrigen Hang gebaut, auf dem gerade die S-Bahn vorüberrauschte und mit ihrer Beleuchtung in die Nacht schnitt. Die Karosse eines roten Busses blitzte auf. Bauprofile vor den Fassaden zeigten, wie hoch die Architekten mit dem Nachfolgegebäude hinauswollten. An der Fassade klebten die toten Leuchtbuchstaben einer Firma für Sanitärbedarf.

«Wannen Only AG».

Sie verschafften sich Zutritt in eine Art Empfangsbereich, von dem aus eine Fünfziger-Jahre-Wendeltreppe ins Obergeschoss führte. Es schien sich um ein hastig geräumtes Geschäftshaus zu handeln. Durch ein Hochfenster flutete nervöses Kunstlicht die Treppenstufen, als erneut ein Zug vorbeidonnerte. Im ersten Stock erreichten sie über weitere Stufen einen staubigen Dachstock, dessen Holzabteile noch mit Unrat gefüllt waren. Ausser den vielen Badewannen, die zurückgelassen wurden, gab es wenig zu sehen. Ein verwinkelter Korridor führte sie wieder in die Mittelebene, in ein geräumiges Zimmer, das einst als Chefbüro gedient haben mochte. Zwei weitere Badewannen lagen umgestossen herum. Ein breites Fenster zeigte hinaus auf eine verwilderte Grünfläche, die an die Badenerstrasse grenzte, und die verwaiste Glühbirne an der Decke liess sich zum Glück einschalten.

Sie beschlossen, die zwei Wannen in den hinteren Teil des Zimmers zu schieben, nebeneinander aufzustellen und mit alten Decken auszulegen, die sie auf ihrem Streifzug entdeckt hatten.

Ermattet legte sich Enitta in die Wanne, als erwartete sie dort ein Schaumbad und starrte Löcher in die Decke. Einfach einen Augenblick lang die Stille geniessen. Dieses Plätzchen, an dem sie unterkommen konnten – wenn auch nur für ein paar Nächte. An Schlaf war aber kaum zu denken.

In der Wanne nebenan schickte Janita ihre Schlange auf Beutezug. Audiokommentar inklusive. Irgendwann bemerkte sie Enittas Niedergeschlagenheit und entbehrte einen Blick. «Vermisst du ihn?»

Enitta konnte sich bloss zu einem Nicken aufraffen. «Vermisst du niemanden?»

«Ich versuche gerade, jemanden zu verdrängen.»

«War da nie jemand anders? Nach Scheller, meine ich.»

Janita schüttelte trotzig den Kopf, ohne aufzuschauen. Das Intervall der Pieptöne verkürzte sich zuhörends. Cécile schien äusserst gefrässig zu sein. «Hast du etwa geglaubt, ich sei von Tinder verweht?»

Enitta musterte Janitas halbes Gesicht. «Was ist mit diesem Ventin? Dem Rockertyp, mit dem du in Chur abgehangen bist?»

Janita zögerte. «Was soll mit dem sein?»

«Wegen ihm bist du doch nach Zürich gekommen.»

«Stimmt. Aber nicht aus den Gründen, die du vermutest.»

«Habt ihr nicht zusammengewohnt? Du sagtest damals, es gebe in eurer Wohnung keinen Platz für mich. Am Bahnhof in Chur, als wir …» Sie wehrte sich gegen die Erinnerung an den bösen Streit, der darüber entfacht war und zu ihrem jahrelangen Zerwürfnis geführt hatte.

Janita rutschte tiefer in die Wanne. «Die Wohnung war winzig», erwiderte sie kleinlaut und drückte umso verbissener auf den Tasten herum.

Enitta schluckte. «Kannst du wenigstens den Ton wegmachen?»

«Das hört man nicht bis draussen.»

«Aber bis hier drüben.»

Sie grummelte und stellte das Gerät auf lautlos. Ein paar Knöpfe später legte sie es beiseite und den Kopf in den Nacken.

«Sprich zu mir», flüsterte Enitta.

«Ich bin so müde, dass ich nicht schlafen kann.» Janitas Augen blitzten auf. «Ich weiss was! Wir haben doch vorhin diese kleine Einbauküche passiert. Hatte die nicht einen Kühlschrank?»

«Ja, aber der war mit einer Kette gesichert.»

«Was bedeutet, es gibt was zu holen.»

Enitta folgte Janita ins Labyrinth aus Korridoren, wo kaum ein Lichtschalter funktionierte und sie die Küche erst nach viel Stolpern erreichten. Neben der Spüle stand Geschirr. Enitta drückte ihr Ohr an den versiegelten Kühlschrank. Er brummte. Sie studierte das Vorhängeschloss und stocherte minutenlang mit ihren Metallstiften darin herum, bis es klickte.

Während sie die Ketten löste, stiess Janita einen beeindruckten Pfiff aus. «Du bist ja echt wie Batman.»

«Und der ist in erster Linie Privatdetektiv», erklärte Enitta und zog die Tür auf. Tatsächlich lagerten darin Bierdosen und Schnapsflaschen.

Janita entschied sich für Letztere. «Mission Ginvasion erfolgreich ausgeführt», frohlockte sie und fischte zwei unterschiedliche Gläser aus der Spüle, während Enitta den Kühlschrank wieder versiegelte.

In ihren Wannen hockend, begannen sie sich einen Shot nach dem anderen einzugiessen. «Ich liebe verbotene Aktionen», erklärte Janita und kicherte diebisch.

«Weisst du noch, wie wir heimlich diesen Film schauten?»

«Den mit dem Typ im Wald? Der die Bullen mit seinem Pfeilbogen jagte? Wie könnte ich den je vergessen? Dad gab uns zwei Wochen Hausarrest, als er dahinterkam.»

«War die Sache mehr als wert. Wir waren ein erfolgreiches Team.»

Janita schenkte sich nach. «Das waren wir wirklich.» Ihr Lächeln verblasste. «Das muss kurz vor Mums Wegzug gewesen sein, als sie mich gegen meinen Willen mitschleifte.» Sie kippte die klare Flüssigkeit in ihren Hals. «Davor war alles besser.»

«War es wirklich so schlimm für dich in Chur?», fragte Enitta vorsichtig.

«Dieses schäbige Kaff. Davos war zwar genauso langweilig, aber wenigstens hübsch. Gott, hab ich mich einsam gefühlt. Mum war Filialleiterin, arbeitete Tag und Nacht bei der Graubündner Kantonalbank und hatte kaum Zeit für mich. Hat sich zwar positiv auf mein Taschengeld ausgewirkt. Aber was die monatlich ausgab, für Kleider, Schmuck und Kurztrips.» Sie seufzte. «Dad hatte nie wirklich eine Chance.»

«Rührt daher dein Fimmel für Luxus?»

Janita lachte dieses laute Lachen, das förmlich aus ihr herausplatzte und meist genau dann leicht fehl am Platz wirkte. «Könnte man so sagen. Das und die Unabhängigkeit, die Geld dir kaufen kann. Alles, was ich wollte, waren die Freiheiten, die *du* hattest. Mein grösster Alptraum war es, mich so gefangen zu fühlen wie Mum.»

«Dad war selten flüssig, und dennoch konnte ich tun, was ich wollte.»

«Der musste ja unbedingt seine ganze Kohle in diese blöde Filmsammlung stecken», sagte Janita.

«Da ging schon was für drauf.»

«Wohnt er immer noch in Davos?»

«Nein, er lebt schon länger wieder in Chur. Er hat dort ein Häuschen am Stadtrand gemietet.»

«Wann hast du eigentlich das letzte Mal von ihm gehört?»

Enittas Magen verkrampfte sich. Sie schluckte. «Vor einer Weile. Und Mum? Hat sie sich je wieder gemeldet?»

Janita wandte sich ab. «Nicht, seit sie nach Paris ging. Es heisst, sie sei Vizepräsidentin eines französischen Medienunternehmens geworden. Was soll's. Wir sind ihr eh scheissegal.»

Enitta war noch immer sauer auf ihre Mum, weil sie sie einfach so zurückgelassen hatte, als sie sich nach dem Konkurs des Radio-TV-Geschäfts von Dad trennte, während Jani es Dad weiterhin verübelte, nicht genug um sie gekämpft zu haben, als Mum sie praktisch nach Chur entführte.

Enitta wischte eine Träne von ihrer Backe. «Manchmal vermisse ich die beiden echt hart.»

«Ich vermisse es, jemanden zu haben, dem ich was wert bin und der mir zuhört. Nicht unbedingt die Menschen, zu denen sie geworden sind.» Janita schnaubte. «Dann wiederum war es in den letzten Jahren nicht ganz leicht gewesen, mich zu erreichen – das gebe ich zu. Wobei sich gerade das bei Mum ähnlich verhalten hat.»

«Wie war eigentlich deine Zeit in der High Society?»

«Irgendwie anders als erhofft. Wie Mum zu sagen pflegte, in dieser Gesellschaft kannst du dich nur über Erfolg integrieren. Na ja, diese Ära scheint ohnehin vorbei zu sein. Selbst wenn ich bei diesem Horrortrip mit dem Leben davonkomme, habe ich keine Ahnung, was ich damit anstellen soll.»

«Wir könnten uns zusammentun.»

«Um was zu machen?», fragte Janita kalt.

Enitta wich mit dem Blick zur Decke aus, wo Wasserflecken prangten. «Ich weiss es nicht. Aber diese ganze Sache stellt meine Welt ebenfalls auf den Kopf. Ich wünschte, die

Dinge könnten wieder so einfach sein wie damals, als wir noch klein und unbeschwert waren. Als wir in den Wäldern um Davos auf Streifzüge gingen und uns in der Dämmerung alte Sagen erzählten.»

Janita kicherte leise. «Wenn ich so darüber nachdenke ... Ja, das war tatsächlich eine geile Zeit. Die Legende vom Nebelwolf hat dich immer wieder aufs Neue verängstigt, egal wie oft ich sie erzählte.»

«Der Nebelwolf ist echt die härteste aller Sagen. Ein Wolf, der im Herbst alle Kinder fressen kommt, die das Jahr über nicht mit ihren Freunden hatten teilen wollen. Und wie schauerlich du ihn beschrieben hast. Mit jeder Fassung wurde er noch furchteinflössender.»

«Das ... war die Idee ...», flüsterte Janita.

«Weisst du, was das Krasseste an der Sache ist? Dad hat immer behauptet, er wäre dem Biest einst über den Weg gelaufen, als er noch klein war.»

Janita stöhnte zustimmend.

«Er sagte, diese Begegnung sei der eigentliche Grund gewesen, warum er –» Ein dumpfes Geräusch liess sie hochfahren und sich über die Wanne beugen.

Janita hatte das Glas fallen gelassen und ruhte mit geschlossenen Augen. Enitta deckte sie liebevoll zu, knipste die Birne aus und setzte sich an den Rand ihrer Wanne, um durchs angelehnte Fenster auf die Strasse zu blicken. Draussen rauschte der Wind bedrohlich durch die Baumkronen, liess Äste bersten und Blätter raschelnd zu Boden gleiten. Irgendwo klimperte ein Windspiel eine schauerliche Melodie. Sie lauschte dem Klang der Vorstadt und zuckte bei jedem Knarren zusammen.

5

Samstag, 5. Oktober, 0.19 Uhr, 400 Meter südwestlich

Der Regen trommelte mit eigenwilligem Rhythmus auf das gläserne Satteldach. Felix schritt gemächlich die zumeist leeren Töpfe im Gewächshaus der Gartenanlage Dunkelhölzli ab. Die Deckenbeleuchtung war aus, und nur ein paar Scheinwerfer hinter den gestelzten Hochbeeten spendeten Licht.

Selbst so spät gab's vereinzelt was zu pflücken: Tomaten, Gurken, Schnittlauch und leider auch etwas Rosenkohl. Von hier bezog er einen Grossteil des Gemüses für seinen Bioladen. Doch deswegen hatte er sich nicht hierher zurückgezogen. Er hatte Ruhe gesucht, einen Ort, an dem er ungestört nachdenken konnte. Und das «Triibhuus» oberhalb von Altstettens Kern lag so abgeschieden, wie es innerhalb der Stadtgrenzen eben möglich war. Nahe am Waldrand und in zwei Himmelsrichtungen von weiten Grasflächen umgeben, vermittelte es wenigstens die Illusion von Abgeschiedenheit. Und weil er alleine war, gönnte er sich eine Zigarette. Er hob den Blick. Der Regen hatte eben ausgesetzt, und einige tapfere Lichtpunkte glommen in ferner Dunkelheit.

Der Anblick erinnerte ihn an das Arboretum-Schiff aus «Kampfstern Galactica», das Teil einer Flotte war, die vor den bösen Zylonen flüchtete. Die Handlung dieser Science-Fiction-Serie wies mehrere Parallelen zu seinem eigenen Leben auf. Dieses drehte sich gerade ebenfalls um eine heisse Blondine, identitätslose Verfolger und viel, viel Drama.

Wie hatte es nur so weit kommen können? Ob dieser Typ, vor dem sich sein Schatz fürchtete, wirklich real war? Er wusste nur mit Sicherheit, dass sie sich zu Tode geängstigt hatte. Ein Stück weit konnte er ihre Furcht sogar nachvollziehen. Von der Polizei wegen eines gehackten Twitter-Accounts gejagt zu werden war kein Spass, und deren Wut hatte er am eigenen Leib zu spüren bekommen, als sie ihre gemeinsame Wohnung auf den Kopf stellten. Doch hinter dem Hack konnten alle möglichen Laubfrösche stecken. Allen voran verdächtigte er diesen Basil. Dem hätte er allemal zugetraut, seine Enitta mit einem dummen Streich verschrecken zu wollen, um bei ihr Eindruck zu schinden.

Er musste sich allmählich eingestehen, in den vergangenen Tagen selbst auf der Flucht gewesen zu sein. Er hatte möglichst wenig Zeit in seiner Wohnung verbringen wollen, und das lag nicht nur daran, dass sie wegen der Hausdurchsuchung durcheinander und entweiht war. Ihn plagte tatsächlich ein mulmiges Gefühl, und für gewöhnlich fuhr er gut damit, auf dieses zu hören. Sollte dort draussen wirklich ein Bösewicht lauern, wäre er in den Mauern der Soziburg leichte Beute gewesen. Darum hatte er die letzte Nacht bei Freunden auf dem Sofa überstanden. Ein Vorteil, wenn man Velokurier war; man fand in jeder Stadt ein Plätzchen, an dem man unterkommen konnte. Doch heute Nacht wollte er für sich sein. Die ganze Situation kam ihm zunehmend surreal und albern vor, weswegen er in Ruhe nachdenken musste. Mittlerweile spukte auch Enitta heftig in seinem Kopf herum.

Es nagte an ihm, dass er keinen Kontakt zu ihr hatte, geschweige denn die geringste Vorstellung, wo in der Stadt sie herumwuselte – falls sie überhaupt noch in Zürich weilte. Dennoch war ihm, als sei sie ihm ganz nah. Eine Wahrnehmung, die er sich nicht erklären konnte. Womöglich gaben sich die Schwestern gerade irgendwo die Kante.

Er hörte eine Tür zuschlagen. Dumpfe Schritte wurden lauter. Eine finstere Gestalt erschien, die ihn um einen Kopf überragte. Ihr Aussehen konnte er im Zwielicht der spärlichen Beleuchtung nur schwerlich erkennen. Eine krude Mischung aus Grizzlybär und gefallenem Rockstar. Zwei gräuliche Kugeln schimmerten in dessen Schädel. «Dich gibt's ja wirklich.»

«Späte Einsicht. Hättest rennen sollen.» Der Stimme des

Mannes schwang dunkles Amüsement mit. Er verströmte den Geruch von Leder und Bier.

«Rennen ist was für Zugfahrer», erwiderte Felix staubtrocken. «Auf eine gewisse Weise freue ich mich sogar, dich zu sehen.»

«Wie das?»

«Das sagt mir, dass du sie noch nicht gefunden hast.»

«Ihr Aufenthaltsort lässt sich leicht aus dir herausprügeln.»

Felix schnaubte verächtlich. «Es gibt eine Menge über mich, was du nicht weisst.»

«Stimmt. War nicht gerade leicht, etwas über dich in Erfahrung zu bringen. Dein Lebenslauf weist interessante Lücken auf.»

Felix liess die Zigarette fallen und zertrat sie kämpferisch mit seinem Turnschuh. «Versteh es als Warnung.»

Der Mann lachte finster in sich hinein. «Ich frage mich glatt, wie gut dich Enitta wirklich kennt.»

«*Mich* willst du jedenfalls nicht näher kennenlernen. Darum gehst du jetzt besser.»

«Ja, gleich.» Der Mann stapfte auf ihn zu.

Felix wich zurück und versuchte sich daran zu erinnern, wie die Schauspieler aus Enittas Film ums Leben gekommen waren. Einer war überfahren worden. Gut, der Kerl war zu Fuss unterwegs gewesen. Eine andere war erwürgt worden. Tja, der Mann hatte wirklich grosse Hände. Und die Polizistin? Die war erschossen worden. Immerhin hielt er kein Schiesseisen, und die Frau hatte ihn bestimmt mit ihrer Dienstwaffe bedroht gehabt. Nein, dieser Kerl bevorzugte grob und persönlich, und dafür eignete sich ein verlassenes Gewächshaus vorzüglich.

Der Mann hieb mit der Faust nach ihm, doch Felix wich geschickt zur Seite, um einen leeren Blumentopf zu ergreifen und ihn dem Angreifer an den Schädel zu donnern. Das Gefäss zerbrach, erzielte aber nicht den gewünschten Effekt.

Der Mann wandte sich zu ihm und lachte böse. Er packte

Felix am Pullover und warf ihn gegen ein Stehregal, wo er mehrere Töpfe mitriss und hart am Boden aufschlug. Schon donnerten Schritte näher. Blitzschnell griff Felix nach verstreuter Blumenerde und schleuderte sie von sich.

Der Mann schrie auf und wandte sich ab, als Felix bereits wieder stand und sich nach einem Spaten bückte.

Der Angreifer hatte sich den Dreck aus den Augen gewischt und liess Zahnreihen aufblitzen. «Was willst du damit?»

«Ist nicht für mich.» Felix warf den Spaten dem Mann so zu, dass er ihn mit beiden Händen zu fassen bekam, doch zu dem Zeitpunkt hatte er bereits Anlauf genommen und war mit angewinkeltem Knie in die Höhe gesprungen, um dem Mann den Fuss mit zornigem Tritt gegen die Brust zu rammen.

Das machte ihn taumeln und wie eine gefällte Eiche umstürzen, aber Felix legte ebenso eine Bruchlandung hin.

Fluchend erhob sich der Mann und rieb sich grunzend die Brust. «Jetzt hast du mich richtig hässig gemacht. Eigentlich sollte das kurz und schmerzlos werden.»

Auch Felix kam wieder hoch und wischte sich den Staub vom Oberarm. «Dann wird's eben nur kurz.»

Der Mann machte einen Satz auf Felix zu, rascher, als dieser es für möglich gehalten hätte, und zielte auf sein Gesicht. Felix lenkte den Schlag zur Seite und landete im Gegenzug einen Volltreffer am Kinn. Der Mann steckte den Hieb einfach so weg, packte jenen Arm, mit dem Felix ihn geblockt hatte, und verpasste ihm einen Schlag ins Gesicht. Felix sah Sterne, liess sich fallen, um einem weiteren Treffer zu entgehen, und blieb notgedrungen an der Pranke seines Gegners baumeln. Zackig hieb er gegen den Schritt des Mannes, was diesen den Griff augenblicklich lösen liess, um sich vorzubeugen und die Hände schützend vors Gemächt zu halten.

Felix plumpste auf die Knie, rollte sich ab und kämpfte sich auf die Füsse. Schritt für Schritt wich er zurück, hinein in die Schneise, die er zuvor selbst gerissen hatte.

Der Mann funkelte in seine Richtung. «Du kleiner Schiss!»
«Ich und Schiss? Niemals. Wollen wir nach draussen gehen?»

Brüllend sprang ihn der Mann wie eine Bestie an und riss ihn mit sich, hinüber zur Glaswand, welche sie beide durchbrachen, um unsanft auf Beton zu landen. Felix hatte sich rechtzeitig zur Seite drehen können, sodass nur sein Oberarm und das linke Bein schmerzten.

Den anderen schien es härter getroffen zu haben. Er wälzte sich vor Pein zwischen Scherben, aber es würde nicht lange dauern, bis er wieder vor ihm stehen würde. Felix blickte sich hektisch um und fand eine Axt in einem Baumstumpf stecken. Er zog sie aus dem Holz und erhob sie mit beiden Händen. «Bleib am Boden», brüllte er.

Der Mann drehte sich auf den Rücken und starrte Felix an. Dann schloss sich sein obskures Gesicht wieder. «Dafür fehlt dir der Mumm.»

Felix liess mit einem Arm ab, hielt die Axt aber mit der anderen Hand schlagbereit. Ja, was sollte er nun tun? Er konnte den Alten nicht einfach abholzen. Das wäre mindestens Totschlag gewesen. Aber gehen lassen konnte er ihn ebenso wenig, denn er wusste, auf wen der Mann es am Ende abgesehen hatte. Felix griff in die Hosentasche und holte sein Handy hervor, schielte zum Angreifer, dann wieder aufs Display. Er würde die verdammten Bullen rufen und ihn bis zu deren Ankunft schachmatt halten müssen. Sein Daumen entsperrte den Bildschirm. «Autofahrer», knurrte er verächtlich. «Zu Fuss kommt ihr nie ans Ziel.» Er hatte erst zwei der drei Ziffern eingetippt, da liess ein Klicken seinen Daumen gefrieren.

Der Mann hatte eine Waffe gezückt und den Lauf auf ihn gerichtet. «Zu lange gewartet, Sportsfreund. Jetzt ist's aus.»

Felix spürte, wie sein Herz zum Stillstand kam. Gleich würde der Irre abdrücken. Kaskaden von Gedanken rasten durch seinen Schädel.

Da drang Hundegebell herüber. Sogar der Alte wandte sich

danach. Ein Lichtstrahl schnitt in Felix' Gesicht. Er konnte eine Gestalt ausmachen, die einen Köter an der Leine hielt.

«Sie, was machen Sie da?», rief eine aufgebrachte männliche Stimme.

Er konnte den Strahl zum kleinen Spazierweg zurückverfolgen, der entlang des Gewächshauses führte, vor einem kleinen Landstrich voller Schrebergärten. Felix hielt sich schützend die Axt vors Gesicht. «Hören Sie gefälligst auf, mich zu blenden», brüllte er zurück.

«Was haben Sie denn da in der Hand? Ich werde die Polizei rufen», versprach der Hundehalter.

«Worauf warten Sie noch?», fragte Felix.

«Ich tu's wirklich. Ich habe bereits den PIN-Code eingetippt», antwortete der Hundehalter.

«Nun machen Sie endlich die Funzel aus. Und den Hund gleich mit.»

Der Strahl liess von Felix ab. Es dauerte einige Sekunden, bis sich seine Augen wieder an die Umgebung gewöhnt hatten. Der Schein des Gewächshauses brachte das Gras ringsum zurück, doch der Angreifer war verschwunden. «Verdammte Hündeler», fluchte er und wandte sich nach allen Seiten. Wo war der Kerl hin? Bestimmt nicht zum Eingang, das hätte er bemerkt. Wahrscheinlich war er auf die Rückseite getürmt. So rasch ihn seine brennenden Beine trugen, hinkte Felix durchs Gras, doch sobald er durch eine Buschfront geprescht war, brauste ein Motor auf, und Reifen quietschten. Er konnte nur noch zusehen, wie sich zwei blutrote Rücklichter zwischen den Blöcken des angrenzenden Schlafquartiers auflösten.

Felix blickte aufs Handy. Jetzt brachte es auch nichts mehr, die Bullen zu rufen. Die würden ihn bestimmt gleich auf den Posten nehmen, und dafür hatte er keine Zeit. Er eilte zu seinem Fixie und rollte den Berg hinab, zurück in den Stadtkern. Seine Finger schmerzten, als er den Lenker würgte, und seine Beine bestraften jeden einzelnen Tritt in die Pedale, doch er konnte sich glücklich schätzen, alleine gegen den Irren bestanden zu haben. Bei den Schwestern erlaubte er sich da weit weniger Hoffnungen. Die würden keine Chance gegen den haben.

Nicht mal zu zweit.

***

Noch benommen von der nächtlichen Sororisierung schlurfte Enitta aus ihrem temporären Quartier in den Flur. Draussen herrschten Lichtverhältnisse wie an einem späten Sommerabend, obwohl der Nachmittag längst angebrochen war. Kein grosser Verlust, denn sie hätte mit dem Morgen ohnehin nichts Gescheites anzustellen gewusst. Sie folgte dem Klang plätschernden Wassers zu den Lavabos im Estrich, wo sich Janita gerade frisch machte. Der zweite Wasserhahn gab ausser unheilvollem Stöhnen nicht viel her, als sie am Knauf drehte.

Janita rieb sich die nassen Haare mit abgeschabtem Frottiertuch und studierte ihr entblösstes Gesicht im Spiegel. Es war das erste Mal, dass Enitta sie ohne Schminke zu sehen bekam, so nackt und verletzlich. Janita stützte sich auf den Rand des Lavabos. «So kann ich unmöglich aus dem Haus», murmelte sie hörbar verblüfft.

Enitta hätte sie auf der Strasse kaum wiedererkannt. In diesen Tagen eigentlich ein willkommener Effekt. Vorausgesetzt, sie selbst würde die Schminke ebenfalls weglassen. Sie benutzte ohnehin wenig davon, aber auf das bisschen wollte sie nicht auch noch verzichten. Es hätte sich so angefühlt, als würde sie endgültig damit aufhören, sie selbst zu sein – und das in einer Zeit, in der sie sich täglich verleugnen musste.

«Mein Gesicht ist weg und mein Kopf wie leer geräumt. Ich kann mich nicht einmal daran erinnern, was ich geträumt habe. Nur, dass es ein Alptraum war.» Janita liess den Kopf hängen. «Ich weiss echt nicht, wie weiter.»

«Kein Grund zu verzweifeln. Die kommenden drei Nächte können wir hier verbringen, und in dieser Zeit fällt uns bestimmt etwas ein.»

«Das meinte ich nicht. Ich habe über unser gestriges Gespräch nachgedacht. Ich habe wirklich nicht die geringste Idee, was nun werden soll.»

«Das lässt immerhin hoffen, dass du dich neuen Perspektiven öffnest.» Enitta schob sich vor Janita, um sich das Gesicht zu waschen. «Wie wär's, wenn du dich trotz allem an Scheller wendest? Du brauchst ihn ja nicht zu treffen. Wenn du ihm deine Situation erklärst, hilft er dir vielleicht. Ressourcen hat der doch genug.»

Statt zu antworten, holte Janita mit frustrierter Miene das Westluck-Handy hervor, um sich in ihr Lieblingsspiel zu flüchten.

«Du hörst mir überhaupt nicht zu», sagte Enitta.

«Ich überhöre nur gewisse Dinge, weil ich andere zu hart mitkriege.» Ihr Magen knurrte derart laut, dass er sogar das rauschende Wasser übertönte.

Enitta fühlte das Gleiche. «Ich hab gestern einen Take-away gesehen. Drüben, auf der anderen Strassenseite.»

«Ich kann nicht mal warten, bis meine Haare trocken sind.» Janita schnappte sich einen der alten Regenmäntel, die sie in den Abteilen entdeckt hatten, und reichte den zweiten Enitta. Mit hochgeklappten Kapuzen eilten sie hinab zur Baustelle, wo sie an den Arbeitern vorbeischlichen. Mit zwei grossen, dampfenden Packungen kehrten sie ins Schlafzimmer zurück und stopften sich scharfe Pasta in gierige Münder. Janita war so rasch fertig, dass sie bereits wieder daddelte, als Enitta noch in der Mitte der Packung stocherte.

«Kannst du mal kurz Pause machen?», fragte Enitta.

«Sagt grad der grösste Suchthaufen.»

«Ich zocke schon lange nicht mehr.»

«Und was ist mit ‹Angry Birds›?»

«Nicht, seit mein HTC vor vier Jahren den Geist aufgab.» Ein Gedanke zog in ihren Hirnwindungen auf. «Dieser Ventin hat mich auf den Geschmack gebracht, damals im Churer Jugendzentrum Clausenmühle.»

«Worum ging es da eigentlich?»

«Man musste Schweinchen mit Vögeln abschiessen.»

«Und ich dachte, Snake sei bescheuert.»

«Nein, das war total der Burner. Man konnte mit kleinen Singvögelchen ballern, die sich im Sturzflug vermehrten, oder solchen, die besonders gut durch Holz brachen sowie –» Der Rest des Satzes blieb auf ihrer Zunge kleben.

Janita schaute erwartungsvoll auf.

«Bombenvögeln», hauchte Enitta bedeutungsschwanger.

«Was hast du bloss mit diesem obszönen Wort? Das klingt nach alterndem Pornostar.»

«Einer der Vögel war eine lebendige Bombe, die beim Aufprall detonierte. Den hat dein Rockerfreund am liebsten eingesetzt. Und der Typ im Auto nennt sich exakt so: Bombenvogel.»

«Heisst?»

«Wenn da nun ein Zusammenhang zwischen ihm und Ventin besteht?»

Janita zeigte kein Interesse daran, sich handwerklich am Aufbau von Enittas Gedankengebilde zu beteiligen.

«Ventin spielte ‹Angry Birds› in jeder freien Minute. Das Einzige, wonach er noch süchtiger war, warst du.»

«Nicht wirklich», murmelte Janita.

«Doch», insistierte Enitta sanft und hing einer Erinnerung nach. «Ihr habt bei jeder sich bietenden Gelegenheit rumgemacht. Und ich durfte nie zusehen –»

«Ging dich ja auch nichts an. Deswegen hat dir Ventin das Spiel doch gezeigt, oder?»

«Wann habt ihr euch eigentlich das letzte Mal gesehen?», fragte Enitta.

«Ich führe kein Tagebuch. Und wenn, dann würden darin keine Problemhaufen vorkommen.»

«Wenn ihr zusammengezogen seid, muss das hier in der Stadt gewesen sein.»

«Ich sagte bereits, dass die Wohnung ein besseres Mausloch

war. Selbst für zwei Leute zu klein. Der Kerl hat mir sowieso nichts bedeutet. Der war einfach häufig anwesend, wenn wir und die anderen in der Clausenmühle herumhingen. In dem Kaff konnte man ja schlecht woanders hin.»

«Ein Jammer, dass der alte Kasten abbrannte.» Enitta blickte abrupt auf. «Am *selben* Abend, als du überstürzt nach Zürich gereist bist.» Und sie sich am Churer Bahnhof fürchterlich stritten, weil Janita partout nicht wollte, dass Enitta ihr folgte.

«Von dem Feuer erfuhr ich erst in der Stadt», sagte Janita.

Wieso betonte sie das? Enitta bettete ihre Unterarme auf die Wannenkante und lehnte sich vor. «Dann bist du nicht *zu* ihm gereist – du bist ihm *davon*. Deshalb wolltest du nicht, dass ich mitkomme.» Sie wartete, bis Janita ihren prüfenden Blick erwiderte. «Aber warum bloss? Heiliger Bimbam! Du hattest doch nicht etwa mit dem Brand zu tun?»

«Drehst du jetzt total ab?»

«Du warst an jenem Abend dort. Das hast du mir selbst erzählt.»

«Natürlich. Um mich von meinen Freunden zu verabschieden.»

«Aha. Und dabei hast du kein Feuer bemerkt? Die Flammen waren noch vom Bahnhof aus zu sehen.»

«Kann sein, dass es gequalmt hat. In der Clausenmühle wurde oft grilliert.»

«Hast du dich auch von Ventin verabschiedet?»

«Weiss ich nicht mehr.»

«Also nicht. Wird ihn bestimmt getroffen haben. Ihr zwei hattet mehr Chemie als eine Packung spanischer Treibhaustomaten.» Enitta sperrte den Mund auf. «Vielleicht ist sogar *er* der Verfolger.»

Janita zog eine verständnislose Faxe. «Wozu? Und nach all den Jahren?»

«Etwas an dem Kerl hat mich schon immer nervös gemacht. Ausserdem ist es die beste Spur, die wir haben.» Sie überlegte.

Konnte es Zufall sein, dass sich ihr Verfolger ‹Bombenvogel› nannte? Sie erhob sich in der Wanne. «Ich kann hier nicht länger dumm rumsitzen. Und das Davonlaufen bin ich ebenfalls leid.»

«Welche Sorte Aktivismus schwebt uns denn diesmal vor?»

«Mir ist grad was eingefallen. Die Telefonnummer, mit der mich der Bombenvogel in der Kalki angerufen hat. Die totale Schnapszahl. Warum bin ich nicht schon früher auf die Idee gekommen?» Sie kramte ein weiteres Prepaid-Handy aus ihrer Tasche. Das viertletzte.

«Ihn anhand seiner Nummer zurückzuverfolgen hätte Ihnen wirklich früher einfallen müssen, Frau Privatdetektivin.»

Enitta wiegte das Nokia in ihrer Hand. «Ich hab halt gedacht, dass er wie ich mit Einweghandys arbeitet.»

«Prepaid-Nummern mit Schnapszahlen haben ziemlichen Seltenheitswert.»

«Allerdings. Aber ich spiele diese Karte nur in äussersten Notfällen.» Sie trat aus dem Zimmer in den Korridor, aus dem sich das Tageslicht mehrheitlich verabschiedet hatte, und wählte die Nummer einer Bekannten, die im Callcenter einer Kreditkartengesellschaft arbeitete. Gegen ein nices Entgelt verriet diese ihr Adressen aus der Kundenkartei. Über zusammengekoppelte Datensätze konnten Banken alle Wohnsitze ermitteln, die jemand jemals besessen hatte. Und wenn sie Glück hatte, würde ihre Kontaktfrau gerade im Dienst sein. Zwar erreichte sie ihre Bekannte, legte nach wenigen Minuten aber dennoch enttäuscht auf.

Janita hatte sich neben sie gestellt. Selbst im Halbdunkel war ihr fragender Blick spürbar. «Der alte Insider-Trick?»

«Hat diesmal nicht geklappt», murmelte Enitta enttäuscht. «Die Nummer läuft auf eine zweiundneunzigjährige Frau aus Yverdon.»

«Vielleicht seine Mutter? Eine ferne Verwandte? Gar ein Fetisch? Wird sich wohl in Erfahrung bringen lassen, in welcher Beziehung die zwei stehen.»

«Möglich. Vielleicht aber wurde das Abonnement unter

falscher Identität angemeldet. Hab ich bei meinen Prepaid-Nummern ja auch gemacht.»

«Wenn du jetzt jemanden beim Geheimdienst kennen würdest, könntest du den Halter per GPS aufspüren», spottete Janita.

«Du bist ein Genie!», rief Enitta.

Das Weiss in Janitas Gesicht wurde schmal.

«Ventin rannte doch damals mit einem iPhone herum.»

«Ich hatte ihm sogar geholfen, es zu stehlen. Aber was bringt uns das?»

«Vielleicht ist er der Marke treu geblieben.»

«Vielleicht. Vielleicht aber war der Anrufer gar nicht Ventin.»

«Es gibt nur einen Weg, das herauszufinden. Wir müssen zurück ins Café.»

«Wozu das?»

«Es wird Zeit, dass ich zurückhacke», erwiderte Enitta. Sie beförderte das Prepaid-Handy mit geschicktem Wurf in die Kloschüssel und schminkte sich notdürftig im Spiegel. Draussen war es schummrig genug geworden, um unbehelligt eine Viertelstunde zu Fuss zu gehen. Sie taten es im Abstand von etwa fünfzig Metern zueinander, da sie als Paar womöglich rascher aufgefallen wären.

Im Internetcafé wurden sie herzlich von Herrn Jalda empfangen. Enitta grüsste nur flüchtig zurück und rief sofort die Website «iCloud.com» auf. Von dort aus konnte man selbst mit einer Windows-Maschine auf die Daten von Apple-Kunden zugreifen.

«Soso», stellte Janita mit unterwältigtem Tonfall fest. «Du willst seinen mobilen Speicher knacken.»

«Genau. Das verschafft mir Zugriff auf seine GPS-Position.»

«Traumtänzerin.»

«Verprass mal nicht alle Vorfreude aufs Mal. Menschen sind furchtbar denkfaul, wenn's um Log-in-Daten geht. Nicht zuletzt deshalb, weil man im Internet Dutzende von ihnen braucht. Für jeden Dienst.» Sie klickte ein weisses Eingabefeld auf blauem Hintergrund an, welches nach einer Apple-ID verlangte. «Wie hiess Ventin mit Nachnamen?»

Janita schielte zur Decke. «Neuhäuser.»

«Versuchen wir's.» Sie tippte «ventinneuhaeuser» ins Feld und bestätigte. Kein Erfolg. Nur noch zwei Versuche übrig.

«Siehst du?»

«Wo wurde Ventin geboren?»

Janita riss die Schultern hoch. «Das fragst du mich? Ich weiss nur, dass der Lümmel sein halbes Leben in Chur verbracht hat.»

«Der war ähnlich besessen von dem Nest wie du von Zürich.» Sie schnippte mit den Fingern. «Er hatte diesen grauenhaften Spitznamen. Wie nannten ihn seine Kumpels doch gleich? Siebentausendsassa?»

Janita verdrehte genervt die Augen.

«Dann nehmen wir die Postleitzahl von Chur mit rein.» Sie tippte «ventinneuhaeuser7000» ein und gelangte tatsächlich einen Schritt weiter. Nun wollte die Website das Passwort des Kontos wissen.

«Da bin ich aber mal gespannt», murmelte Janita.

Enitta starrte aufs Keyboard und tippte schliesslich «bombenvogel». Erneuter Erfolg. Der blaue Hintergrund wechselte auf einen Kartenausschnitt, wo ein grüner Marker inmitten einer Wohnsiedlung blinkte. Enitta studierte die Strassennamen und zoomte das Bild aus. «Sieh einer an. Er befindet sich in der Nähe vom Bahnhof Oerlikon.»

«In dieser einen Minute vielleicht.»

Enitta vergrösserte das Bild wieder. Der Pfeil zeigte auf ein kleines Häuschen. «Schaut mir eher nach permanentem Standort aus.»

«Und falls er trotzdem nicht mehr da ist, wenn wir ankommen? Wir brauchen mindestens eine halbe Stunde bis dorthin.»

«Dann kommt er irgendwann zurück.»

«Ich weiss nicht recht. Den Account zu hacken war viel zu einfach. Womöglich ist es eine Falle.»

Enitta klickte den Browser weg. «Selbst wenn. Er kann unmöglich wissen, *wann* wir aufkreuzen. Schon gar nicht, wenn er dort herumsitzt. Auf geht's.»

«Wie kommen wir nach Oerlikon?»

«Taxi. Wir lassen uns beim Bahnhof absetzen und gehen den Rest zu Fuss. Wenn wir unsere Karten geschickt spielen, können wir dieses Abenteuer dort gleich zu Ende bringen. Ventin wandert in den Bau, und die Polizei lässt uns vom Haken.»

Vor dem Café wurden sie von der Elektromotorrad-Gang erwartet. Tennar grinste. «Single-Ladys?»

«Lass mich raten: Herr Jalda hat euch angerufen?» Enitta stöhnte. «Mushkila.»

Janita liess sich von Sevi eine brennende Zigarette reichen. «Nicht zwingend.»

«Seid ihr uns etwa gefolgt?», fragte Enitta.

«Oder ihr uns?», konterte Tennar.

Eine Rauchfahne strömte aus Janitas Mund. «Noch immer nicht die grosse Action hier.»

«Gewaltstetten halt», sagte Tom. «Wieder Lust, bei uns aufzuspringen?»

«Mit den Dingern?» Janita hob den Blick zum Park vor der Schulhausanlage. Dahinter türmte sich jener Hügel auf, der mit Oerlikon besiedelt war. «Die können ja wohl kaum steil.»

«Keine Ahnung von Technik, wie?», widersprach Sevi.

Janita schnippte die Kippe fort. «Dann beweist es.»

Sie folgten der alten Route zur Hardbrücke und rollten über dem Pendlerbahnhof hinab ins Ausgangsviertel, wo sie den Pfeilern der Brücke zum Escher-Wyss-Platz folgten, stets dem Partyvolk ausweichend. Jenseits der Limmat wählten sie eine stark ansteigende Route mitten durchs Quartier, die parallel zur Rosengartenstrasse verlief. Die Mini-Motorräder überwanden den Aufstieg beeindruckend hartnäckig und leise.

Bald erreichten sie den unübersichtlichen Bucheggplatz, ein begrüntes Plateau, von wo aus es – in vielerlei Hinsicht – nur noch bergab ging entlang einer breiten Strasse. Die Ausläufer Oerlikons unterschieden sich von denen Altstettens dadurch, dass die Velos vor den Hauseingängen feistere Reifen hatten, weniger Graffiti die Wände zierten und kaum FCZ-Fahnen von den Fenstern wehten. Bald schon kam das Swisshôtel-Hochhaus beim Bahnhof in Sicht. Sie überbrückten das Gleisfeld und steuerten in eine Siedlung aus pseudomodernen Betonblöcken, gefürchtet unter dem Namen Neu-Oerlikon. Eine Ansammlung von Wohn- und Arbeitssilos, die von breiten Verkehrsmeilen durchschnitten wurden. Eine solche zerteilte auch den langeckigen Oerliker Park, der von gleichmässigen sechsstöckigen Fassaden eingefasst war. Links wurde er von Holzplatten gesäumt und wies einen Spielplatz auf. Rechter Hand überragte ein Aussichtsturm einen künstlichen Wald aus Bäumchen. Silicon-Valley-Charme für Arme, die sich gleichzeitig hohe Mieten leisten konnten.

Enitta signalisierte Benji mit einem Klaps auf die Schulter, dass ihre Destination erreicht war.

«Hier wollt ihr Party machen?», ächzte Tennar.

«Von Party war nie die Rede», entgegnete Enitta. «Aber wenn ihr schön brav wartet, holen wir's vielleicht nach.»

«Und was tut ihr in der Zwischenzeit?», fragte Tennar.

«Jemanden besuchen gehen. Dauert nicht lange. Hoffentlich», antwortete Enitta.

Drei Betonwürfel weiter gelangten die Schwestern an eine jener Landstrassen, die tagsüber bestimmt stark befahren waren. Eine kurze, aber wuchtige Brücke führte über angrenzende Schienenstränge, die von einem hell erleuchteten Gleisfeld hinaus in verwunschene Wildnis führten.

Enitta verspürte den Impuls, sich in den dortigen Wäldern

zu verstecken, doch solange sie sich auf halbwegs vertrautem Terrain bewegten, würden sie nicht augenblicklich zu ortsunkundigem Freiwild werden. Während Neu-Oerlikons Randzone wie eine Endzeitversion von Zürich-West wirkte – inklusive einer Replik des Mobimo-Towers –, empfing sie jenseits der Brücke ein Schlafquartier, das von Büschen und Gartenhäuschen begrenzt war. Kein Wunder, sie hatten soeben Seebach erreicht, das von Glück schimpfen konnte, wenigstens politisch zur Stadt gezählt zu werden. Sich ausgerechnet an einem Samstagabend hierherzuverirren hätte an jedem anderen Wochenende eine unverzeihliche Schmach markiert, aber heute war kein Platz für elitären Städterinnenstolz. Heute war sie froh, dass auf diesen kaum beschienenen Quartierstrassen nicht mal Stubentiger unterwegs waren.

Rechter Hand erstreckte sich eine endlose, zweistöckige Gebäudestruktur mit so austauschbaren sandfarbenen Balkonen, als wäre es dem Baukasten von SimCity entnommen worden. Diesseits des Trottoirs folgten drei Einfamilienhäuser, von denen das vorderste einen besonders schäbigen Eindruck machte. Satteldach, zweistöckige Bröckelfassade und den Umschwung hinter ausgefranster Hecke verborgen. Die Fenster dunkel und der Parkplatz frei. Zaghaft verweilten sie vor dem Pfad zum Hauseingang.

«Wie befürchtet», raunte Janita. «Herr Bombenvogel ist ausgeflogen.»

Enitta reckte den Kopf die Strasse hinab. Ein schwarzes Auto war nirgends zu sehen, doch dafür fühlte sie sich von jemandem aus dem Neubau beobachtet. Rasch preschte sie vor, über Gartenplatten, die Treppe hinauf, zum überdachten Eingang. Janita folgte ihr auf den Schritt. Sie checkte Briefkasten und Klingel, fand aber keine Beschriftungen vor.

«Ganz sicher, dass dies die Adresse ist?»

«Die Anzeige war unmissverständlich», antwortete Enitta und linste zum angrenzenden Haus. Hinter einem grossen Wohnzimmerfenster hockten von Vorhängen verschleierte Silhouetten. Selbst wenn die Standortanzeige unpräzise gewesen war, so wäre dies die wahrscheinlichere Adresse für einen perversen Verfolger. Vorsichtig drückte sie die Klinke – und fand den Eingang unverschlossen vor. Mit aller Umsicht der Welt öffnete sie die Tür, um jegliches Geräusch zu vermeiden. Sie streckte die Nase in die Dunkelheit und witterte abgestandene Luft. Wind zerrte an ihrer Jacke, was sie den Kopf noch weiter hineinstrecken liess, um zu prüfen, ob sie etwas hören könnte. Der Todheitsgrad der Stille war kaum zu steigern. Sie setzte einen Stiefel in das Haus, dann den anderen, und für einmal tat es ihr Janita exakt gleich; sie schloss sogar lautlos die Tür.

Von links drängte der kupferfarbene Schein der Strassenlampen auf den Rand eines unbedeckten Esstischs, und zur Rechten erhob sich eine Holztreppe in den ersten Stock. Geradeaus führte ein schmaler Korridor in einen entfernten Raum, an dessen Ende sich eine hohe Fensterfront befand. Wahrscheinlich der Zugang zum Garten. Sie griff nach dem Handlauf und trat in Zeitlupe auf die erste und dann die zweite Stufe der Treppe. Trotz aller Vorsicht knarrte das Holz verräterisch unter ihren Stiefeln. «Wenn er sich dort oben befindet, werden wir ihn kommen hören.»

Eine rabenschwarze Janita nickte.

Enitta langte nach dem Knauf der Holztür neben der Treppe, die wahrscheinlich in den Keller führte. Sie war unverschlossen, weswegen Enitta den Riegel schob, um zu verhindern, dass jemand unerwartet aus dem Untergrund erschien.

Janita hatte zwischenzeitlich einen Blick in den Raum nebenan riskiert, bei dem es sich um ein Wohnzimmer handeln mochte. Sie schüttelte den Kopf und schnupperte. «Seltsam. Hier drin riecht es vertraut.»

Enitta glaubte, flüchtigen Zimt- und Lavendelduft wahrzunehmen, der sich allmählich mit einer Note Rasierwasser über den schweren Mief aus Staub und altem Holz erhob. Sie wanderte durch den schmalen Korridor, vorbei an einem kleinen Raum, wo sie das Bad vermutete. Sie fasste hinein und legte den Lichtschalter um. Niemand lauerte ihr auf, weswegen sie die Kacheln und Fliesen gleich wieder in Dunkelheit stürzen liess. Sie erreichte einen tiefen Raum, auf dessen rechter Seite sich eine rustikale Einbauküche und dahinter eine wuchtige Sofagarnitur befanden. Der Schein des Wohnblocks auf der anderen Seite des Grundstücks beschrieb bloss die Silhouetten der Möbelstücke, doch es reichte, um sich zu orientieren. Irgendwie fühlte sie sich um Jahrzehnte zurückversetzt.

Janita war an ihrer Seite erschienen. «Komplett verlassen», hauchte sie. «Nicht gerade die Operationsbasis eines Kriminellen.» Lautlos trat sie vor die Regale der Küche und blickte in einen Schrank über der Spüle. Sie nahm ein Wasserglas heraus und musterte es.

Enitta überkam das Gefühl von Trauer und Verlassenheit. Sie begann daran zu zweifeln, dass Ventins Auftauchen drohte. Oder dass hier überhaupt jemand lebte. «Wir sollten uns beeilen.»

«Vielleicht ist er ja ständig unterwegs.» Janita öffnete den Kühlschrank, doch ein Lichtschein blieb aus. «Auf Besuch sollten wir nicht hoffen. Das Ding ist komplett ausgeräumt. Was ist das bloss für ein Ort?»

Enitta interessierte sich für eine Wohnwand – ein Relikt aus den Achtzigern – mit Fotos, Vitrinen und allerlei kitschigem Kleinkram und zückte eine zylindrische externe Handybatterie mit integriertem Taschenlicht. Sie strich über einen Uraltfernseher, der in der Mitte des Gestells ruhte, und zerrieb Staub zwischen den Fingerkuppen. Sie drückte den Einschaltknopf, doch das Gerät blieb tot. Auf dem Regal darüber ruhten gerahmte Aufnahmen. Sie zeigten ein älteres Pärchen, das in die Kamera lachte. Sie ergriff ein Bild und studierte die beiden Menschen. Es waren dieselben zwei auf allen Fotos. Die beiden kamen ihr nicht mal entfernt bekannt vor. Ihre Bekleidungen legten nahe, dass die Aufnahmen noch vor den Neunzigern entstanden waren, weshalb sie vermutete, dass das Pärchen zwischenzeitlich verstorben war.

«Den da habe ich schon mal gesehen», grummelte Janita. «Aber ich kann nicht genau sagen, wo.» Sie musterte die Fotos auf dem untersten Regal und langte unvermittelt zu. «Das glaub ich nicht.»

Enitta liess sich das Foto reichen. Wieder zeigte es das ältere Ehepaar. Aber diesmal posierte jemand mit ihm. Ein junger Mann von etwa zwanzig Jahren, der beide überragte und finster dreinblickte.

«Ventin», kommentierte Janita zerknirscht. «Das müssen seine Grosseltern sein. Er hat sie gelegentlich erwähnt. Schwärmte davon, wie gut er von ihnen bewirtet wurde. Aber irgendwann durfte er sie nicht mehr besuchen gehen.»

Enitta blickte zur Decke. «Wenn er Unterschlupf bei seinen verstorbenen Grosseltern gesucht hat, warum wirkt die Bude dann so unendlich verlassen?»

Janita schickte sich an, etwas zu sagen, als die gesamte Einrichtung unvermittelt entblösst wurde. Grelles Licht hatte den Raum für den Bruchteil einer Sekunde geflutet. Enitta eilte zur Fensterfront und schob den Sichtschutz beiseite. Hinter dem Glas wirbelten Blätter vorüber, und Rinnsale perlten ab. Über den Dächern der umliegenden Häuser zuckte ein weit entferntes Gewitter, dessen Ausläufer Seebach bedrohten.

Im diffusen Licht wirkte der Garten verwildert. Eine hohe Hecke wehrte neugierigen Blicken vom Mehrfamilienbau dahinter. Enitta konnte ihrer Neugierde nicht widerstehen und zog an der Klinke. Nachtwind heulte durch die Gardinen. Sie musste sich die Mütze auf den Kopf drücken, als sie auf laubbedeckte Steinplatten trat. Der Rasen hatte sich längst in eine Wiese verwandelt, auf der Spaten, Schaufeln, eine umgestossene Schubkarre und eine Leiter herumlagen. Alice im Plunderland! In der einen Ecke stand ein verlotterter Gartenschuppen, dessen Tür auf- und zuschlug. In der anderen erhoben sich Tannen in die Höhe und schirmten das Grundstück von der dortigen Nachbarschaft ab. Daneben standen Büsche herum. Enitta ging um diese herum und wurde von einem Gruseln erfasst. Sie stand einem Objekt inmitten des Gestrüpps gegenüber, das ihr knapp zur Brust reichte.

«Was ist dort? Hast du was gefunden?», fragte Janita.

«Ja», erwiderte Enitta kraftlos. «Ihn.»

Sie wartete, bis Janita aufgeschlossen hatte, und schnitt mit dem zarten Lichtkegel in die Schatten. Eine steinerne Oberfläche wurde sichtbar, die sich vertikal aus den Gräsern erhob. Darauf war ein Name eingraviert: «Ventin Neuhäuser».

Sie standen vor seinem Grabstein.

«Ist das Ding echt?»

«Sieht echt genug aus.»

In Janitas Augen schimmerte Entsetzen. «Aber … Wenn Ventin längst tot ist, wer hat uns dann die ganze Zeit über verfolgt?»

Enitta wandte den Kopf widerwillig zu ihrer Schwester, als sie begriff. «Du hattest recht», hauchte sie, und Janita sprach den Satz zur selben Zeit aus. «Es *ist* eine Falle!»

Licht flutete den Garten. Wieder die Aussenbeleuchtung des angrenzenden Blocks. Wahrscheinlich war gerade jemand vorgefahren. Das Licht brachte Erschreckendes zum Vorschein.

Eine rabenschwarze Gestalt, breitschultrig, hochgewachsen, mit geschorenem Schädel. Sie drehte ihnen das Haupt zu. Enitta konnte dichten Bartwuchs erkennen. Der Mann stand keine zehn Meter entfernt. Behäbig, aber entschlossen trat er näher.

Enitta packte Janitas Arm und riss ihn mit sich. «Renn!», schrie sie und stürmte los, quer durch die hohen Gräser, um die Hausecke, durch ein quietschendes Gartentor, auf die Quartierstrasse, hinüber zur Eisenbahnbrücke. Sie rannten so schnell, wie ihre Taschen es zuliessen. In Enittas Brust hämmerte ein jähzorniger Wut-Zwerg auf einen gigantischen Amboss ein. Unaufhörlich blickte sie zurück. Noch folgte ihnen niemand. Bestimmt würde der Bombenvogel in seine Schleuder steigen, damit er sie einholen konnte. Tatsächlich vernahm Enitta nur Sekunden später das zornige Aufheulen eines Motors, und erhitzter Gummi kreischte durch die Nacht.

Sie stürmten über die Landstrasse und preschten entlang der breiten Durchfahrt zum Park, wo die Knirpse hoffentlich noch immer auf sie warteten. Der Hall ihrer Schritte wurde von den Fassaden vervielfältigt. Kein Mensch in Sicht, an den sie sich hätten wenden können. Keuchend kamen sie mitten auf dem Oerliker Park zum Stillstand. Janita hatte in der Eile gar ihr Cap verloren und blickte sich mit zerzausten Haaren um. «Wo sind die Hosenkacker hin?», japste sie.

Derweil bemerkte Enitta zwei Scheinwerfer, die über der Brücke auftauchten und sich zur Landstrasse neigten. Noch mehr Licht richtete sich auf sie, allerdings aus entgegengesetzter Richtung, keine fünf Meter entfernt. «Guten Abend», polterte eine Stimme. «Stadtpolizei.»

Enitta sah einen Beamten mit Taschenlampe herantreten, dem ein Polizeibus hinterherschlich. «Verdammt. Die haben uns gerade noch gefehlt.»

Janita packte ihren Ärmel. «Wir können immer noch flüchten. Rüber in den Wald.»

Doch da war ein weiteres Gefährt, das auf den Platz rollte. Das lautlose blaue Licht auf dessen Dach gab es als Einsatzwagen zu erkennen. Und in ihrem Rücken lauerte unverändert der schwarze Wagen am Fuss der Brücke. Nur einen kräftigen Tritt aufs Gaspedal entfernt. «Um dem Mörder vor die Räder zu rennen?» Jenas Warnung, der Polizei nicht zu trauen, spukte unvermindert durch ihren Hinterkopf, doch sie gestand sich ein, dass ihre Flucht vorübergehend vorbei war.

Der Beamte stand nun direkt vor ihnen. Sein Kollege streckte den Kopf aus dem Bus. «Sind das die Jungs, die hier randaliert haben?»

«Nein», erwiderte der Mann misstrauisch. «Die waren zu viert.»

«Verstanden», sagte der andere. Quälend langsam rollte

der VW-Bus zu den Bäumen, während dessen Zwilling nur Meter neben ihnen zum Stillstand kam. Der Beamte hielt den Lichtkegel auf sie gerichtet. «Ausweise bitte.»

Janita wich einen Schritt zurück. «Wir sind aber keine Jungs.»

«Verdächtig wirken Sie trotzdem.» Er streckte fordernd die Hand aus.

Enitta zückte ihr Portemonnaie und reichte ihm die Plastikkarte. Sie hatte keine Lust, auf der Wache bis hinter die Unterhose inspiziert zu werden.

Die Augen des Beamten blitzten auf, als der Schein seiner Lampe die blaue Karte traf. Er funzelte ihr mitten ins Gesicht. «Carigiet? Sie werden gesucht.» Der Strahl traf Janitas säuerliches Gesicht. Er nickte mit dem Kopf zum Fahrzeug. «Mitkommen.»

Enitta schielte zur Landstrasse, wo der Mustang gemächlich von der Brücke rollte und verschwand.

Der Beamte schaute ebenfalls in die Richtung und runzelte die Stirn. Dann komplimentierte er sie zum Bus.

Nachdem sie auch die ID ihrer Schwester geprüft hatten, warfen die Beamten einen Blick in ihre Taschen und verstauten diese im Kofferraum. Sie wurden durchsucht und mit Handschellen auf der Rückbank festgesetzt. Eine robuste Trennwand mit Glasscheibe befand sich zwischen ihnen und der Frontkabine, aber Enitta hörte deutlich, wie der Beifahrer angewiesen wurde, Meldung bei der Zentrale zu machen. Endlose Minuten verdampften, in denen nichts geschah.

«Warum dauert das so lange?», beschwerte sich Janita. «Müssen diese Loser erst eine Zelle bauen?»

Enitta beobachtete den zweiten Bus, der mittlerweile den Platz umrundet hatte. Die Cops hofften wohl darauf, Tennar und seine Kumpels doch noch zu fangen, aber die waren bestimmt verschwunden. Warum hatten die auch solchen Unfug anstellen müssen? Sie hätten schon längst wieder in –

Eine fleischige Hand klatschte gegen das Glas. Daneben

erschien ein Gesicht. Eine faltige Fratze, mit Sonnenbrille, Schnauz und tiefer Narbe an der Wange.

Enitta schreckte zurück und kollidierte dabei mit Janita.

Diese kreischte auf, als sie den Mann erblickte. Lautstark suchte sie mit Fusstritten die Aufmerksamkeit der Fahrerkabine. Gleichzeitig glitt die Seitentür vorüber.

Jakob Mettmenstetter trat näher.

Enitta wollte ihn bereits rufen, da tauchte der Mann vom Fenster auf und reichte ihm die Hand zum Gruss.

«Räbbel», sagte Mettmenstetter mit milder Freude.

«Jakob», erwiderte der Fremde. Metall klimperte beim Handschlag.

«Danke für deine Hilfe.»

«Keine Ursache», brummte der Bombenvogel und schielte herein. «Ich halte ein Auge offen.» Schon verschwand er in den Schatten.

Enittas Mund stand sperrangelweit offen. Die Polizei kannte den Mann? Was ging hier vor sich?

Mettmenstetter streckte sein kaugummikauendes Gesicht in den Wagen. Erst wandte er sich an Janita. «Schreien Sie hier nicht so herum», tadelte er und suchte Enittas Blick. In seinen Augen flackerte Genugtuung auf. «Fräulein Carigiet. Ich wollte mich nur persönlich vergewissern, dass Sie es auch wirklich sind. Sie haben mir manch schlaflose Nacht bereitet.»

«Wer war dieser Mann?», fragte Enitta frustriert.

«Ein Freund. Ich hatte ihn gebeten, uns bei der Suche nach Ihnen zu unterstützen.»

Ein Hassständer begann sich in Enittas Hose zu regen. «Der Mann ist ein Verbrecher. Er stellt mir und meiner Schwester seit Tagen nach.»

Mettmenstetter lächelte abfällig. «Denken Sie, ich lasse Sie einen langjährigen Bekannten von mir mit haltlosen Behauptungen diskreditieren?»

Enitta fletschte die Zähne. «Und denken Sie ernsthaft, ich hätte mich freiwillig gestellt?»

«Wenn mich die Kollegen korrekt unterrichtet haben, wurden Sie zufällig aufgegriffen.»

«Anstatt mich zu verhören, sollten Sie mir lieber zuhören. Der Mann ist hochgradig gefährlich.»

Mettmenstetter packte das Dach des Fahrzeuges, um sich hereinzuhangeln. «Ich sage Ihnen, was gefährlich ist. Amateurinnen, die auf eigene Faust ermitteln. Die mit einer halben Marke herumrennen. Wegen Ihnen habe ich meine beiden besten Partner verloren.»

«Kein Grund, uns gleich wie Hexen zu jagen. Da war ja die spanische Inquisition weniger frauenfeindlich!»

«Wollen Sie den Schaden etwa abstreiten, den Sie dem Ansehen der Stadtpolizei zugefügt haben? All die Morddrohungen und Ausfälligkeiten, die Sie auf Twitter verbreitet haben? Als offizielle Angehörige der Truppe?»

Himmel. Was hatte der Verrückte denn noch alles in ihrem Namen gepostet? «Mein Account wurde gehackt.»

«Petit, peut-être», erwiderte Mettmenstetter nonchalant. «Wir werden das auf der Wache klären. Und lassen Sie sich eines gesagt sein: Ihre Gabe, sich aus allem rauszureden, ist mir hinlänglich bekannt, Fräulein Carigiet. Diesmal werden wir sehr genau hinschauen.»

Enitta seufzte. Es war wohl aussichtslos, weiter zu diskutieren. Sogar der Sicherheitsvorsteher Kurt Ebnöther hatte sich öffentlich gegen sie ausgesprochen. Mettmenstetter würde ihr hier und heute kein Wort glauben wollen.

«Und was ist mit mir?», protestierte Janita.

«Das wird sich zeigen. Momentan besteht ein starker Verdacht der Fluchtbeihilfe.»

«Wir beide haben uns erst vor einer halben Stunde getroffen. Völlig unverhofft.»

«Sagten Sie nicht eben, Sie würden *beide* verfolgt?»

Janita verzog die Lippen. «Ja, aber … unabhängig voneinander.»

«Dummerweise gibt es mehrere Zeugen, die Sie zusammen

gesehen haben.» Er bedachte Janita mit verächtlichem Blick. «Ganz Ihrer Schwester Schwester.» Er gab seinem Kollegen die Anweisung, sie unverzüglich zur Urania-Wache zu fahren, und trat davon. Keine Minute später setzte sich der Bus in Bewegung. Neu-Oerlikons architektonische Gewalttaten schoben sich unwillig vorbei, während der beschleunigende Motor in Enittas Ohren dröhnte.

«Ich hatte wirklich geglaubt, dass du dir das alles eingebildet hast», räumte Janita verbissen ein.

«Du und alle anderen. Und ein Verbündeter der Polizei ist er auch noch.» Einfach phantastisch. Ihre beiden grössten Widersacher machten gemeinsame Sache. Wie sollte das je wieder gut werden? Ausserdem begriff Enitta, dass sie den Mann schon mal gesehen hatte. Drüben, an der Europaallee, vor jenem Gebäude, in dem Janita kurzzeitig logiert hatte. Der schwarze Wagen war kein Zufall gewesen – er hatte sie tatsächlich schon vor zwei Jahren verfolgt gehabt. «Wir müssen rausfinden, wer dieser Verrückte ist.»

«Der Alte hat ihn ‹Räbbel› genannt.»

«Steht wohl kaum so im Telefonbuch.» Sie befanden sich auf der steilen Strasse zum Bucheggplatz. Enitta würde das, was sich hinter ihnen abspielte, nicht aus den Augen lassen. Dies gestaltete sich mit Handschellen jedoch schwierig, und dank der Folie am Rückfenster war nur wenig zu erkennen. «Bei uns fahren Sie vorne mit». Werbung war einfach immer verlogen.

«Ist er wieder an uns dran?», fragte Janita.

Enitta nickte. «Ich glaube, er folgt uns in sicherem Abstand.»

«Vorschläge?»

«Jetzt gibt's eine schöne Einvernahme, nach der du wohl entlassen werden willst – und wirst.»

Janita riss die Augen auf.

«Ich bin es, die sie wollen. Sie glauben ernsthaft, ich hätte diese Drohungen ins Netz gestreut.» Mit Grausen entsann

Enitta sich der Tweets an jenem Morgen. «Mette die Klette», «Polypenbrei macht Menschheit frei» oder «Wo Feuer singt, da lass dich nieder, gegen Bullen hilft nur Grosskaliber». Das würde richtig hässlich werden.

«Wieso sollte es mich zurück auf die Strasse ziehen? Dann wäre ich diesem Räbbel hilflos ausgeliefert.»

«Felix wird dir schon helfen, die Stadt zu verlassen.»

«Falls der überhaupt noch atmet.»

«Sag nicht solche Sachen.»

«Wann hast du denn das letzte Mal von ihm gehört?»

Schon zu lange nicht mehr. Und das liess Enitta darauf hoffen, dass ihr Freund noch unversehrt war. Worin läge der Sinn, ihm etwas anzutun, wenn sie nichts davon erfuhr? Räbbel musste wissen, dass der Kontakt zwischen ihnen abgerissen war. Und Felix war nicht berühmt genug, damit die Medien einen Angriff auf ihn thematisiert hätten. Dennoch beschäftigte sie die Frage, wo er sich derzeit herumtrieb. War er untergetaucht? Nahm er ihre Lage überhaupt ernst, oder ging er seinen üblichen Gewohnheiten nach? Der Gedanke stiftete Unruhe in ihrem Herzen.

«Wohin könnte ich schon gehen? Wir hatten ausgemacht, dass wir diesen Psycho gemeinsam stoppen. Alleine schaffe ich das nie.»

Ja. Selbst zu zweit hatten sie bloss mässigen Erfolg vorzuweisen. Sie bedeutete Janita wortlos, ihr den Rücken zuzuwenden. Sie hatte ihre eigenen Handschellen bereits geknackt und wandte sich den Metallfesseln ihrer Schwester zu, ohne dabei die Beamten in der Fahrerkabine aus den Augen zu lassen. Nach dem erlösenden Klicken behielten sie ihre Hände versteckt.

«Beeindruckend. Aber wie zum Geissbock kommen wir aus dieser Karre, bevor wir die Urania erreichen?»

«Wahrscheinlich gar nicht. Wir müssen sie überrumpeln, sobald sie uns aussteigen lassen, und verkrümeln uns dann Richtung Lindenhof. Dort gibt es eine Menge Gässchen, durch die wir entkommen können.»

«Und wenn sie uns zuerst in den abgeriegelten Innenhof kutschieren?»

«Um dieses Szenario abzuwenden, müssten wir einen vorzeitigen Stopp erzwingen. Mit einem inszenierten Zwischenfall. Dann halten sie an, um nachzusehen.»

«Und werden alarmiert sein. Das wird eine Flucht eher erschweren.»

«Aber es ist vielleicht unsere einzige Chance.»

«Die schiessen noch auf uns», knurrte Janita.

«So weit sind wir nicht», gab Enitta im Wissen zurück, dass sie es schon sehr bald sein würden.

Der Wagen erreichte den Bucheggplatz. Von einem mittigen Turm erstreckten sich steinerne Fussgängerbrücken wie Spinnenbeine über Baumwipfel in alle Richtungen. Inzwischen hatten sich mehrere Wagen zwischen sie und den Mustang gefügt, sodass er bestenfalls zu erahnen war. Sie umrundeten den Platz auf einer der vielen Fahrspuren, als unvermittelt ein Velofahrer mit lärmender Klingel an ihrer Linken vorbeischrammte, um sich haarscharf vor den Bus zu setzen und aufs Trottoir zu flüchten. Rasch verlor sich sein Rücklicht in der Ferne. Enitta hatte ihn nur aus dem Augenwinkel erhascht gehabt. Vermummt, wie er gewesen war, strahlte er eine gewisse Bedrohlichkeit aus, doch selbst mit freien Händen konnte sie nicht den Finger drauflegen, was genau dieses beklemmende Gefühl in ihr auslöste.

Der Fahrer drückte leidenschaftlich auf die Hupe. «Elender Schafseckel!», hörte ihn Enitta durchs Sicherheitsglas fluchen. Sekunden später bog der Bus nach rechts, auf die stark abfallende Rosengartenstrasse. Unaufhaltsam rollten sie dem Stadtzentrum näher. Linker Hand erstreckten sich die weissen Bretter einer endlosen Baustelle. Der öde Anblick lenkte ihre Aufmerksamkeit auf das gegenüberliegende Trottoir.

Eine Traube Velos ohne Licht holte dort zu ihnen auf. Deren Fahrer waren ebenfalls in dunkle Fetzen gehüllt. Es musste nichts bedeuten, doch Enitta gefiel es überhaupt nicht. Soeben wurde der Verlauf von zwei Quartierstrassen gekreuzt, aus denen unvermittelt weitere Velos auftauchten, ebenfalls von vermummten Fahrern geritten. Ein Schwall aus Dutzenden Drahteseln ergoss sich geschwind und unbeirrbar quer über die Fahrbahn und blockierte sie in beide Richtungen. Die Wagen, die aufwärts unterwegs waren, begannen als erste zu hupen.

Abrupt bremste der Polizeibus ab und stimmte in das Wutkonzert ein. Doch der beräderte Flashmob verblieb und rührte sich nicht von der Stelle. Die Fahrer trugen Mützen und Kapuzen, Sonnen- und Skibrillen sowie Mundtücher und Atemschutzmasken. Skulpturen im Schein der Überspannungsanlagen, die dem Polizeibus den Rücken zugewandt hatten, so als wollten sie jeden Moment ein Rennen hinab in die Stadt starten. Oder handelte es sich gar um eine Kunstperformance? Während der Fahrer weiter mit der Hupe protestierte, griff sein Kollege zum Funkgerät. «Hier Wagen 19. Ist für heute Nacht eine Velodemo in Wipkingen geplant? Antworten.»

Die Zentrale schwieg sich aus. Durchs Rückfenster konnte Enitta neben der anwachsenden Autokolonne hektische Lichter erkennen, die sich dem Bus rasch näherten.

«Zentrale hier. Es liegt keine Eingabe für einen derartigen Event vor. Antworten.»

Es war in diesem Moment, da etwas Klirrendes das Dach des Busses traf und sich schleifend von hinten nach vorne bewegte. Die Polizisten hoben ebenfalls die Blicke. Kaltes Rasseln erschallte, gefolgt von eisernem Fauchen, so als würde jemand an einer Kette ziehen. Der Fahrer wandte sich der Tür zu, rüttelte am Griff und stemmte sich mit der Schulter dagegen. Sein Kollege tat es ihm gleich, doch offensichtlich blockierte etwas die Türen. Mehr als einen schmalen Spalt gaben sie nicht frei.

Weitere Velofahrer, die auf beiden Seiten erschienen, sowie jene, die bereits die Strasse blockierten, erwachten abrupt zum Leben. Kollektiv wandten sie ihre vermummten Gesichter nach dem Polizeibus und fluteten die Innenkabine mit dem grellen Licht ihrer Stirnlampen. Tausend Sonnen in der Nacht. Gleichzeitig eilten verschwommene Gestalten, drei oder vier an der Zahl, direkt vor den Bus. Es schepperte, und der Wagen wurde an Front und Rückseite leicht erschüttert. Hastig wichen die Frechdachse von der Windschutzscheibe zurück.

Der Fahrer kurbelte das Fenster trotzig hinunter und zerrte an der Kette, die vom Türgriff vertikal zum Dach verlief. «Gebt sofort die Strasse frei», brüllte er zu den Vermummten.

Diese wagten sich näher heran und zückten Handys, um sie auf den Bus auszurichten, so als würden sie filmen.

«Gib Gas», befahl der Beifahrer, aber der Wagen kam keine zwei Meter weit – etwas schien ihn vorne zu blockieren. Gleichzeitig traten die Vermummten näher vor die Scheinwerfer und filmten stoisch weiter, während ein ganz verwegener Akteur mit Spraydose einen roten Kreis mitten auf die Frontschreibe malte und den Grossbuchstaben «A» hineinsetzte.

Der Beifahrer schrie ins Funkgerät. «Wagen 19 hier, wir werden angegriffen. Brauchen Verstärkung. Antworten.»

Die Vermummten verharrten mit ihren blendenden Lampen. Weder konnten die Polizisten auf sie feuern, weil sie nur mit Smartphones bewaffnet waren, noch konnten sie beschleunigen, ohne dabei aufgezeichnet zu werden, wie sie die Velofahrer über den Haufen fuhren. Rasch kurbelte der Fahrer das Fenster wieder hoch.

«Zentrale: Wo bleibt die Verstärkung? Antworten!»

«Wagen 28 und 17 sind auf dem Weg», schepperte es aus dem Funkgerät.

Wiederholt schielte der Fahrer nach hinten, um Enitta und Janita im Auge zu behalten.

Die Fremden trauten sich näher und näher. Wortlos. Wie zum Leben erwachte Schaufensterpuppen. Die elektronischen Misstöne gewannen auf beiden Fahrstreifen an Intensität, doch sein Fahrzeug zu verlassen, das getraute sich niemand. Zwar versuchte der vorderste Wagen auf der Gegenspur auszubrechen, indem er seinen Motor aufheulen liess und einen

Meter nach vorne schnellte. Damit beeindruckte er aber keinen der Strassenbesetzer. Stattdessen wurden einige Handys auf ihn und insbesondere sein Nummernschild gerichtet.

«Die Nacht der untoten Vogelscheuchen, oder wie?», giftete Janita.

«Himmelarsch!», stöhnte Enitta. «Sie sind tatsächlich gekommen.»

«Du kennst diese Subjekte? Dachte ich's mir doch, dass dein Umgang fragwürdig ist.»

«Sieht mir nach Schandbratzen aus, und mit denen wollte ich nie bewusst zu tun haben.»

«Diese abgebrannten Kapitalkrieger? Die sitzen doch längst.»

«Das hier sind bestimmt Verbündete.»

«Psychologie und Soziologie zu studieren ist wohl so langweilig, dass man in der Freizeit etwas Action braucht.»

«Vinci hatte recht. Sie wollen mir tatsächlich ans Lebendige. Ich wusste, dass die in Gruppen auftauchen. Aber dass sie so gut organisiert sind …»

«So sehr, dass sie gar vor einem Überfall auf die Polizei nicht zurückschrecken?»

«Die haben im vorletzten Frühjahr die halbe Stadt auseinandergenommen. Ich hätte wissen müssen, dass sie für ihre Rache zu jedem Mittel greifen würden.»

Ein Schatten gaffte durchs Fenster der Schiebetür und fummelte an etwas herum. Dann wurde die Tür ruppig beiseitegeschoben, und ein Typ mit Tablet erschien im Gegenlicht der Laternen. Sein Gesicht war unter der Kapuze nicht erkennbar. Er richtete die ovalen Gläser seiner Schwimmbrille auf sie aus, ergriff Janitas Arm und zerrte sie kurzerhand aus dem Bus. Enitta versuchte, ihre Schwester zurückzuhalten, wurde aber von einem zweiten Duda ebenfalls vom Sitz gerissen und draussen vom Bus weggeschubst, während der erste Typ die Tür wieder ins Schloss riss. Beide trugen weisse Caps unter ihren Kapuzen.

Ringsum blockierten Kumpane den Weg in alle Richtungen, und ihre blöden Stirnleuchten liessen Enittas Augen tränen. Dem einen Entführer lugten Barthaare unter dem Mundtuch hervor, und jener, der Janita geschnappt hatte, beugte sich bedrohlich vor. Auf bizarre Weise kam er Enitta bekannt vor. Und sogar noch mehr, als er sprach.

«Wie war das mit meiner Street Credibility?»

Sie schlug mit der Handfläche auf seine Brust. «Blödmann! Hättest ruhig was sagen können.»

«Damit mich die Dödel da drin später wiedererkennen? Klar.»

«Wie hast du mich überhaupt gefunden?»

«Denkst du, ich lasse dich aus den Augen?»

«Herzlichen Dank, Herr Wellsana.»

«Hurtig, wir haben nicht viel Zeit.»

Nun schnallte es auch Janita und zog ein Grinsen. «Endlich ein Kurier, der liefert.»

Jemand eilte heran und reichte den Schwestern dunkle Trainingskleider. Sirenen schrillten in der Ferne.

«Zieht euch das über», befahl Felix. Zwei seiner Begleiter legten ihre Velos auf den Asphalt, verabschiedeten sich mit verschwörerischem Handschlag, türmten eine Treppe hoch und verschwanden hinter einem Gebüsch.

Enitta schlüpfte in die zu grosse Hose und warf sich eine farbgleiche Filzjacke über, gefolgt von einer Mütze, die sie über ihre eigene stülpte. «Moment, unsere Taschen.» Sie nickte zur Rückseite des Busses.

«Also gut», erwiderte Felix zerknirscht und ging um den Wagen. Dort zerrten drei Vermummte an einer Kette, die übers Dach mit jener Kette verbunden war, die sich von einem Türgriff zum anderen spannte und damit die Vordertüren blockierte. Mehrere Velos waren unter die Stossstange geschoben worden, um zu verhindern, dass der Wagen rasch zurücksetzen konnte. Felix tippte auf seinem Tablet herum und packte schliesslich den Griff des Laderaums, um ihn nach oben aufzusperren, während die Kollegen, noch immer stramm an der Kette ziehend, zurückwichen. Hastig warf er den Schwestern die Taschen entgegen.

«Warum habt ihr die Vordertüren nicht gleich damit verriegelt?», fragte Janita.

«Weil sie dieselbe Software verwenden.»

Enitta liess ihre Tasche zu Boden sacken. «Eins noch», rief sie und rannte der schrillen Kolonne entlang die Strasse hinauf, hin zum schwarzen Wagen, der dort ebenfalls feststeckte. Den Fahrer konnte sie nicht erkennen, weil sich Laternenlicht in den Regentropfen auf der Windschutzscheibe spiegelte, aber sie hatte es ohnehin auf dessen Nummernschild abgesehen. Sie prägte sich die Zahlenfolge ein, hastete zurück zum Polizeibus und ergriff ihre Tasche.

Die epileptischen Lichter der Verstärkung züngelten bereits über die Autodächer. Gleich würde sie auf der freien Gegenfahrbahn erscheinen.

Felix wies auf die Räder am Boden. «Aufsteigen.» Schon hockte er auf seinem eigenen Rad, warf die Kapuze zurück, um sein weisses Cap zu entblössen, und gab der Gruppe das entscheidende Handzeichen. In Windeseile und perfekter Synchronizität richteten alle ihre Räder bergab aus und traten in die Pedale. Ein Tross aus etwa fünfzig Personen bewegte sich ungehindert die glänzende Rosengartenstrasse hinab, weil sich auf ihrer Seite kein einziges Fahrzeug mehr befand.

Der Polizeibus liess zuerst seine Sirenen und dann den Motor aufheulen, brauchte aber einen Moment, um die untergeschobenen Velos mit seinen Rädern zu zermalmen, bevor er die Verfolgung aufnehmen konnte.

In engem Abstand zueinander glitten sie unter der Rosengartenbrücke durch. Die Hälfte der Fahrer hatte sich bereits abgespalten und war nach links gerast, mit Kurs auf den Bahnhof Wipkingen. In wenigen Sekunden schon würde der Verlauf abflachen und auf die Hardbrücke führen. Die vordersten

Fahrer schwenkten auf die Gegenfahrbahn und blockierten sie dreist, was weiteres Hupen provozierte. Der Rest des Schwarms nutzte die freie Fahrbahn und bog hinter ihren Kollegen nach links auf die abfallende Zufahrtsrampe, wo sie wenigen, brüsk haltenden Automobilen auswichen, während sich die Hardbrücke zu ihrer Rechten in die Ferne spannte.

Am Fuss der Auffahrt erreichten sie einen chaotischen, überdachten Verkehrsknotenpunkt, der zu dieser Nachtzeit wenig befahren war, und bogen harsch nach links, auf eine ansteigende Fahrbahn, die, von einer Häuserfront flankiert, flussaufwärts der Limmat folgte. Wenige Blocks später gelangten sie an eine abflachende Eisenbahnbrücke, wo linker Hand die andere Hälfte der Gruppe herabradelte und sich mit ihnen vermengte, um einem engen Treppenpfad hinab zur Limmat zu folgen.

Zwei Polizeibusse hatten aufgeschlossen, riskierten es aber nicht, ihnen zu folgen, weil die Fussgängerbrücke über dem Fluss enorm schmal war. Drüben, im Kreis 5, ging es über fiese Schienenstränge, vorbei an den stillgelegten Silos des Löwenbräu-Areals und dahinter unter dem Aussersihler Viadukt hindurch, hinein ins Röntgenquartier mit seinen Randblöcken und Baumalleen. Enitta tat ihr Bestes, möglichst zuvorderst mitzufahren, ohne Janita aus den Augen zu verlieren, welche sie hauptsächlich an deren Tasche erkannte. Gleichzeitig versuchte sie, im Kern des Trosses zu verbleiben, um nach aussen hin von den Flanken gedeckt zu werden. Felix' Hinterrad drehte sich nur Zentimeter vor ihrem Vorderreifen.

Der Schwarm besetzte die schummrige Quartierstrasse auf ganzer Länge und Breite, als an seinem Ende ein Motor aufheulte. Der schwarze Wagen hatte aufgeholt und bedrängte nun die Schlusslichter.

Erneut teilte sich die Gruppe. Angeführt vom Bärtigen sauste die eine Hälfte geradeaus, eine schmale Strasse der in Dunkelheit liegenden Josefwiese entlang, während Felix seine Anhänger nach links zum Röntgenplatz führte. Zwischen weinroten renovierten Fassaden rollten sie auf einen quadratischen Sandplatz; sonst Veranstaltungsort für bunte Volksfeste, lag der Quartiertreff in Düsternis. Felix bremste so hart ab, dass die vordersten Begleiter beim Anhalten beinahe über die eigenen Räder gestolpert wären. Umgehend nahm er den Platz in Augenschein. Unter einem kleinen Pavillon hockten Männer auf Holzbänken und schielten misstrauisch herüber. Er konnte zwischen drei Strassen wählen und zeigte auf die mittlere. «Da lang.»

«Knallhart durch den Chaib?», keuchte Enitta. «An einem Samstag?»

«Dort wimmelt es nur so von Nachtschwärmern und Polizeiposten», bekräftigte Janita.

«Konnten uns den Abend ja schlecht aussuchen. Vorwärts!» Felix beschleunigte in eine breite Allee. An der nächsten Kreuzung raste die zweite Gruppe von rechts in dieselbe Richtung und gewann Abstand. Dort, wo das Gleisfeld vor dem Hauptbahnhof und die Langstrasse aufeinandertrafen, rollte sie quer über die Sündenmeile und bog nach rechts in die Fussgängerunterführung, die parallel zum kurzen Autotunnel unter dem Gleisfeld verlief.

Felix wählte die diesseitige Unterführung. Der von grobem Neonschein ausgeleuchtete Tunnel war zwar immens breit und klar durch eine Mittellinie unterteilt, doch das Fussgängertum latschte dennoch in Ketten, sodass sie bereits klingelnd einfuhren. Sie waren bis zur Mitte vorgedrungen, als ein aufbrausendes Fauchen die Unterführung erfasste. Enitta blickte über ihre Schulter und sah zwei Scheinwerfer aus der Dunkelheit hervorschnellen. Mehrere Personen retteten sich kreischend und laut fluchend zur Seite, als das matt glänzende Gefährt durch den Tunnel preschte.

«Nach hinten absichern», befahl Felix, ohne die Fahrt zu verlangsamen.

Augenblicklich bremsten vier Fahrer ab und konfrontierten den Wagen tapfer mit ihren quer gestellten Rädern. Tatsächlich bremste dieser scharf ab, um unmittelbar vor ihnen zum Stehen zu kommen. Der Motor des Wagens brauste empört auf, doch die Velofahrer wichen nicht. Enitta folgte Felix, konnte den Blick jedoch nicht vom Fahrzeug wenden. Bombenvogel war wild entschlossen, sie in die Finger zu kriegen, und kämpfte sich Armlänge um Armlänge voran, drohte, die Sperre notfalls mit Gewalt zu durchbrechen. Dabei stiess der Mustang hinten eine giftgraue Abgaswolke aus, die heraneilende Passanten augenblicklich verschwinden machte.

Sie waren inzwischen aus dem Tunnel auf eine kleine Steigung gerast und standen an der ersten Grosskreuzung diesseits des Gleisfelds. Dichter Verkehr auf der Verzweigung nötigte die Gruppe zum Halt.

Eine Warteschlange vor dem Edeltrash-Nachtclub «Gonzo» quoll gerade auf die Langstrasse, und jenseits des Zebrastreifens nölten Besoffene an der Treppe der prolligen Olé-Olé-Bar herum.

Links von den Krachmachern spaltete sich eine breite Fahrbahn von der Langstrasse ab, auf deren Gegenseite die Panzerschränke der Europaallee posierten. Die zweite Gruppe hatte ihre Unterführung längst verlassen, ergoss sich durch Fussgänger quer über einen namenlosen, von zahllosen Umbauten vernarbten Platz am vorderen Ende der Europaallee und verlor sich zwischen den Steinkolossen, die das Gelände bis hinten zum Hauptbahnhof dominierten.

Der Mustang hatte sich mittlerweile so weit vorgewagt, dass zwei der Velofahrer auf seiner Kühlhaube lagen. Abrupt beschleunigte er und räumte Fahrräder beiseite, während deren Besitzer seitwärts vom Auto glitten und sich sogleich wieder aufrappelten. Nur noch Sekunden, bis er direkt an Enittas Hinterrad klebte.

Der Verkehr auf der Kreuzung ebbte ab. Keine Sekunde zu früh, denn aus der Ferne schrillte das alte elektronische Klagelied, dessen Interpret gleich vorstellig werden würde.

Felix wollte sich schon auf seinen Sattel hieven, als sie von etwas aus der Gegenrichtung ereilt wurden. Ein weiterer Polizeibus war ohne Sirene durch die Unterführung gerauscht und kam nun auf der Kreuzung zu stehen. Gleichzeitig begann jemand auf der Treppe der Olé-Olé-Bar in hohem Bogen auf die Langstrasse zu brünzeln, und genau auf den hatte es die Polizei offenbar abgesehen. Beamte verliessen den Bus, stürmten auf den Widerling zu und mussten aufpassen, nicht vom goldenen Strahl getroffen zu werden, den er auf sie richtete.

In diesem Augenblick bremste der Mustang hinter Enitta und ihren Begleitern ab, was sie herumwirbeln liess.

«Keine Sorge», knurrte Felix, «er kann uns nicht vor den Bullen überfahren.»

Der schwarze Wagen liess seine Hupe schrillen.

«Aber er kann sie auf uns aufmerksam machen.»

Tatsächlich spähten die Polizisten sofort zu ihnen rüber und wollten intervenieren, als sich zwei weitere Gestalten – wohl Saufbrüder des Wildpinklers – auf die Gesetzeshüter stürzten. Da öffnete sich die Fahrertür des Mustangs, und der zweite Polizeibus gesellte sich von rechter Seite hinzu. Doch Felix beschleunigte bereits über den Fussgängerstreifen, links vorbei an der Rangelei und den plärrenden Zuschauern auf der Treppe.

Die rechte Fahrspur wurde generalüberholt, weswegen sie auf ganzer Länge von eingezäunten Baufahrzeugen verstellt war. Der schmale Landstrich stellte eine Art Schutzwall zwischen Trottoir und Fahrbahn dar, sodass Felix die Gruppe entlang der Häuserfassaden neben der Baustelle führen konnte. Der Gehsteig war gerade schmal genug, um haarscharf an den Weisssocken, die darauf unterwegs waren, vorbeizuschrammen. Die Polizei folgte ihnen auf gleicher Höhe, ohne ihrer habhaft werden zu können.

Enitta kurvte bei der Fahrt aufs Trottoir so scharf an einem Duda vorbei, dass ihr dieser mit wüster Beschimpfung sein Glas hinterherschleuderte. Es zerschellte an einer Baggerschaufel. Janita wurde von den Splittern eingedeckt, schüttelte sie aber energisch ab. Sturmklingelnd und auf den Pedalen stehend, machte Felix den Weg für sie frei und bog drei Blocks später nach rechts, in eine Querstrasse, die sie vors Haus der tausend Fenster führte – auch berüchtigt als Regionalwache Aussersihl. Die Kakofonien aus Unheil und Dringlichkeit flossen von überall her ineinander. Es war wie beim jährlichen Sirenentest: Enitta hätte nicht sagen können, welche Melodie woher stammte.

Felix prüfte hastig, ob von keiner Seite Verkehr drohte, und beschleunigte, vorbei an der Total- und der Dante-Bar. Leuchtreklamen glitten wie Irrlichter vorüber. Unvermittelt begannen die Fassaden am Ende der Strasse, in Warnfarben zu wummern. Ein weiteres Polizeifahrzeug bog ums Eck und nahm Kurs auf die kleine Kreuzung zwischen ihnen. Es wurde hart ausgebremst, als eine Frau ihren Kinderwagen auf die Strasse stiess und dabei hartnäckig telefonierte.

Statt zu weichen, deckte sie den Polizeibus mit einer fremdsprachigen Schimpftirade ein, was Felix ausnutzte, um nach links auszuweichen und gleich wieder nach rechts in einen kleinen Durchgang zu steuern. Jenseits von Abfallsäcken, gammligen Gestalten, allerlei Unrat später nahmen sie Kurs auf die Kanonengasse. Hinter ihnen kam erneut der Polizeibus zum Vorschein, welcher zwischenzeitlich zurückgesetzt hatte. Doch er würde sie nicht davon abhalten können, aufs Kasernenareal zu rollen, das sich entlang der Kanonengasse erstreckte. Die Schlusslichter taten ihr Schlimmstes, den Bus mit abrupten Schlenkern auf Distanz zu halten. Sie hatten die Querstrasse schon fast erreicht, da zeichneten vor dem Zugang des Areals zwei Polizeibusse aus entgegengesetzten Richtungen tiefschwarze Bremsspuren auf die Kanonengasse.

Nun waren sie von allen drei Seiten eingekreist! Als die Tür des linken Busses aufschwang, vervielfältigte sich die Beute. Sie hatte gar einen neuen Köder mitgebracht. Von links lärmte die zweite Gruppe heran. Ihren Fahrern hingen Knicklichter von Kleidung und Velorahmen, und als die Hälfte von ihnen über die Kreuzung geflitzt war, biss der linke Bus an, setzte seinen Blinker und eilte ihnen hinterher. Gleichzeitig verflüchtigte sich die Hälfte von Felix' Leuten in jene Richtung, aus der die Kavallerie gekommen war, hinab zur Europaallee, und der Wagen aus der Dienerstrasse rollte übers Trottoir, um sie zu jagen.

Jetzt standen nur noch Felix, Janita und Enitta und der Bärtige mit einer Handvoll Begleitern vor dem Arealzugang. Der verbliebene Polizeibus war jener, den sie mit einer Kette gesichert hatten, und die hinderte die Beamten noch immer daran, das Fahrzeug zu verlassen. So starteten sie den Motor, oder besser, versuchten es, denn ausser trotzigem Bärengurgeln rührte sich nichts mehr unter der Haube. Die Velos, die er überfahren hatte, mussten sein Fahrwerk derb beschädigt haben.

Felix nutzte die Gunst und rollte über den Randstein aufs Kasernenareal, einen rechteckigen Platz mit mittiger Gartenanlage, das nach hinten vom Zeughausflügel begrenzt wurde. Auf dessen Gegenseite befand sich eine weitläufige Parkanlage und an deren Ende wiederum nichts Unheilvolleres als das Hauptquartier der Kantonspolizei. In dessen Nähe würden sie nicht geraten wollen. Felix wählte die rechte Seite, vorbei an den anstehenden Besuchern einer Neunziger-Party, und verliess das von Gittern eingezäunte Areal, um eine kleine Quartierstrasse zu passieren und sich neben seinem Lieblingsitaliener in eine holprige Seitengasse zu flüchten. Enitta sah aus den Augenwinkeln bereits blaue Lichter nahen. Nach zwei Schlenkern folgte die Truppe einem Verlauf, wo kaum jemand unterwegs, dafür der Rechtsvortritt ein hart umkämpftes Gut war. Die Strasse war von beiden Seiten mit parkierten Autos gesäumt und daher so schmal, dass eine einzige aufschwingende Autotür den ganzen Tross zum Kippen bringen konnte. Er umfasste noch immer an die zehn Akteure.

Zwei Beinahekollisionen mit einem Pizzakurier-Motorrad und einer Gruppe schwatzender Passanten später wurde die Fahrbahn von der breiten Stauffacherstrasse in zwei Hälften geschnitten, und der jenseitige Verlauf folgte ausgerechnet entlang des Bezirksgerichtsgebäudes. Jeden Tritt war damit zu rechnen, dass ihnen Polizeifahrzeuge aus dem Innenhof in die Quere rollten. Doch sie fanden den Zugang abgeriegelt vor. Felix bog haarscharf und ohne Vorwarnung nach rechts auf die zweite Hälfte der schlummernden Kanzleistrasse, die nach leichtem Bogen in eine Grossverzweigung mündete, aus der sich nicht weniger als fünf Strassen in alle Richtungen verloren. Und aus jeder nahte ein Blaulichtgewitter.

Aus jeder, ausser einer. Jener zu ihrer Rechten, der schmalen, mit Schienen ausgelegten Birmensdorferstrasse, die eigentlich dem Trambetrieb vorbehalten war. Gerade kroch eine blauweisse Blechraupe mit metallischem Knirschen aus ihr heraus.

Enitta begriff mit Schaudern, wie sich die Häuserfronten der Kanzleistrasse ebenfalls künstlich verfärbten. «Sie kreisen uns von allen Seiten ein.»

«Im Ernst?», nuschelte Felix gepresst.

«Da.» Der Bärtige zeigte auf ein zweites Tram, das sich linker Hand vom Verkehrsknotenpunkt Stauffacher näherte und störrisch Kurs auf die Birmensdorferstrasse nahm.

«Könnte klappen», rief Felix und begann zu treten. Direkt auf die schmale Gasse, die gleich komplett von zwei kreuzenden Strassenbahnen ausgefüllt sein würde. Bevor dies geschah, rollte der Tross direkt vor die Schnauze des linken Trams und folgte dem Verlauf. Die Bullenkutschen konnten sie nicht verfolgen, solange die Trams aneinander vorbeikrochen, denn dazu war auf den Seiten nicht genug Platz. Das rostige Orgeln des ihnen folgenden Trams erschreckte Enitta derart, dass sie ihre Räder beinahe in die Schienen gesteuert hätte. Soeben zog das erste Tram vorbei und hinterliess eine rettende Lücke. Sie schwenkten nach links auf eine spärlich beleuchtete Trottoir-Insel. Vor ihnen türmten sich die Glaskathedralen des städtischen Steueramts auf, und gleich daneben ruhte ein Gotteshaus im Halbdunkel.

Das monotone Elektrogeheul gewann wieder an Schrecken. Nur noch kostbare Augenblicke, bis die Verfolger auf die Gegenfahrbahn der Tramschiene wechseln konnten und ums Eck gerast kamen.

Felix nahm Enitta in die Arme und stiess sie sogleich von sich. Er zeigte auf den Bärtigen. «Ihm nach. Schnell.»

«Und du?»

«Ich stelle sicher, dass sie endgültig von euch ablassen.» Er rief zwei der anderen Fahrer zu sich und setzte die Flucht Richtung Bahnhof Selnau fort.

«Macht die Leuchten aus», befahl der Bärtige und steuerte auf eine kleine Gasse neben der Kirche. Als Enitta zurückblickte, sah sie die Irrlichter der Polizei zielstrebig vorüberdonnern. Sie folgten schmalem Kopfsteinpflaster zwischen der Kirche und einer angrenzenden, von alten Laternen beschienenen, erdigen Anhöhe in einen weitläufigen Hinterhof inmitten von Geschäftshäusern und rollten lautlos eine Betonspirale hinab, an deren Ende sie eine Tiefgarage unter niedriger Decke erreichten.

Neonlicht stotterte sich ins Leben und enthüllte einen alten Pick-up-Truck, hinter dem ein leeres Parkfeld von Pylonen besetzt war. Eingespielt wie beim Boxenstopp, warfen die Fahrer die orangen Leitkegel auf die Ladefläche des Trucks, von wo der Bärtige eine Plane herunterriss. Sie stapelten ihre Fahrräder auf das Feld und schälten sich aus ihren Trainern.

Als der Mann sein Mundtuch senkte, erkannte ihn Enitta sofort. «Dale», jauchzte sie.

Dale Carpenter III, Felix' vormaliger Geschäftspartner, lächelte. «*Hello*, junge Miss. Schön, dich wiederzusehen.» Ins Rotbraun seines Bartes hatten sich graue Streifen geschlichen, aber ansonsten wirkte er so rüstig wie bei ihrer ersten Begegnung, als er ihr ein nagelneues Hollandvelo geschenkt hatte. Sie fiel ihm um den Hals und herzte ihn hart, als schliesse sie ein lang vermisstes Familienmitglied in die Arme. Abrupt liess sie ab. «Danke für die Rettung, Dale. Aber … was war das eben?»

«Velokuriere halten zusammen. *Always.*»

«Felix hat das immer wieder betont, aber ich wusste nie, wie recht er damit hatte», sagte Enitta.

Janita musterte Dale sichtlich skeptisch aus der Distanz.

«Das ist meine Schwester», erklärte Enitta stolz.

Dale reichte ihr die Hand. «Ist mir eine Ehre. Aber noch sind wir nicht in Sicherheit.» Er bettete die Plane über den Haufen und scheuchte die Truppe zum Ausgang, eine Treppe hoch, zurück in den Hinterhof. Noch immer schallten Sirenen hinter Altbaufassaden, die sich dicht an dicht drängten. Wenige Schritte weiter eilten sie durch einen Hintereingang. So als wäre nichts vorgefallen, stieg Dale gemächlich die Treppenstufen hoch und grüsste freundlich eine stark geschminkte Nachbarin, die gerade ihr Apartment verliess. In einer kleinen Altbauwohnung im dritten Stock schmeichelte der wohlige Duft von Spaghetti bolognese Enittas Nase.

«Everybody», rief der Wohnungsherr. «Löscht eure Videos und verlasst den WhatsApp-Chat. *Fucking now!*»

Während die Kumpane ihre Mobiltelefone zückten, ging Enitta ins angrenzende schummrige Wohnzimmer. Auf dem langen Esstisch unter tief hängender Lampe ruhte ein Stapel Teller, und eine junge Frau stand vor einem Flipchart. Sie trug kurze Haare, Ohrringe, eine violette Hornbrille und musterte Enitta argwöhnisch. Als ihr Handy piepte, widmete sie sich mit einem Filzschreiber einer Liste von Zahlen. Etwa die Hälfte davon war bereits durchgestrichen, und mit jedem Piepen eliminierte sie eine weitere ausgesuchte Position.

Jemand trug ein Sixpack Bier herein und setzte sich mit den anderen Fahrern an den hölzernen Tisch, wo sie erleichtert auflachten und anstiessen. Enitta platzierte ihre Tasche neben dem Eingang und blickte durch die Fensterfront des Wohnzimmers. Draussen eröffnete sich der Hallwylplatz, ein von Bäumen eingefasster, dreieckiger Quartiertreffpunkt mit flachem Rundbrunnen.

Dale stellte sich neben sie. «*Nice*, nicht?»

«Warum bin ich nicht überrascht von deiner Wohnlage? Was hast du die vergangenen Jahre denn so getrieben? Der Veloladen beim Viadukt machte von einem Tag auf den anderen dicht.»

Er rieb seinen Bart, als gälte es, die verschiedenfarbigen Strähnen nach der wilden Jagd neu zu sortieren. «Als Felix und ich das öBike-Projekt vollendet hatten, brauchte ich einen Break. Bin ja fast zu alt zum Velofahren.»

«Hab ich eben anders erlebt.»

«*Yeah*, solange es bergab geht.» Er schmunzelte und zeigte zu den Jungs am Tisch. «Dafür habe ich nun die da. Bin lieber im Background und kümmere mich ums Business.» Sein Blick wurde ernst. «Und was ist bei euch los? Felix meinte, ihr hättet richtig *trouble*.»

«Erklär ich dir gleich. Da ist etwas, worum ich mich erst kümmern muss. Darf ich kurz dein Internet nutzen?»

«*Sure*, ich such dir das WiFi-Passwort heraus.»

«Ich bräuchte einen Computer.»

«*Very well.*» Dale ging ins Nebenzimmer vor, wo ein Laptop auf einem Pult stand. Auf einem Gestell glänzten allerlei Trophäen. Enitta liess die Finger vom Lichtschalter und begnügte sich mit dem Kegel aus dem Korridor. Ihr gefiel der Gedanke, dass da lauter Verbündete zum Greifen nah waren. Während sie den mobilen Computer aufklappte und sich ins Internet klickte, schlüpfte Janita herein. Mit fragendem Blick lehnte sie sich an den Tischrand.

Enitta hatte die Website des Strassenverkehrsamts aufgerufen.

«Du weisst die Nummer noch?» Janita seufzte. «Ich könnte nicht mal den Weg hierher beschreiben.»

«Die ist eingebrannt.» Sie tippte die Ziffern des Zürcher Kennzeichens in ein Suchfeld und bestätigte die Eingabe. Dann beäugte sie das Resultat. «Rolf Hartknaller, Gasometerstrasse 17, 8005 Zürich. Sagt mir rein gar nichts. Mal schauen, was Google über ihn weiss.» Die Suchmaschine hatte auch keinen Plan. Enitta lehnte sich zurück und starrte auf den Bildschirm. «Ich fasse es nicht. Selbst mit Namen ist der Typ noch ein Phantom.»

«Bei *dem* Nachnamen? Wie schräg ist das denn? Ob das sein echter Name ist?», fragte Janita.

«Das Strassenverkehrsamt akzeptiert normalerweise nur Klarnamen.»

Ihre Stuhllehne wurde sanft ergriffen. «Woran arbeitet ihr da?», fragte Dale.

«Ich will wissen, wem der schwarze Wagen gehört», antwortete Enitta.

Er runzelte die Stirn. «Welcher schwarze Wagen?»

«Der uns vorhin verfolgt hat.»

«Ist mir nicht aufgefallen. War mit der zweiten Gruppe unterwegs.»

«Sagt dir der Name Rolf Hartknaller was?», fragte Janita.

Dales Griff verstärkte sich. Er starrte auf den Schirm und nickte. «Räbbel.» Es klang wie eine ominöse Feststellung. Bevor Enitta etwas fragen konnte, liess er von der Lehne ab. «*Come on*, es gibt *dinner*.»

Im Wohnzimmer strich die Brillenträgerin die letzte Nummer durch. «Alle in Sicherheit», meldete sie gepresst.

Dale bat sie stumm zu Tisch und nahm am Kopf der Tafel Platz.

Enitta schaufelte die Pasta förmlich in sich hinein. Sie fühlte sich wie ein baufälliges Gespensterschloss, das sich eben wieder mit Lebensgeistern füllte. Doch der dazugehörige Spuk liess nicht lange auf sich warten.

Dale rührte seinen Teller kaum an, sondern stierte nur vor sich hin, was sämtliche Unterhaltungen verstummen liess. Bald legten alle die Gabeln hin. Er suchte Enittas Blick, faltete die Hände und drückte seine Fingerspitzen auf die Knöchel. «Unsere Wege haben sich über die Jahre mehrmals gekreuzt. Das erste Mal in den *eighties*, als ich die erste Fahrradkurierfirma der Stadt gründete. Räbbel kam damals von Bern nach Zürich.» Sein Tonfall wurde richtig düster. «Er war schon damals ... eine Legende.»

Dale brauchte einen grossen Schluck Bier. «Er gehörte dort zu einer gefürchteten Töffli-Gang, die stahl und Leute verprügelte. Für rebellische Seelen gab's im damaligen Bern auch nicht viel mehr zu tun. Räbbel gab sein Äusserstes, um der *police* aufzufallen, und irgendwann stellten sie ihn vor die Wahl: zehn Jahre Bau oder als Informer arbeiten. Räbbel hatte zu diesem Zeitpunkt ein *girlfriend*, also willigte er ein und bewährte sich, wurde sogar halbwegs anständig. Irgendwann schickten sie ihn dann nach Zürich, für einen *big fucking deal*. Er sollte die Motorradgang der Hells Angels infiltrieren, die das Zürcher Milieu aufmischte. Drogenhandel, Prostitution, Schutzgelder – alles, was ihr euch nicht vorstellen wollt. Und Räbbel hatte Erfolg, stieg rasch in den innersten Kreis auf. Der Gangleader schenkte ihm gar ein teures Sportauto.»

«Einen Ford Mustang?», fragte Enitta vorsichtig.

«*Yes*, aber er hatte das Ding bloss jahrelang in der Garage stehen, denn er war innerlich zerrissen. Diese Biker waren seinesgleichen, waren zu seiner eigentlichen Familie geworden, *you know*? Dennoch verriet er sie ums Millennium. Die ganze Gang wurde hochgenommen. Hässliche Geschichte. Mehrere Tote. Von da an genoss er grossen Respekt bei der Stadtpolizei. Mit seinem Wissen und seinem Einfluss wurde er bald zum gefürchtetsten Privatermittler der Stadt. Er hielt Anteile an mehreren Bars und Lokalen.»

«Warum habe ich dann noch nie von dem Geier gehört?», fragte Enitta.

«Er war *very reserved*, trat kaum in Erscheinung, half mal hier und mal dort aus. Hatte kein *office*, keine Telefonnummer. Die Leute wussten, wo sie ihn erreichen konnten. Sein grösster Lebensinhalt wurde jedoch ein *boy*, oben in Grisons, deinem Heimatkanton. Räbbel hatte dessen Vater – dem Gangleader – versprochen, sich um ihn zu kümmern. Er war damals beim *shooting* ums Leben gekommen.»

«Der hiess nicht zufällig Ventin?», fragte Enitta weiter.

«Ist mir nicht bekannt, *sorry*. Aber Räbbel kümmerte sich um ihn angeblich wie um sein eigen Fleisch und Blut.»

Enitta linste zu ihrer Schwester. «Hat Ventin diesen Hartknaller erwähnt?»

«Nicht dass ich wüsste.»

«Hast du ihn mal gesehen?»

Janita schüttelte trotzig den Kopf.

«Sprach er denn je über seinen leiblichen Vater?»

«Wenn ich's dir sage.»

«Aber es muss doch eine Verbindung zwischen den beiden geben, wenn uns Hartknaller ausgerechnet bei Ventins Grabstein auflauert.»

«Als ich Chur vor acht Jahren verliess, wusste ich kaum etwas über seine Vorgeschichte. Ich erinnere mich bloss daran, dass er gelegentlich bei seinen Grosseltern übernachtete. Dabei schlich er sich häufig davon, um in Clubs und Bars abzufeiern. Das weiss ich deshalb, weil er mich meist mitnahm.» Ein Grinsen blitzte in ihrem Gesicht auf. «Er ist gewissermassen der Grund, weshalb ich mich für Zürich zu begeistern begann. Aber die Grosseltern kamen irgendwann dahinter, und als sie Drogen in seinem Zimmer fanden, setzten sie ihn in den nächsten Zug und brachen den Kontakt ab. Von da an wollte Ventin nichts mehr über die Stadt hören und zog sogar eine Lehre als Handwerker in Betracht. Was für ein Langweiler. Aber mehr weiss ich wirklich nicht. Er sprach ansonsten kaum über seine Familie – und wenn, dann übertrieb er masslos.»

«Schon gut …»

«Man erzählt sich, dass der Junge vor knapp einem Jahrzehnt in den Knast wanderte», fuhr Dale fort. «Er sei dort krank geworden und kurz vor seiner Entlassung verstorben. Seither hat keiner mehr von Räbbel gehört. Es heisst, er habe kürzlich all seine Anteile im Milieu verkauft. Sogar jene am ‹Eh & Jee› und an der ‹Wohlstandsbar›. Nur dem ‹Mata Hari› sei er treu geblieben.»

«Woher weisst du das alles?», fragte Janita misstrauisch.

Dale schnaubte. «Weil ich alt bin und nicht mehr so gut höre. Darum habe ich meine Ohren *everywhere.*» Er räusperte sich. «Von dem Typen solltet ihr euch unbedingt fernhalten. Der ist zu allem imstande.»

«Haben wir versucht», erwiderte Enitta. «Hat nicht geklappt.» Sie schaute in die betretenen Gesichter der Kuriere. «Aber hier können wir keinesfalls bleiben. Wir brächten euch alle in Gefahr.»

Dale zögerte. «Und was soll ich Felix erzählen?»

«Gar nichts. Je weniger er weiss, desto besser», antwortete Enitta.

Janita brauste auf. «Wo sollen wir denn bitte schön hin?»

Enittas Blick fiel auf ihre Taschen beim Eingang. «Das Wo ist nicht das Problem.» Sie schielte zu Dale und dieser begriff.

«Ich bring euch hin.»

Während Dales Gäste nun lustlos Spaghetti in ihre Mäuler stopften, begaben sich die Schwestern mit Dale in den Flur.

«Was immer ihr tut, *girls*, bleibt sportlich.»

Enitta schulterte ihre Tasche und bekam Interesse an den gerahmten Fotos an der Wand. Sie zeigten Teamfotos und Spieler in Mannschaftsuniformen. «Sag mal, Dale, du hast doch eine Weile in den Staaten gewohnt, nicht?»

«Ja, in Atlanta und Boston. *Why?*»

Ein Lächeln der Hoffnung leuchtete in ihrem Gesicht auf. «Ob du mir noch einen letzten Gefallen erweisen könntest, bevor wir aufbrechen?»

***

Enitta quetschte sich in der Fahrerkabine neben Janita und kam sich vor wie ein Salatblatt zwischen Brotscheiben. Dale steuerte den Truck aus der Garage und blieb vornehmlich auf Seiten- und Quartierstrassen. Wie Hummeln mit Falschfarben lärmten alle paar Verzweigungen Polizeibusse vorbei. Dale schien davon wenig beeindruckt. Er drehte das Radio an und pfiff zu einem Country-Song. Beim Albisriederplatz gerieten sie in eine Polizeikontrolle. Dale grüsste den Beamten lässig und erklärte ihm, dass er seine beiden Töchter nach Schlieren bringen wolle, um ihnen mal eine richtige American-Bowling-Bahn zu zeigen. Seine betont joviale Art liess den Polizisten bald lachend beiseitetreten, nur um den blendenden Strahl seiner Taschenlampe auf die nächste Windschutzscheibe zu richten.

Enitta lotste Dale auf die Albisriederstrasse, wo er die hohen Mauern des Friedhofs Sihlfeld passierte, beim «Hubertus» rechts abbog und der ruhenden Mart-Froesch-Badeanstalt folgte, bis er kurz vor dem Letzigrund an einer Baustelle hielt. Auf hohe Bretter waren Parolen gesprayt worden, die Medien anprangerten, konservativen Menschen Übelstes wünschten und Aleppo gedachten. Dale lehnte sich übers Steuerrad und musterte das gewaltige Betonskelett. «Ob das eine gute Idee ist?»

«Jedenfalls keine, auf die Hartknaller so bald kommt.»

Janita stieg nur widerwillig aus.

«Hinten hat's was für die Nacht», flüsterte Dale.

Enitta zog eine Decke von der Ladefläche, schulterte sie und klopfte gegen die Wagentür. «Hab Dank.»

Dale salutierte und fuhr los.

Janita klammerte sich an den Griff ihrer Tasche und zog eine erwartungsvolle Faxe.

Enitta zückte ihre Taschenlampe und suchte einen Kasten zwischen den Brettern auf. Hinter Glas befand sich ein Informationsanschlag für die im Bau befindlichen Familiensiedlungen «Im Park» und «Am Park», deren Grundrisse an kantige Hundeknochen erinnerten. Siebenstöckige Ziegelfassaden waren von Aluminiumgestellen eingefasst, der Boden entweder zubetoniert oder mit Kies bedeckt. Versiegelte Isolationsmatten türmten sich auf, fette Plastikschläuche lagen herum, orange Silos umgaben die blanken Fassaden, und vier scharlachrote Baukräne wachten über das Areal. Laut Anschlag war der Einzug für Juni geplant gewesen, was Enitta insgeheim freute. «Rasch, bevor uns jemand sieht.»

Sie umrundeten die Baustelle über einen Veloweg und fanden auf der Rückseite, die an einen Park grenzte, nicht verankerte Gitterabsperrungen vor, zwischen die sie sich aufs Areal zwängen konnten. Süsslicher Baustellenmief wehte ihnen entgegen.

«Dort oben brennt Licht», mahnte Janita.

«Na hoffentlich, dann stolpern wir nicht.» Enitta steuerte auf die Einfahrt einer Tiefgarage zu. Gemeinsam zogen sie eine plastikverpackte Isoliermatte vom Stapel und schleppten sie im Bauch des Gebäudes die Treppe rauf, um sie im obersten Stockwerk in einen schäbigen Raum von etwa zwanzig Quadratmetern zu schleifen, dessen einziges Fenster aufs Stadion Letzigrund zeigte. Wenn sie der Öffnung nicht zu nahe kamen, konnten die Bewohner des Gebäudes nebenan sie nicht bemerken. Und solange die Glühbirnen an der Decke des Treppenhauses glommen, würden ihre eigenen Lichter sie nicht verraten.

Janita schienen ähnliche Fragen zu beschäftigen. «Was, wenn uns morgen Bauarbeiter entdecken?»

«Sonntags arbeitet keiner.»

«Ich meine, morgen Montag. Ist immerhin schon zwei Uhr.»

Enitta liess ihr Gepäck auf die Matte plumpsen. «Reden wir uns raus.»

«Und wenn die nun kein Deutsch können?»

«Machen wir halt schöne Augen.» Sie zog ein ovales Bag aus Janitas Tasche, auf dem das laminierte Bild eines Campingzelts haftete.

«Ach, deswegen war der Beutel so schwer.»

Enitta grinste müde und begann, dünne Alustangen zusammenzustecken. Es dauerte keine Viertelstunde, um das Zweierzelt auf der Matte hochzuziehen und mit Schnüren an den Metalldrähten zu sichern, die aus Wänden ohne Verputz ragten. Erschöpft liessen sie sich vor dem Eingang nieder. Janitas Bein zuckte unablässig.

«Ist dir kalt?»

«Nein. Ich zittere, weil ich nervös bin. Hab schon lange keine mehr geraucht.»

Enitta nestelte in ihrer Jackentasche und holte ein blaues Päckchen hervor, das mit «Tsürienne» beschriftet war. Sie streckte es Janita hin.

«*Du* hast Kippen?»

«Für Beschattungen. Zigaretten sind die beste Ausrede, um dumm rumzustehen.»

Gierig klaubte Janita einen Glimmstängel heraus und gab sich selbst Feuer.

Während der Rauch lautlos hinaus in die Nacht wanderte, lauschte Enitta dem Klang der Stadt, dem Singen der Tramschienen und fernen Sirenen. Irgendwo plätscherte Wasser. «Fast schon romantisch, nicht? Wie damals.»

«Du warst schon immer die grössere Abenteurerin von uns beiden. Ich verstehe echt nicht, wie du es so lange am selben Ort aushalten konntest.»

«Weil ich dich gesucht habe.»

«Hast mich doch längst gefunden», murmelte Janita.

«Aber *wir* uns nicht. Wir haben fast zwei Jahre nicht miteinander gesprochen. Ausserdem bin ich momentan eh ständig auf Achse.» Sie folgte mit der Fingerspitze einer Schnur. «Ich weiss, du bist dir weit bessere Unterkünfte gewohnt.»

Janita hob zustimmend die Augenbrauen.

«Sieh es positiv. Von unseren Mitmenschen könnten nur noch die wenigsten in einer solchen Endzeitumgebung überleben. Die meisten Städter würden bereits verhungern, wenn ihr Handy keinen Empfang mehr hätte oder das Convenience-Regal leer wäre. Dabei braucht nur irgendein Militärkopf den falschen Knopf zu drücken, und schwuppdiwupp sind wir zurück in der Steinzeit.»

Janita schnaubte belustigt.
«All dieser sinnlose Luxus. Aber damit kennst du dich bestimmt besser aus.»
«Diese Schicht ist nichts für dich. Ich konnte nie das sein, was die anderen haben wollten. Stehst du unter ihnen, dann verlachen sie dich. Bist du ihnen ebenbürtig, wirst du ignoriert. Und stehst du über ihnen, so verachten sie dich.» Sie schnippte die Kippe aus dem Fenster und rieb sich das Gesicht.
«Hast du keinen Kontakt mehr zu diesen Leuten? Zu jemandem, der uns helfen könnte?»
«Ich glaube nicht, dass die mich noch kennen wollen, nach all dem, was kürzlich vorgefallen ist. Verhält sich bei deinen Freunden ja ähnlich. Ernsthaft, Enitta: Ich frage mich, was dich an dieser Stadt so unglaublich fasziniert. Du eiferst meinem Traum nach, dabei hattest du stets deinen eigenen. Erinnerst du dich nicht mehr? Du warst eine Abenteurerin, und ein Freigeist wie du gehört hinaus in die grosse Welt.» Sie gähnte hemmungslos. «Und ich gehöre ins Zelt. Nacht.» Auf allen vieren kroch sie in den dünnen Kunststoff-Iglu.
Enitta wartete noch einen Augenblick, bevor sie sich neben Janita unter die Decke legte und den Reissverschluss des Zelts zog.

***

Als Enitta wieder zu sich kam, war das Zelt verschwunden und die Aussicht klar erkennbar. Das Stadion Letzigrund ruhte mit seinem westlichen Umschwung im zarten Herbstlicht. Sie begriff, dass sie durch Fensterglas schaute. Das Zimmer war noch immer das gleiche, doch mittlerweile möbliert, so wie es nach seiner Fertigstellung und dem Einzug seiner Erstbezüger aussehen mochte. Und sie war nicht alleine. Dort, wo das Zelt gestanden hatte, ruhte nun ein weisses Ledersofa, auf dem eine vertraute Person sass. Mit schimmerndem khakifarbenen Anzug, langen braunen Haaren, Bärtchen und Brille.

«Herr Zünd!», rief sie erstaunt. «Ich meine … Hukki. Warum sehe ich dich?»

Der vor zwei Jahren verstorbene Partykönig und Quasi-Mentor neigte den Kopf zur Seite. «Weil du zu wenig schläfst, Dolcenitta», antwortete er in seinem üblich skeptischen Tonfall und breiten Ostschweizer Dialekt. «Ausser vielleicht jetzt gerade.» Er erhob sich, trat vors Fenster und hob den Blick zu den Hochhäusern drüben in Zürich-West. «Warum so besorgt, Kindchen? Ist dies nicht das Leben, das du gewählt hast? Du wolltest doch immer Privatdetektivin werden. Wolltest deine Schwester finden. Beides ist wahr geworden. Ist das etwa kein Grund zur Heiterkeit?»

«Ich dachte von beiden Dingen, dass sie mich mehr erfüllen würden.»

«Das ist doch der Grund, warum wir überhaupt nach etwas streben, oder? Wir glauben, dass wir uns durch das Erreichte besser fühlen werden. Warum also freust du dich nicht darüber, Janita gefunden zu haben?»

«Weil wir uns die ganze Zeit bloss streiten.»

«Ihr zwei Schnuckelchen? Worüber denn?» Er ging einige Schritte und legte die Hände auf den Rücken. «Ihr seid noch jung, das kann unmöglich gravierend sein. In eurem Alter kann man so was wieder kitten.»

Über dem Höngger Hügel bildete sich eine dunkle Wolke. Kaum wahrnehmbar, aber Enitta hielt es nicht für eine Sinnestäuschung. «Sie gibt mir die Schuld daran, unglücklich zu sein. Dabei stand ich ihr nie im Weg.»

«Wo will sie denn hin?», fragte Zünd barsch.

«An die Spitze. Was immer das heissen mag. Ich kapier jedenfalls nicht, was sie sich davon verspricht.»

«Ach, dort oben ist es nur halb so lustig. Alles wird dir vom Silbertablett in den Hintern gepustet. Du kommst überall rein, weil dich jeder, jedes und jede kennt.»

Die Worte elektrisierten Enitta. Gleichzeitig bemerkte sie, wie es im Zimmer schlagartig düster wurde. Sie wandte sich zu dem Fenster. Aus der Wolke war ein Sandsturm geworden, der sich nach allen Seiten aufblähte und unaufhaltsam heranbrauste. Er hatte bereits das halbe Stadion vereinnahmt und den ganzen Himmel gefressen. Ein Lichtkegel spiegelte sich im Glas der Fensterscheibe.

«Mir steht jede Tür offen», hörte sie eine böse Stimme rufen. Sie wirbelte herum. Zünd war verschwunden. Dafür stand Hartknallers Silhouette im Eingang. Noch bevor sie zurückweichen konnte, barst die Scheibe in Milliarden Bruchstücke, und ein erbarmungsloser Sturm riss sie tosend mit sich.

***

Enitta schreckte aus ihrem Alptraum hoch und musste feststellen, dass der Sturm unvermindert tobte. Ein furioser Herbstwind heulte durch alle Öffnungen ins Zimmer, wirbelte Staub und Bauschutt auf und rüttelte an ihrem Zelt. Teilchen prasselten wie Hagelkörner gegen den Kunststoff. Manche davon wehten durch den Schlitz, den Enitta offen gelassen hatte. Schlaftrunken kam sie hoch, stiess sich den Kopf an der Decke und schloss die Öffnung.

«Wir treiben davon …», murmelte Janita schläfrig.

Tatsächlich bewegte sich das Zelt. Zentimeter um Zentimeter. Hätten sie bloss das Gestänge besser verankert. Janita schmiegte sich eng an sie, und Enitta erwiderte die Umklammerung, bis irgendwo etwas brach und sich das Zelt wie ein Leichentuch über sie legte.

6

Sonntag, 6. Oktober, 16.23 Uhr, Baustelle

Als Enitta ihr Haupt aus dem Zelt streckte, das sich in einen monströsen Schlafsack verwandelt hatte, trat Janita mit einem Frottiertuch um den Hals in ihre Open-Source-Behausung. «Da hat wohl jemand schlecht geschlafen.»

Enitta blinzelte mit verklebten Augen. «Allerdings. Und obendrein schlecht geträumt.»

«Ah, horror storys. I love!»

«Geht so. Unser gemeinsamer Freund hat beinahe einen Freddy Krueger vom Stapel gelassen.»

«Wie furchtbar.»

«Im Gegenteil. Mir ist etwas klar geworden.»

«Was denn?»

«Dass er uns irgendwann doch in die Finger kriegen wird. Egal, wie wir's anstellen.»

«Und was soll daran gut sein?»

«Dass wir's dennoch verhindern können – indem wir ihm zuvorkommen.»

«Wir sollen uns selbst in die Finger kriegen?», frotzelte Janita.

«In die Haare kriegen wir uns ja jetzt schon regelmässig.»

Janita liess sich neben ihr nieder und strich über ihre Wuschelmähne. «Also dafür bin ich nicht verantwortlich.»

Enitta fuhr durch ihre langen Haare, die sich in etwa so anfühlten wie ein Wischmopp, der mit einem Tornado getanzt hatte. Irgendwie stimmte das sogar ein bisschen. Goldenes Sonnenlicht strömte durch den Eingang. «Wie spät ist es eigentlich?»

«Halb fünf, du Murmeltier.»

«Wie lange bist du schon auf?»

«Lange genug, um mich ums Wesentliche zu kümmern.» Janita streckte ihr eine aufgerissene Packung Chips hin.

Enitta grub ihre Hand hinein und erstarrte. «Du warst draussen?»

«Bei einem Rohbau kann man wohl schlecht von *drinnen* sprechen.»

Enitta schaufelte die salzig schmeckenden Chips in ihren Mund. «Trotzdem. Hättest mich wecken können.»

«Hab ich versucht, glaub mir.» Janita fütterte sich selbst. «Also, was ist dein Plan?», fragte sie mit vollem Mund.

«Wer spielt, um nicht zu verlieren, kann nicht gewinnen. Darum gehen wir jetzt zum Angriff über.»

Janitas Blick wurde prüfend. «Was hast du vor? Willst du ihn umlegen?»

Enitta dachte mit Schaudern an den Terror der vergangenen Nächte. «Wenn's nicht anders geht … Aber zunächst will ich alle anderen Optionen ausschöpfen. Wir kennen jetzt seinen Namen. Das heisst, wir können auf ihn zugreifen und herausfinden, *wofür* er sich rächen will.»

«Was soll das für eine Rolle spielen? Rache ist Rache.»

«Nein, Rache ist bloss eine offene Rechnung. Und es gibt vielerlei Währungen, um Rechnungen zu begleichen. Vielleicht gelingt es mir, ihn umzustimmen.»

«Der alte Bulle hatte nicht unrecht. Du bist wirklich gut im Rausreden. Könnte dir direkt gelingen.»

«Einen Versuch ist's jedenfalls wert.» Enitta nestelte ein weiteres Wegwerfhandy aus ihrer Tasche. Dieses Mal musste sie tief graben, um eins zu finden. Es waren nur noch drei Stück übrig. Sie wechselte in einen doppelt so grossen Nebenraum voller Baumaterialien und wählte die Auskunft, von der sie sich mit der Mata-Hari-Bar verbinden liess.

Eine schnoddrige Stimme schenkte ihr ein halbes Ohr.

«Carigiet hier. Hören Sie genau zu: Ich habe eine Nachricht für Ihren Chef, Rolf Hartknaller.»

«Für wen?», unterbrach der Mann sie irritiert.

«Räbbel?»

«Ach so. Und was wollen Sie von ihm?»

«Er will was von mir. Sagen Sie ihm, er soll mich heute Abend im Grand Café Lochergut treffen. Punkt dreiundzwanzig Uhr.»

«Wer sind Sie noch mal?»

«Ihre Gäste müssen wohl alles wiederholen.»

«Sonst noch was?»

«Nein. Er weiss, wer wir sind.» Sie drückte die Wohlstandsbar weg und bemerkte Janita, die das Gespräch belauscht hatte.

«Und was soll ich dabei tun?»

«Aus der Distanz wachen.»

«Allein?»

«Nein. Nicht allein. Aber du wirst dir wahrscheinlich wünschen, du wärst es.» Sie setzte eine Textnachricht ab und liess das Telefon in eine Pfütze stürzen, wo das Display nach kurzem Flackern erlosch.

***

Enitta schlüpfte durch einen Innenhof auf die Bertastrasse, an deren Mündung sich eine Kreuzung eröffnete. Dahinter erhoben sich die kuschelnden Blöcke des Locherguts aus dem Nebel. An der linken Ecke eines vorgeschobenen Niedrigbaus befand sich das Grand Café Lochergut, dessen Glaswände nur wenig enthüllten. Kaum verwunderlich, da es sonntagabends bereits um neunzehn Uhr die Pforten schloss. Doch in dieser Nacht gingen seine Lichter unvermittelt an. Das Trendlokal schien zunächst verlassen. Enitta schritt vorsichtig das Trottoir ab, bis sie eine dunkle Gestalt zwischen den Tischen ausmachen konnte.

Ihr war, als würde sie vor einem schlecht gesicherten Löwengehege stehen. Sie biss auf die Zähne, ging um das Lokal herum und stiess eine schwere Tür auf, deren Fenster an einen Farbklecks erinnerte.

Bis anhin hatte sie das Lokal stets mit Freuden betreten. Sie liebte die Einrichtung, die wie eine futuristische Version der siebziger Jahre wirkte: dunkle Hölzer, Blumentöpfe, Kronleuchter aus Glasröhren und ein unverhohlener Fetisch für Campari-Devotionalien. Von früh bis spät rotierte eine Discokugel an der Decke zu brasilianisch gefärbter Funkmusik. Doch in dieser Nacht wurde sie von drückender Stille empfangen. Die sonst so vertraute Atmosphäre war wie weggesaugt.

Hinter dem Tresen stand eine ihr unbekannte Frau und grüsste mit hastigem Nicken. Sie wirkte, als wäre sie gern woanders. Am Ende der Bar bog ein kleiner Flur nach rechts, der mit beigen Designersesseln und kleinen runden Holztischen möbliert war.

Hartknaller erwartete sie bereits. Sitzend. Rauchend. Mit aufmerksamen Augen.

Sie liess sich ihm gegenüber nieder und musterte den bärigen Kerl. Er hatte eine schwere Lederjacke über den Sessel neben sich gehängt, trug ein dunkles Shirt, hatte Tattoos auf den Unterarmen, buschige Augenbrauen, einen Schnauz, Wuschelbart, Koteletten und kurz geschorene Haare. Ausgeleuchtet sah er noch furchterregender aus als das kaum greifbare Phantom, vor dem sie tagelang geflohen war. Dass keinerlei Aggression von ihm auszugehen schien, schüchterte sie umso mehr ein. Der Kerl präsentierte sich stinkfrech in aller Öffentlichkeit. Na, wenigstens war sie nicht ganz allein mit ihm.

Als sie eine kleine Ewigkeit in seine kalten grauen Augen gestarrt hatte, machte er den Anfang. «Das hat ja gedauert», begann er gelassen.

«War beschäftigt. Irgend so ein Perverser hat mir nachgestellt.»

«Kommt davon, wenn man die Füsse nicht stillhält.»

Die Bedienung brachte ein Tablett und stellte Hartknaller ein offenes Bier hin. Für Enitta gab's ein Weinglas, mit glasklarer, prickelnder Flüssigkeit, Eiswürfeln und Zitronenschnitz. Vor Neugier wagte sie einen Schluck. Ein saurer gespritzter Weisser. Der Mann hatte seine Hausaufgaben gemacht. Oder hielt er sie bloss für die austauschbare Pippi Langstrass? Noch bevor sie sich bedanken konnte, schickte er die Frau nach Hause. Rasch verschwand sie in der Küche.

Hartknaller begutachtete die Einrichtung sichtlich unterwältigt. «Interessante Wahl.»

«Lochergut kommt immer gut. Die Leute schimpfen mich eh eine Kaffeetante. Von daher …» Ihr Blick fiel zu den toten Lichterketten und den Wimpeln, die draussen im Wind baumelten. Dahinter verlor sich die Sihlfeldstrasse im aufziehenden Nebel. «Hab mal ein paar Häuser weiter gewohnt – wie du bestimmt weisst. Irgendwie verbindet das Grand Café meine alte und meine neue Welt.»

«Ihr Stadtzürcher seid so kleingeistig.»

«Nein», widersprach Enitta sanft, «wir sind eher …» Sie schielte zu den Einbaustrahlern an der Decke, um das richtige Wort zu finden. «Wir sind eher kompakt.» Sie nahm Hartknaller ins Visier. «Und ihr Berner braucht gar nicht den Mund aufzumachen. Ihr und eure Übernamen. Habe ich nie begriffen. Büne, Gölä … Räbbel? Wogegen hast du eigentlich rebelliert?»

«Da gab es so einiges. Mein Vater war ein Schläger. Aus mir wurde da ein vergleichsweise geduldiger Mensch. Dennoch räbbelt es manchmal. Und woher wusstest du, dass ich das Lokal klarmachen würde?»

«Weil ich sonst nicht erschienen wäre. Mir wurde klar, dass du irre gut vernetzt sein musst. Nur so erklärt sich deine Unsichtbarkeit. Die Leute kennen dich, also erwähnen sie dich gar nicht erst. So hast du bestimmt auch den Room-Key von Sacred Holys Suite in die Griffel bekommen – und ihn anschliessend zurückgegeben. Niemand sah darin etwas Verdächtiges.»

Soeben schlüpfte die Bedienung durch den Eingang in die Freiheit.

Hartknaller gönnte sich einen Schluck Bier und wischte seinen Schnauz ab. «Dennoch bist du gekommen. Hast echt Eierstöcke, das muss ich dir lassen.»

Sie lehnte sich über den Tisch. «Lass sie in Ruhe.»

«Deine Eierstöcke sind mir egal.»

«Ich spreche von Janita.»

«Die bekomme ich noch früh genug. Und dich habe ich bereits.»

Enitta lächelte kalt. «Wo wir von sprechen.» Sie legte ihr zweitletztes Tastentelefon auf den Tisch und hob den Arm. Sekunden später klingelte es. Sie schaltete den Lautsprecher ein.

Die Stimme von Basil Bölz heuchelte Erstaunen. «Sag mal, Alter, in welchem Monat bist du eigentlich schwanger? Ist das schon der zweistellige Bereich?»

Im Hintergrund brüllte Janita herum. «Du widerliche Wanderwarze. Ich trete dir so hart in die Eier, dass der Speck zischt!»

Hartknaller spähte behäbig aus dem Fenster, doch Enitta war sich sicher, dass er die beiden niemals ausmachen würde. Sein Blick fiel auf das Telefon. «Nein, Kleiner», erklärte er ungerührt, «das ist alles gleichmässig verteilt.»

«Ach, mach dir mal keinen Bauch», lästerte Basil munter weiter und schickte ein dreckiges Lachen hinterher. «So einer wie du kommt jederzeit als Vorher-Modell unter. Bis nächsten Dienstag dann.»

Nun wurde es sogar Enitta zu viel. Sie packte das Telefon und versenkte es in Hartknallers Bier. Mit Unschuldsmiene trank sie aus ihrem Glas. «Hast du keine Angst, dass ich ein Mikrofon trage?»

«Kannst damit eh nicht zur Polizei.»

«Und wenn ich nun eine Schusswaffe mitgebracht habe? Oder ein langes Messer?»

Hartknallers Augendeckel senkten sich auf halbmast. «Nicht dein Stil.»

Unvermittelt patschte jemand gegen die Scheibe. Soweit es Enitta erkennen konnte, waren es Szenegänger, die um Einlass baten. Unisono riefen sie und Hartknaller: «Abflug!»

Ihre erstaunten Blicke trafen sich, und Enitta verschränkte die Arme. «Jetzt schau uns doch an. Du rächst den Ziehsohn, den du liebtest, und ich beschütze die Schwester, die mich verachtet.»

«Dir scheint nicht klar zu sein, wer sie wirklich ist. Sonst würdest du ihre Verachtung erwidern.»

Enitta presste Luft durch die geschlossenen Lippen. «Ich kenne ihre mühsamen Seiten, glaub mir. Aber gut, erleuchte mich. Was kann sie schon Böses getan haben, das sogar mich schockiert?»

Hartknaller stöhnte. «Dann weisst du immer noch nicht, weshalb ich hinter ihr her bin ...»

«Vermutlich geht alles auf den Brand in der Clausenmühle zurück.»

«Und weiter?»

«Ich schätze, genau dafür wanderte Ventin hinter Gitter. Du glaubst wohl, in Wirklichkeit sei meine Schwester dafür verantwortlich. Doch nach allem, was ich gehört habe, scheint Ventin selbst kein Unschuldsengel gewesen zu sein.»

Hartknaller lehnte sich zurück und trommelte mit den Fingerspitzen auf dem Tisch. «Dass Ventin Probleme hatte, will ich nicht bestreiten», sagte er aufgeräumt. Während er redete, klimperten Metallringe an seinen Handgelenken. «Aber entgegen dem, was dir Janita wahrscheinlich erzählt hat, war er kein schlechter Einfluss. Im Gegenteil: Sie war Gift für *ihn*. Als ich Ventin unter meine Fittiche nahm, war er kurz davor, eine Lehre als Schreiner anzutreten. Doch sie verführte ihn ständig dazu, Mopeds zu frisieren, auf Diebestour zu gehen und Drogen zu rauchen.»

«Ja klar, und dass er schlussendlich eingebuchtet wurde, war allein ihre Schuld.»

Er hieb mit der Faust auf den Tisch, dass die Eiswürfel in

Enittas Glas zitterten. «Du kleine Tante. Gibt's dich auch als Zuhörerin? In jener Nacht, in der die Clausenmühle abbrannte, waren nur Ventin und Janita auf dem Areal und sie die einzige Raucherin. Es steht ausser Frage, dass ihre Kippe den Brand auslöste.»

«Und wenn es nun doch seine eigene Zigarette war?»

«Ventin hat nicht geraucht. Zumindest damals nicht. Sein Treibstoff war Alkohol.» Tiefe Abscheu flackerte in Hartknallers Augen. «Statt sich den Konsequenzen zu stellen, machte sich deine Schwester feige aus dem Staub. Mit Ventins Tasche. Darin befand sich alles, was er besass. Sein Portemonnaie, seine Hausschlüssel, einfach alles. Nur deswegen konnte er so rasch von der Churer Polizei gefasst werden, während Janita längst im Zug nach Zürich sass.» Er richtete sich auf und liess die Worte wirken. «Sie buchteten ihn ein, und das brachte das Schlimmste in ihm hervor. Er geriet in Panik und attackierte einen Wächter, was ihm bei der Verhandlung sechs Jahre einbrachte. Der Richter wollte ein Exempel an ihm statuieren. Wenig verwunderlich bei seinem Vorstrafenregister. Ventin verfiel in eine tiefe Depression und spielte nur noch dieses verdammte Computerspiel auf seinem Handy. Er sagte, es erinnere ihn an mich.»

«Angry Birds», murmelte Enitta.

Hartknaller nickte. «Einer der Vögel war feist und schwarz. Und wo er detonierte, da wuchs kein Gras mehr. Natürlich tat ich alles, um ihn vorzeitig aus dem Knast zu holen. Ich schaltete einen Anwalt ein, und eine Zeit lang sah es nicht mal schlecht aus. Doch dann geschah etwas, das ihn völlig durchdrehen liess. Er erfuhr, dass Janita von ihm schwanger gewesen war und das Kind abgetrieben hatte. Das hat ihn endgültig gebrochen. Er wurde krank und … ich konnte ihm nur noch dabei zusehen, wie er hinter Gittern verwelkte. Ich versprach ihm schliesslich, dass ich dabei helfen würde, deine beschissene Schwester für ihren Verrat bezahlen zu lassen. An seiner Stelle, denn dafür war er längst zu schwach. Ich gab ihm mein Wort, dass ich sie nicht ermorden, sondern vernichten würde. Weil er alles war, wofür ich lebte.»

Die Geschichte wühlte Enitta auf, und sie tat ihr Bestes, ihre Gefühle zu verbergen. Besonders erdrückend war die Tatsache, dass Janita die ganze Sache wahrscheinlich völlig schnuppe war – falls sie überhaupt davon wusste. «Und nun lebst du nur noch für Rache, ja? Merkst du nicht, wie bescheuert das ist? Davon wird Ventin auch nicht mehr lebendig.»

«Aber vielleicht verhindert es, dass ein weiterer Ventin durch sie die Existenz zerstört kriegt. Sieh den Tatsachen ins Auge. Deine Schwester ist eine Zeitbombe.»

«Sagt einer, der sich Bombenvogel nennt. Jemand, der selbst Leben zerstört. Warum musstest du all diese Leute hineinziehen? Warum Sacred Holy? Warum Junbaldo?»

«Weil dieser Film ihr Leben repräsentiert oder, besser gesagt, die Lügenversion davon. Mélauacher wie Wegener halfen mit, diese Lüge zu erzählen. Und so wie Janita Ventins Leben ruinierte, werde ich das ihre Stück für Stück auseinandernehmen. Ich will, dass sie die gleiche Angst verspürt, die Ventin während seiner letzten Jahre plagte. Allein in einem Kerker, ohne die Aussicht, jemals aus der Nummer rauszukommen. Und dazu startete ich meine eigene kleine Serie.»

«Höchste Zeit, dass dieser Wahnsinn eingestellt wird.»

«Oh, da sind noch einige Folgen geplant. Über den Regisseur, deine Schwester … dich.»

«Ich werde dich aufhalten.»

«Dann bist du bereit, so zu werden wie ich? Wenn das hier nämlich nicht dein Ende bedeutet, dann ist es erst der Anfang. Du hast keine Vorstellung davon, was dich erwartet, wenn du weiter diesen Weg gehst. Frag nur mal deinen Vater. Frag ihn, auf was für Leute er sich eingelassen hat, um seinen Traum zu verwirklichen. Welche Kompromisse er dafür eingegangen ist und welchen Preis er bezahlt hat.»

Der letzte Satz liess Enitta zusammenzucken, doch sie verweigerte sich den Befürchtungen, die er heraufbeschwor. Sie kannte die Antworten auf Hartknallers Fragen nicht. Sie hatte nicht mal eine Ahnung, was Dad in ihrer Abwesenheit getrieben hatte. Als sie kleiner gewesen war, sprach er selten über die Aufträge, die er nach dem Untergang seines Radio-TV-Geschäfts nächtelang am Laptop in Heimarbeit verrichtete. Meist rechtfertigte er sein Schweigen mit Geheimhaltungsklauseln, die gerade in der Tech-Industrie nichts Aussergewöhnliches waren. Dennoch hatte diese Verschwiegenheit letztendlich zu einer unerträglichen Entfremdung und ihrem Wegzug aus Davos nach Chur geführt. Was auch immer sich hinter Hartknallers Andeutungen verbergen mochte: Für den Augenblick war Dad auf sich gestellt. Es erging ihr ja selbst nicht besser. Wie hätte sie ihm in diesem Moment denn helfen sollen? Jetzt bloss nichts überstürzen.

Eine Bedrohung nach der anderen.

Sie begann Hartknallers Ankleide eindringlich zu mustern, diese Manifestation all ihrer Alpträume. Er war die Personifizierung von allem, wovor ihre Freunde sie jahrelang gewarnt hatten. Die Summe all ihrer Verwegenheiten. Hätte sie ihre Schwester nicht derart hartnäckig gesucht, wäre sie wohl nie in diese Lage geraten. Aber dann wiederum hätte sie Janita nicht vor ihm schützen können. Und wer sagte denn, dass er sie nicht trotzdem – unabhängig von ihrer Suche – angegriffen hätte?

Alle ihre Entscheidungen hatten an diesen Tisch geführt. Sie schüttelte den Kopf. «Du willst mir weismachen, dass du das Ende suchst. Aber wenn du ehrlich bist, dann geniesst du diese Jagd. Wenn nur die Hälfte von dem stimmt, was ich über dich gehört habe, dann muss dir einfach sterbenslangweilig sein. Deswegen fährst du auch mit einem Wagen herum, der zuvor bloss Jahre in der Garage gestanden hat und der auffälliger nicht sein könnte. Denn was hast du schon zu befürchten? Die Polizei hat dich lieb und hofiert dich wie einen der Ihren. Du bist hier, weil du frustriert bist. Weil du schon lange keinen ebenbürtigen Gegner mehr gehabt hast. Und es muss dich bis ins Mark schmerzen, dass dir ausgerechnet eine Frau die Stirn bietet, stimmt's?»

«Ich hätte zumindest niemand so gut Aussehendes erwartet. Jammerschade drum.»

Enitta beäugte die Tinte auf seinen haarigen Armen. Dämonenfratzen, okkulte Symbole und das Wort «Justice». Ausserdem baumelte ein sonderbares Schmuckstück an der Kette, die er über dem Shirt trug. Hartknaller sass ganz gelassen da und labte sich schamlos an ihrer Aufmerksamkeit. Sie presste die Lippen aneinander. «Auch du hast eine Schwachstelle. Ich weiss es.»

«Wie kommst du darauf?»

Ihr Blick wanderte zum schwarzen Firmament, dessen Sterne sie in dieser Nacht nur erahnen konnte. «Das ist wie mit dunkler Materie. Wir können sie nicht sehen, aber die Zahlen belegen, dass sie existieren *muss.*»

«Dunkle Materie.» Hartknaller lachte düster in sich hinein. «Gutes Stichwort. Du wirst sie nämlich niemals zu sehen bekommen.»

«Du *hast* also ein Geheimnis», spie Enitta trotzig und stand auf.

«Geh nur. Wir treffen uns sowieso bald wieder.»

«Und es wird das allerletzte Mal gewesen sein.»

«Wozu warten? Wir können hier und jetzt einen Deal machen. Brauchst mir nicht zwingend im Weg zu stehen, weisst du? Warst zwar eine nervtötende Reizblase in den letzten Tagen, aber ich bin bereit, darüber hinwegzusehen.»

«Irrtum», entgegnete Enitta scharf. «Ich bin *alles*, was dir im Weg steht. Und an mir kommst du nicht vorbei.» Schon trat sie Richtung Ausgang und hoffte, dass die Bedienung nicht hinter sich abgeschlossen hatte.

«Wie du willst», hörte sie Hartknaller rufen. «Aber ihr werdet nicht weit kommen.»

Enitta schnaubte verächtlich. Das brauchten sie auch gar nicht. Als sie in die kühle, unheimliche Herbstnacht entfloh, warf sie hastige Blicke in alle Richtungen und eilte auf die Traminsel inmitten der wenig befahrenen Hauptstrasse. Das Grand Café war noch immer hell erleuchtet, und sie glaubte, Hartknaller sitzen zu sehen. Da vor dem Lokal niemand verdächtig genug erschien, einer seiner Vasallen zu sein, wähnte sie sich für diese eine Minute halbwegs in Sicherheit. Vor den vielen Lokalen standen vereinzelt Raucher herum. Nebel verklärte die Strassenlaternen, und zwischen den Fassaden lauerten Schatten. Sie eilte um die Ecke zur Sihlfeldstrasse und folgte den schon stark entlaubten Bäumen.

Auf der anderen Strassenseite erwachte ein Kleinbus zum Leben. Seine Scheinwerfer schnitten messerscharf in den Dunst und zielten genau in ihre Richtung, als er vom Parkfeld rollte. Geradezu zögerlich begann er, ihr zu folgen. Enitta hielt nach Passanten Ausschau, doch es bewegten sich nur einige Herbstblätter über den Asphalt. Der Wagen war nun gleichauf mit ihr und kam zum Stillstand. Sie eilte los, um das Fahrzeug herum, und riss die Hintertür auf. Hastig kletterte sie hinein und zog die Tür zu. Schon beschleunigte der Bus und raste um die Kurve, Richtung Idaplatz. Sie klammerte sich an einen Gurt an der Wand, stolperte zu den Sitzen und lehnte sich zwischen ihnen vor. «Habt ihr etwas Verdächtiges gesehen?»

Auf dem Beifahrersitz erwachte Basil zum Leben. «In dieser angepassten Gegend? Keine Chance.» Sein linker Unterarm war in Gips gehüllt. «Da standen nur die üblichen Gentrifizierungs-Fetischisten herum.»

Enitta blickte zum Fahrersitz, wo Janita erneut das Lenkrad herumriss, sodass sie beinahe gegen die Fahrzeugwand geschleudert worden wäre. Sie trug nicht mal einen Sicherheitsgurt.

«Geh mal runter vom Gas», tadelte Enitta.

«Nach einer Viertelstunde alleine mit diesem Scheusal willst auch du nur noch gegen eine Wand knallen.»

«Mit deinen Fahrkünsten würdest du sogar die Chinesische Mauer verfehlen», höhnte Basil.

Enitta drückte die Augenbrauen aneinander. «Wieso fährst eigentlich du den Wagen, wenn Basil ihn gemietet hat?»

«Ich überlasse das Steuer doch nicht einem einarmigen Schmalspurbanditen.»

«Bei deinen Füssen würden nicht mal drei Hände helfen», sagte Basil.

«Seid still», fauchte Enitta.

Janita hielt vor der verlassenen Fritschiwiese, spähte in beide Richtungen und fuhr anständiger weiter. «War das vielleicht ein Mocken», stiess sie verächtlich hervor. «Ein Wunder, dass du es heil hinausgeschafft hast.»

«Und ich staune, wenn wir es unverkrüppelt bis zum Letzigrund schaffen», stichelte Basil.

«Du bettelst ja förmlich um mehr Gips», knurrte Janita und schielte in den Rückspiegel. «Also, was hat er nun gesagt?»

Enitta schwieg und beäugte den Albisriederplatz, den ihre Schwester gerade umrundete, um Kurs aufs Stadion zu nehmen. Ihre Gehirnströme begannen sich zu überkreuzen und machten es enorm schwierig, einen klaren Gedanken zu fassen. Die Entschlossenheit, die Hartknaller während des Treffens offenbart hatte, setzte ihr mehr zu, als sie sich hätte vorstellen können.

«Schwesterherz», rief Janita ungeduldig.

«Erst fahren, dann reden.» Sie liess sich im Stauraum nieder und wartete, bis der Wagen auf den Parkfeldern vor der Badeanstalt zum Stillstand kam. «Danke, Basil», erwiderte Enitta müde, stieg aus dem Wagen und trottete zur Beifahrertür. «Lass den Wagen hier stehen, ja?»

«Keine Sorge, ich hab den Bus für zwei Tage reserviert. Ich lasse ihn morgen abholen. Was wird nun aus euch beiden?»

«Ich weiss es nicht. Im Augenblick will ich mich nur noch hinlegen.» Sie trottete durch den einsetzenden Regen zur Baustelle, gefolgt von Janita. Sie drangen erneut aufs Areal und kehrten zu ihrem zerzausten Schlafplatz zurück.

Janita steckte sich eine an. «Jetzt spann mich nicht auf die Folter. Was hat der Perverse gesagt?»

Enitta liess den Kopf hängen. «Hat nicht mit sich reden lassen. Aber *du* hättest mit mir reden sollen.»

«Tun wir das nicht schon die ganze Zeit?»

«Ja, um den heissen Brei. Hartknaller hat schwere Vorwürfe gegen dich erhoben.»

«Ach ja?»

«Er behauptete, du hättest den Brand verursacht und dich aus der Verantwortung gestohlen.»

«So ein schlechtes Lügenmärchen.»

«Und warum ist er dann hinter uns her?»

«Glaubst du ihm oder mir?»

«Was ich glauben möchte, lässt sich nur noch schwer mit dem vereinbaren, was ich glauben *kann*, Janita.» Enitta schälte sich aus ihrer Jacke. «Ich bin müde. Lass uns das Zelt reparieren, ja?» Diesmal dauerte es nur noch halb so lang, ihre Stoffbehausung wieder aufzurichten, und Enitta kuschelte sich sofort in die raue Decke. Entfernt konnte sie den Regen hören und Schritte, die sich trotzig entfernten. Sie vermochte ihre Tränen nicht länger zurückzuhalten und schluchzte in den Stoff. Sie sehnte sich zutiefst danach, dass zwischen ihr und Janita alles wieder so wurde wie früher. Doch diese Möglichkeit schien in unerreichbare Ferne gerückt zu sein. Ihre Gedanken begannen sie fortzutragen, weit weg, zurück in der Zeit, an einen Ort, wo die Welt noch ein einziger Spielplatz gewesen war.

***

Gemeinsam streiften sie über das Jakobshorn, siebenhundert Meter über Davos. Janita liebte es, auf Hügel zu klettern, um den Dingen im Tal zu entkommen. Dabei baumelte ihr stets eine Polaroidkamera um den Hals, damit sie möglichst viele Bilder von den Bergen schiessen konnte.

Enitta war neun Jahre alt, einen Kopf kleiner und zwei Jahre jünger als ihre Schwester. Sie ergriff deren Hand, um von ihr über das flache Gras gezogen zu werden. Janita blieb gerade noch rechtzeitig stehen, damit sie nicht ins Gewäld purzelten, das den Hügel auf allen Seiten vereinnahmte. Frischer Wind blies über sie hinweg, als sie auf Davos hinabschauten, das von Felswänden und Hügeln umgeben war. Janita brüllte los. Ein freudiger und trotziger Schrei zugleich, der von den Massiven zurückgeworfen wurde. «Wir sind die Königinnen der Welt.»

Enitta schaute zu ihrer Schwester auf und lächelte brüchig.

«Jetzt du», sagte Janita.

Enitta liess den Kopf hängen.

Janita ging in die Hocke. «Was ist denn, Kleine?»

«Mum und Dad streiten sich ständig.»

«Das tun Menschen, wenn sie erwachsen werden. Das ist normal.»

«Aber Mum hat Dad geschlagen.»

«Hat sie bestimmt nicht so gemeint.»

Enitta spürte, wie ihre Wangen warm und feucht wurden. «Werden sie uns verlassen? Wirst du mich verlassen?»

«Niemals. Du und ich – wir beide – werden immer zusammenhalten. Wir sind wie Ursina und Uorsin.»

«Wirklich?»

Janita nahm ihr Gesicht in die Hände. «Wirklich.»

«Darf ich auch der Schellenursli sein?»

«Du kannst sein, wer immer du willst. Du kannst werden, was immer du möchtest.» Sie wandte ihr den Rücken zu, und Enitta kletterte auf ihre Schultern. Janita kam hoch und zeigte hinab ins Tal. «Das da unten, das ist die Welt. Und wir, wir stehen hier oben, über allem. Hier oben kann uns keine und keiner was.» Sie packte ihre Polaroidkamera und streckte sie mit beiden Armen aus, um sich und Enitta zu fokussieren. «Wir werden für immer unzertrennlich sein.» Dann zeigte sie Zunge. «Felsie!»

Enitta warf die Hände in die Luft und rief: «Viva!»

Sobald Janita den Auslöser gedrückt hatte, verlor Enitta das Gleichgewicht. Sie purzelten rücklings ins Gras, wo sie sich laut lachend aufrappelten. Janita legte ihr den Arm um die Schulter und schmiegte den Kopf an den ihren, während sie mit dem Foto wedelte, das der Apparat soeben ausgespuckt hatte. Stufenweise erschienen ihre glücklichen Gesichter auf dem weissen Kunststoff, mit dem unscharfen Jakobshorn im Hintergrund. «Du und ich», flüsterte sie. «Für immer.»

Enitta schaute auf das Foto und hob den Blick über dessen Rand. Dahinter wälzte sich eine Gewitterfront über die Bergspitzen, und unten im Tal gingen die Lichter an.

7

Montag, 7. Oktober, 16.03 Uhr, Genossenschaft Kalkbreite

Mittlerweile wuselten so viele Herbstblätter über die Terrasse, dass Thönder unablässig an einen Besen denken musste. Wo er die ausgetrockneten Dinger aber bestimmt nicht haben wollte, war auf der Plane, die das Sprudelbad bedeckte. Zackig wischte er die aufsässigen Blätter von den Rändern. Gerne hätte er einen anderen Standort für sein kleines Experiment gewählt, aber die Kalki war aufgrund ihrer Lage schlichtweg perfekt. Ausserdem hatten sich zu seiner Verwunderung in den vergangenen Nächten kaum ungebetene Gäste auf die Zinnen verirrt.

Seit drei Tagen hatte er nichts mehr von Enitta gehört, bloss jede Menge *über* sie. Die Kleine schien so viel Ärger am Hintern kleben zu haben, dass ihr wohl nächstens die Backen wegbrechen würden. Nicht mal ihr Freund wollte sich zum aktuellen Stand der Dinge äussern. Felix war ihm nach Enittas überstürzter Abreise nur ein einziges Mal begegnet. Er hatte ein blaues Auge herumgetragen und war nicht mal im Lagerraum seines Shops anzutreffen.

Die Sonne befand sich auf Abschiedstour, und Thönder begann sich nach dem Sinn dieser Aktion zu fragen. Obwohl heute eigentlich sein freier Tag war, hatte er sicherstellen wollen, dass sich niemand am Pool zu schaffen machte. Aber würde das hier überhaupt etwas bezwecken? Auch wenn das Projekt ursprünglich als Geburtstagsjux geplant gewesen war, so waren ihm etwaig alternative Verwendungszwecke nicht verborgen geblieben. Anwendungen, die gerade in Enittas gegenwärtiger Lage den entscheidenden Unterschied bewirken konnten.

Vielleicht. Unter Umständen.

Und so hatte er sogar eigens das Risiko in Kauf genommen, Frau Unger zu begegnen, die jeweils in seiner Abwesenheit den Empfangsschalter der Genossenschaft bediente. Sie erledigte den Job ganz anders als er und liess ihm unablässig angebliche Bitten Dritter zukommen, aber eine handfeste Beanstandung war ihr bislang nicht gelungen. Dafür arbeitete er trotz unkonventioneller Methoden zu solide.

«Huhu, Herr Weibel», drang es zu ihm herauf. Er stöhnte und wandte sich träge zur Treppe. Sie war es in ihrer ganzen, atemaufbrauchenden Fülle. Er wusste, dass sie nebenher als Erwachsenenbildnerin arbeitete, und es war offensichtlich, dass sie das Klassenzimmer – zumindest geistig – nie ganz verliess. Er raffte sich innerlich für eine weitere Runde Unger-Games auf.

Unter ihrem langen Blümchenkleid atmete es heftig. «Ist heute nicht Ihr freier Tag?»

«Jetzt sind Sie bestimmt neugierig, was Sie gewonnen haben.»

«Wissen Sie, ich habe gesehen, dass die Excel-Liste für die Pool-Reservationen schreibgeschützt ist. Waren Sie das?»

«Na, wenn Sie's nicht waren.»

«Darf man den Grund dafür erfahren?»

«Wasserschaden.»

«Dann wär's bestimmt eine gute Idee, den Mechaniker zu bestellen.»

«Wäre es.»

«Und warum tun Sie's nicht?»

«Bei dem Wetter?»

«Ich kenne da ein paar Leute, die ihn dennoch gerne verfügbar hätten.»

«Und ich hätte gerne Weltfrieden.»

«Kein Grund, gleich unhöflich zu werden.»

«Wieso? Mögen Sie keinen Weltfrieden?»

Unger lächelte spröde. «Ich bin halt froh, wenn in unserer kleinen Gemeinschaft alles in tadellosem Zustand ist. Selbst wenn es gerade nicht gebraucht wird. Wäre doch schade.» Sie stemmte ihre Pranken in die üppigen Hüften und studierte die Kabel, welche unter die Plane führten. «Was sind denn das für Gerätschaften?»

«Kunstprojekt. Wie Sie sagten, es wäre doch schade, wenn der Pool überhaupt nicht genutzt würde. Ob ganz oder kaputt.» Thönder drückte den Schalter einer Steckleiste. Unter der Plane begannen sich weisse Lichter abzuwechseln. «So macht Baden nächsten Frühling gleich doppelt Spass.»

«Kunst», ächzte Unger und war einen Moment richtiggehend hypnotisiert vom arrhythmischen Blinken. «Ist es das, was Sie drüben in der Scheuermatt getrieben haben? Na ja, jetzt haben Sie ja einen richtigen Job. Sagen Sie, haben Sie eigentlich immer noch keine Freundin? Zu zweit baden wäre viel schöner.»

«War das ein Angebot?»

Empörung machte sich in ihrem Gesicht breit. «Guten Tag, Herr Weibel.» Wenig graziös, dafür aber umso entschlossener nahm sie die Stufen hinab zum Innenhof.

«Frau Unger», knurrte er hinterher. Er schaltete die Lichter aus und hoffte, dass sich Enitta bald meldete. Bevor die Unger ihrem kleinen Projekt noch die Stecker zog, denn ab morgen würde er den Pool nicht mehr rund um die Uhr bewachen können.

***

Enitta erwachte allein im Zelt. Sie streckte einmal mehr den Kopf ins Zimmer und wurde vom üblichen Mix aus Strassenlärm und Umgebungsgeräuschen empfangen. Träge schlich sie durchs Stockwerk und fand Janita auf einem Stapel Isoliermatten liegen. Regungslos. Mit einer leeren Bierflasche und Chipstüten. Wo bekam die all den Krimskrams her? Wenigstens schien sie tief und fest zu schlafen. Es würde ihrer Laune gewiss Wunder tun.

Herrische Stimmen schallten von den Wänden. Sie mussten von draussen stammen. Waren das Bauarbeiter? Mieser Montag. Enitta wagte einen Blick hinab zum Vorplatz. Drei Männer mit Schutzhelmen waren erschienen und in eine angeregte Besprechung vertieft. Zwei von ihnen trugen Anzüge und der dritte Jeans mit Hemd. Dieser zeigte direkt zu ihr hoch. Rasch versank sie hinter der Mauer und wartete zu. Als sie erneut hinabspähte, hatte der dritte Mann einen grossen Plan aufgefaltet, und die Anzugträger waren tief darüber gebeugt.

Sie seufzte. So einen Plan hätte sie jetzt auch gerne gehabt. Mit vielen detaillierten Zeichnungen. Der Gedanke liess sie innehalten.

Zeichnungen ... Da klingelte doch was!

Sie horchte angestrengt in sich hinein und Formen fluteten ihren Kopf. Linien, die zu Gebilden und schliesslich Darstellungen auf fleischfarbenem Hintergrund wurden. Natürlich: Hartknallers Tätowierungen. Im Geiste hockte er ihr erneut gegenüber, vor obskurem Hintergrund, mit seinem stechenden Blick. In Gedanken ging sie sämtliche Striche auf seinen Armen durch, und schliesslich wurde ihr etwas klar. Eins der Tattoos hatte sie falsch interpretiert gehabt. Aber da war noch mehr. Dieses Ding, das da um seinen Hals baumelte. Sie hatte es nicht weiter beachtet. Allein die Tatsache, dass ihr erklärter Todbringer keine zwei Meter entfernt sass – ganz zu schweigen von dem aufwühlenden Gespräch, das sie führten –, hatte sie von diesen entlarvenden Details abgelenkt.

Doch nun, während sie sich in sicherer Umgebung ganz fest konzentrierte, begriff sie, worum es sich bei dem Objekt gehandelt hatte. Und in Kombination mit der Tinte ergab sich ein völlig neues Bild. Nicht wirklich ein Plan, vielmehr ein Wegweiser oder eine ungefähre Richtungsangabe. Ein Ausblick auf eine potenzielle Schwachstelle, die sie möglicherweise ausbeuten konnte. Diese Theorie würde sie allerdings erst auf die Probe stellen müssen – und dafür ein letztes Mal aufs Internet zugreifen. Möglicherweise für mehrere Stunden.

Sie holte die Decke aus dem Zelt und bettete sie zärtlich über die tief schlafende Janita. Wenn sie sich beeilte, würde sie zurück sein, bevor ihre Schwester erwachte.

Draussen war starker Wind aufgekommen und scheuchte die Leute von den Trottoirs. Gute Voraussetzungen, um unbemerkt hinüber nach Altstetten zu gelangen.

***

Die Pfützen auf dem Asphalt schimmerten in falschem Gold, als Enitta aus dem Internetcafé trat. Weitere Regenfälle lagen in der Luft und jene feuchte Kälte, die meist dem November voranging. Drei Stunden hatte sie sich durch Daten gewühlt und nebenbei eine Internetseite gehackt. Auf Letzteres war sie nicht sonderlich stolz, aber es hatte nun mal sein müssen. Dafür sah sie ihre Vermutung bestätigt. Nun bestand wenigstens eine geringe Chance, Hartknaller doch noch zu schlagen. Eine theoretische Chance und durchaus eine äusserst verwegene. Womöglich zu verwegen.

Auf der Baustelle lag der Stapel mit Isoliermatten verlassen herum. Wo war ihre Schwester diesmal abgeblieben? Enitta irrte durch ausgeweidete Räume, aber von Janita war nichts zu sehen. Dabei musste sie höllisch aufpassen, im Halbdunkel nicht über etwas zu stolpern und sich das Genick zu brechen. An der dunkelsten Stelle riss ein Gittergeflecht ihre Lederjacke auf.

Sie vernahm den Hall einer zornigen Stimme. «Wo warst du?»

Enitta wandte sich abrupt nach der Gestalt, die von den Glühbirnen im Treppenhaus bestenfalls angedeutet wurde. «Nun bin ich ja hier», erwiderte sie beschwichtigend.

«Ich dachte, du wärst auf und davon», schimpfte Janita. «Wie Mum oder Dad. War ja bloss eine Frage der Zeit, bis auch du mich im Stich lassen würdest. Es stimmt halt doch; auf dieser Welt muss jede selbst schauen, wo sie bleibt.»

«Jetzt krieg dich wieder ein, ja? Ich sagte dir, dass ich einen Weg finden werde. Aber finden erfordert *suchen*.»

Janita verschränkte die Arme. «Und? Hast du was gefunden?»

«Nun ... Jein.»

«Taugst also doch nicht zur Detektivin.»

«Du hast mir auch ziemliche Knoten zum Lösen gegeben.»

«Ich dir? Habe ich den Durchgeknallten gebeten, all diese Leute zu killen? Ist es etwa meine Schuld, dass er mich für sein verpatztes Leben verantwortlich macht?»

«Ventin war der mit dem verpatzten Leben. Und daran bist du nicht unschuldig. Du hast ihm die Tasche geklaut.»

«Weil er mir Geld schwach war, Süsschen. Wie sollte ich denn wissen, dass da sein ganzes Zeugs drinsteckte? Welcher Typ transportiert schon den Schlüsselbund in einer Tasche?»

«Ich habe dir nie böse Absichten unterstellt. Aber du *hast* sein Leben beeinträchtigt. Nur deshalb ist Hartknaller hinter uns her.» Enitta verwarf die Hände. «Und das von Scheller wolltest du auch zerstören. Mit deiner erfundenen Aussage wegen häuslicher Gewalt.»

«Ach, dem Schnöselprinzen gehörte eins ausgewischt. Der hatte mich wirklich mal verhauen.»

«Jeder anderen hätte eine Anzeige gereicht. Dir natürlich nicht.»

«Na schön. Ich habe Fehler gemacht. Hilfst du mir trotzdem?»

«Damit du deiner Zerstörungswut auch in Zukunft ungeniert frönen kannst? Du ruinierst Menschen, ohne das geringste Schuldbewusstsein. Fühlst dich sogar noch im Recht dabei. Höchstvermutlich würdest du sogar *mich* vors Tram werfen, wenn es hart auf hart käme.»

«Jetzt übertreiben wir aber masslos.»

«Nein, tun wir nicht. Warum musst du pausenlos eine eingebildete, egozentrische, materialistische Vollkuh sein?»

«Aha. Und wer hat schon als kleiner Knopf andauernd verrückte Dinge angestellt?»

«Weil ich neben dir bestehen wollte und anders nicht hätte mithalten können.» Enittas Blutdruck kletterte ans obere Ende der Richterskala. «Du bist das Ich in Zürich», blaffte sie und stapfte davon, die Treppe hinauf, aufs Dach, wo Plastikplanen raschelten und Herbstblätter wie ein Schwarm Fledermäuse vorüberzogen. Sie trat an die Dachkante und ging in die Hocke. Noch nie waren die Unterschiede zwischen ihnen so schonungslos hervorgetreten.

Janita nahm kaum Rücksicht auf andere und mutete der eigenen Person selten Risiken zu. Alles, was sie interessierte, war ihr Vorankommen.

Enitta hingegen war ungelogen draufgängerisch, nahm aber Rücksicht auf andere und nicht unbedingt auf sich selbst. Waren sie denn zu unterschiedlich geworden, um miteinander klarzukommen? Hatten sie einander längst zu grossen Schaden zugefügt, um sich je zu vergeben?

Und die bitterste Ironie am Schlamassel, in dem sie beide steckten: Hartknaller hatte all diese Menschen ermordet, nur um Janita in Angst und Schrecken zu versetzen. Dabei biss er bei ihr auf blanken Granit, weil Janita die Bedrohung überhaupt nicht beeindruckte. Wenn er jemanden damit traf, dann sie, die ihr Unmöglichstes darauf verwendete, Schaden von ihrer Schwester abzuwenden, ohne dass ihr diese auch nur ansatzweise dankbar dafür gewesen wäre.

Sie begann sich zu fragen, wozu sie all diesen Ärger auf sich nahm. Ganz bestimmt nicht für das Lob der anderen. Dieses blieb oft genug aus. Sie hatte die Street Parade vor einer Massenpanik gerettet, und dennoch war deren Cheforganisator, Reto Felber, bis heute schlecht auf sie zu sprechen – wegen eines kleinen bisschen Sachschadens. Sie hatte die Zorilla-Rose geborgen, nachdem diese jahrzehntelang verschollen gewesen war, aber niemand durfte davon erfahren, weil sie dann selbst zur unfreiwilligen Attraktion geworden wäre. Und sie hatte die Stadt vor weiterem linksextremistischem Terror durch diese verlogenen Schandbratzen bewahrt, wurde aber von der Mehrheit ihrer Polizeikollegen unvermindert als Hobby-Detekteuse betrachtet. Und jetzt kämpfte auch noch Janita um einen Spitzenplatz auf dieser Rangliste. Das war eindeutig der Funke, der das Benzinfass zur Detonation brachte.

Sie richtete sich müde auf und blickte hinab auf den FC-Zürich-Platz, einen Kreisel mit Tramstation vor dem Stadion Letzigrund. Dessen Lichtmasten ragten wie spindeldürre, zurückgelehnte Zahnbürsten aus dem Dach, und die rostige Wand, die das Areal umgab, glomm kupferfarben im Schein der Laternen. Gerade huschte ein Fuchs über die Schienen und wurde nur knapp von der herannahenden Strassenbahn verfehlt.

Ja. Eng würde es in der Tat werden, falls sie versuchen sollte, die winzige Schwachstelle, die sie entdeckt hatte, auszubeuten. Es war nicht viel mehr als eine kleine Ritze in Hartknallers knallharter Rüstung. Ein paar flimmernde Pixel in der Matrix. So viele kleine Elemente, die zusammenspielen mussten, und würde nur ein einziges davon nicht exakt in der vorgesehenen Position einrasten, so würde es ihren unabwendbaren Untergang bedeuten.

Doch eine andere Option sah sie nicht. Sie war das Rennen leid. Sie hatte immer versucht, den gerechten Pfad zu beschreiten. Vielleicht war es an der Zeit, zur Abwechslung mal den raffinierten Weg zu wählen. Das mühselige Gespräch mit Janita brannte noch immer in ihren Ohren. Ihr Herz drängte darauf, dass das ganze Drama ein Ende fand, weil ihre Sehnsucht nach Felix schon dicke Brocken davon abgebissen hatte. Er war ein Schatz, den sie gefunden und entgegen jeder Erwartung behalten hatte. Alle Typen vor ihm waren bloss tropfende Jutetaschen voller Attitüden, Angst und Altlasten gewesen, während er sich in jede Faust für sie werfen würde.

Und dann war da noch Jena, die ihr Leben geopfert hatte, um ihres zu beschützen. Wenn sie es jemandem schuldig war, Hartknaller zur Strecke zu bringen, dann ihr. Und dahin führte nur noch ein einziger Weg: Sie musste Janita *zuerst* vors Tram schmeissen.

Enitta zupfte die allerletzte SIM-Karte aus ihrem Spezialportemonnaie. Die eine, auf die es ankam, die ihrem Plan eine klitzekleine Chance auf Erfolg bot. Sie schob den goldfarbenen Plastikchip in das Billig-Smartphone, aktivierte es und wählte Hartknallers Nummer. Der Anruf wurde augenblicklich entgegengenommen.

«Steht das Angebot noch?», fragte sie kalt.

«Umstandsbedingt.»

«Wenn ich dir meine Schwester liefere, lässt du mich dann in Frieden ziehen?»

«Denkbar.»

«Ich will dein Wort.»

«Du hast es.»

«Wir treffen uns um ein Uhr früh.»

«Gerne. Und wo?»

Enitta schaute auf. «Im Stadion Letzigrund. Am Fuss der Nordtribüne.»

«Weisst du überhaupt, was du da tust?»

«Willst du, oder willst du nicht?»

«Über Wollen sind wir beide längst hinaus.»

«Noch was: keine Polizei.» Sie drückte sein finsteres Lachen weg und warf einen letzten Blick auf das Stadion. Nun musste sie Janita die Sache nur noch als gute Idee verkaufen. Das Handy liess sie eingeschaltet. Es war kriegswichtig, und sie brauchte sich nicht länger um Ortungsdienste zu sorgen. Hartknaller wusste ja nun, wo sie in drei Stunden sein würden.

Ein Stockwerk tiefer hockte Janita von künstlichem Dunst umhüllt vor dem Zelt.

«Ich habe genug», erklärte Enitta.

«Da bist du nicht die Einzige», knurrte ihre Schwester, die ihren Blick mied.

«Gut. Ich treffe ihn nach Mitternacht. Drüben im Letzi.»

«Noch ein Gespräch? Was soll das bringen?»

Enitta blinzelte nicht mal. «Ich werde dich mitnehmen.»

Janita fuhr hoch. «Bist du bescheuert? Genau das will er doch.»

«Beruhig dich. Ich habe etwas gegen Hartknaller in der Hand.»

«Und was?»

«Etwas sehr Handfestes. Hab ich dir bereits zu erklären versucht. Deswegen musste ich zuvor eine Weile weg. Wenn alles klappt, ist noch vor Tagesanbruch alles vorüber. Aber das schaffen wir nur zu zweit.»

Der Groll in Janitas Augen verblasste. «Ich hab Angst.»

«Wurde auch Zeit.»

«Verspottest du mich etwa?»

Enitta sprach mit weicher Zunge. «Dad sagte immer, dass es in Ordnung ist, Angst zu haben, solange man weiss, *wovor* man sich fürchtet.» Sie kniete sich hin und nestelte in ihrer Tasche, bis ein Stapel Spielkarten zum Vorschein kam, und begann sie zu mischen.

Janita liess sich zögerlich nieder, hob ihr Blatt und sortierte es stumm.

Enitta legte die erste Karte. «Hast du noch einen Schluck vom harten Tropfen?»

8

Dienstag, 8. Oktober, 0.19 Uhr, Baustelle

Enitta hatte Schritte gehört, im Stockwerk unter ihnen. Ein Lichtkegel hatte im Treppenhaus zu ihnen heraufgeleuchtet, doch der Besitzer war zu bequem gewesen, die Stufen zu nehmen. Minuten später wurde ein Motor gestartet, und ein erbarmungswürdiger Zweiplätzer setzte sich vor der Baustelle in Bewegung. Erleichtert kehrte Enitta zum Zelt zurück.

«Sind sie weg?», fragte Janita.

Enitta nickte und leerte die Flasche mit langem Schluck, während Janita ihre letzte Zigarette am Gemäuer zerdrückte. Sie warf hin. «Gewonnen.» Doch ihre Freude wirkte eher nervös.

«Diese Spielrunde», erwiderte Enitta. «Zeit fürs grosse Finale.» Sie erhob sich und schaute hinüber zum Letzigrund. Eine Böe fuhr trotzig durch die Baumkronen am Rand des Areals. Kein menschliches Leben auf Erden. Herr und Frau Schweizer schlüpften abends bevorzugt zeitig unter die Bettdecke, um am nächsten Morgen wieder pünktlich im Büro gackern zu können. Sie beide jedoch würden sich bereits jetzt aufmachen. Enitta holte ihren Lippenstift hervor und zückte die Kappe. Mit Hilfe ihres Smartphones zeichnete sie dicke Querstreifen auf ihre Wangen. Die Zierde einer Kriegerin, so wie sie es vom Superbowl kannte, den Felix so gerne im Halbschlaf verfolgte. Dann reichte sie Janita Stift und Handy.

«Was ist mit unserem Krempel?»

«Wenn wir scheitern, brauchen wir ihn nicht mehr. Und wenn nicht …» Sie dachte an die gewaltigen Zinsen, die ihre Nachmieter monatlich würden abdrücken müssen. «Dann markiert er wenigstens ein Statement.» Sie kroch ein letztes

Mal ins Zelt, um ein ausgewähltes Accessoire zu ergreifen, und begab sich zum Ausgang. «Gehen wir.»

Janita fröstelte. «Wollen wir nicht doch lieber das Weite suchen? Noch haben wir die Chance dazu.»

«Nein, lass uns das durchstehen. Gemeinsam. Lass uns wieder ein Team sein.»

«Das meinst du wirklich ernst?»

Enitta schluckte. «Ja, klar …»

«Nach allem, was war?»

Sie schulterte ihre Tasche. «Mich interessiert nicht länger, was war, sondern nur das, was sein wird.» Sie ergriff Janitas Hand. «Jetzt geht es feindwärts.»

***

Jenseits der Bretterwand überquerten sie den Kreisel. Jeder Schritt, der sie näher zur Südseite des «Letzis» führte, wo stählerne Grossbuchstaben den Stadionnamen verkündeten, verstärkte Enittas Anspannung. Rechter Hand verlief eine breite Quartierstrasse entlang des Sporttempels, hinab zur Nordseite. Sie war auf beiden Seiten von Bäumen flankiert, deren Laubdächer sich wacker gehalten hatten und nur einen Teil des kupferfarbenen Laternenscheins hindurchschimmern liessen, weswegen das Trottoir entlang der Rostmauer mehrheitlich im Schatten lag.

Enitta passierte eng aneinanderliegende Gitterstäbe, die das Innenleben des Letzis bestenfalls erahnen liessen, so als blickte man in eine verwunschene Wundertrommel. Jenseits ruhten die schwarzen Umrisse der Westtribüne mit ihren Edellogen. Auf halber Höhe, wo sich eine Nebenstrasse zur Hardau abspaltete, stoppte sie und zückte ihr Mobiltelefon, um die Uhrzeit zu prüfen. Dann blickte sie zum oberen Rand der Einzäunung.

Janita spähte unentwegt die Strasse hinab. «Was nun, Schwesterhirn? Wie kommen wir da rein?»

«Gleich», erwiderte Enitta mechanisch.

«Mit der alten Räuberleiter kommt leider nur eine Alte räuber.»

Enitta wusste nur zu gut, dass sich Janita jedes Mal in Wortspielen erging, wenn sie richtig nervös war. «Weshalb ich vorgesorgt habe. Sei einfach geduldig.»

«Da kommt ein Auto», stiess Janita aufgeregt hervor.

«Ist auf Strassen üblich», erwiderte Enitta so selbstsicher wie möglich und trat an den Randstein. Tatsächlich näherten sich von Norden zwei Scheinwerfer. Der Wagen war unüblich langsam unterwegs, was sehr verdächtig war. Handelte es sich etwa um Hartknallers Wagen? Das wäre sehr unpässlich gewesen, da ihr Plan nur innerhalb des Stadions aufgehen konnte.

Janita stellte sich an ihre Seite. «Moment, dieses Modell habe ich doch schon mal gesehen», knurrte sie erstaunt.

Das Auto rollte in den Schein einer Laterne. Es zeigte sich, dass es eine hohe Front besass. «Das hast du allerdings», ergänzte Enitta.

Der rote Kleinbus setzte den Blinker und rollte zwischen Bäumen aufs Trottoir, genau dort, wo die Gitterstäbe durch ein paar rostige Platten unterbrochen wurden, und setzte vorsichtig zurück. Auf seiner Seite stand in knallgelben Lettern: «Jalda Gebäudereinigungen AG». Die Fensterscheibe auf der Fahrerseite glitt herab, und ein rundliches Gesicht streckte sich ihnen entgegen. «Diese?»

Enitta nickte erleichtert. «Haargenau diese.» Sie zeigte auf eine kleine Metallleiter, die aufs Dach des Fahrzeugs führte. «So eine wollte ich schon immer mal besteigen.» Sie ergriff eine der oberen Sprossen, trat mit dem Stiefel auf die unterste und zog sich einhändig hoch.

Jalda nickte zum Stadion. «Mushkila», flüsterte er gepresst.

«Die Mutter aller Mushkilas», bekräftigte Enitta und kletterte ungelenk aufs kalte, rutschige Dach.

Jalda zog eine zustimmende Faxe.

Janita reichte ihm den Schlüssel für ihr Versteck. «In Wahrheit verstehen Sie jedes einzelne Wort, nicht wahr?»

Ein verschmitztes Lächeln blitzte in seinem Gesicht auf. Einladend wies er zur Leiter. «Bidde schön.»

«Danke schön, Herr Jalda.» Janita folgte ihrer Schwester aufs Dach, das beinahe gleichauf mit den Eisenplatten war. Passenderweise befand sich auf der Innenseite des Stadions ein Imbissstand, und der war sogar bündig mit der rostigen Stadionmauer, sodass sie ohne Mühe hinüberklettern konnten. Enitta schaute dem Wagen zu, wie er davonfuhr, und rieb ihren Jackenärmel.

«Alles in Ordnung mit dir?», wollte Janita wissen.

«Mein Arm ist etwas steif. Hab ich mir zuvor beim Zusammenstoss mit der Wand eingefangen. Egal, geh vor. Räuberleiter.»

Janita kletterte hinab und verschränkte ihre Finger, um Enitta einen sanften Abstieg von der Imbissbude zu ermöglichen.

Als sie Stiefel auf dem Areal gefasst hatte, trat sie an den Rand der Zuschauerplattform und blickte über unzählige tiefrote Stuhlreihen hinab ins Innere des Letzigrunds. Von den umliegenden Hochhäusern schien genug Restlicht durch die Stahlträger zwischen Dach und Tribüne, um sich zu orientieren.

Das Letzi war eine tief ins Erdreich eingelassene, ovale Betonschüssel mit einem Boden aus Gras, mit Plastik garnierten Wänden und einem ringförmigen Dach aus Holz. Zaghaft traten sie die steinernen Stufen der rund vierzig Reihen hinab und kletterten über die Absperrung auf die ovale rote Kunstbahn, die das Spielfeld umrundete.

Unvermittelt schalteten sich ringsum Riesenscheinwerfer ein und liessen das Glas glitzern. Hartknaller musste bereits anwesend sein. Enitta betrat das geweihte Grün und stellte fest, dass es ziemlich rutschig war. Zeit, fürs Endspiel aufzulaufen. Der Gang zur Nordtribüne fühlte sich an wie der

Gang zum Schafott. Sie behielt die Zuschauerränge im Auge und versuchte, Echos von Schritten zu hören. Doch da war nur das feuchte Schmatzen unter ihren Schuhsohlen. Janita folgte ihr zögerlich, während Enitta eingeschüchtert, aber unaufhaltsam weitermarschierte, quer durch die Arena des Sporttempels, hin zum unvermeidlichen Opferaltar. «Bist du schwanger?», fragte sie plötzlich.

«Von wem denn?», schimpfte Janita. «Meinem Smartphone? Und was ist das überhaupt für eine Frage?»

Enitta mied ihren Blick und schüttelte den Kopf. «Ich bin nervös.» Dort, wo gewöhnlich das gegnerische Goal stand, blieben sie stehen. Direkt vor ihrer Nase, die von fauligem Fleischgeruch belästigt wurde, türmte sich die Nordtribüne des Letzis auf, an welcher riesige Fangnetze hingen. Aus dem Nichts kam ein Objekt herbeigeflogen. Es prallte auf die Kunstbahn und hüpfte ihnen so lange entgegen, bis es zwischen den Grashalmen seine Kraft verlor. Es handelte sich um einen schwarzen Fussball. Der Werfer trat gelassen zwischen den Rängen herab und zog eine Rauchwolke hinter sich her. Als er die letzte Absperrung überwunden hatte, schmiss er den Glimmstängel hin und studierte erst Janita und dann Enitta. «Hast wirklich Wort gehalten», murmelte er amüsiert.

«Was meint er damit?», fragte Janita misstrauisch.

Enitta hielt den Blick auf Hartknaller gerichtet. «Hast du dich nicht gewundert, warum ich ausgerechnet ein Stadion als Treffpunkt gewählt habe?»

«Keine Ahnung. Mache mir nichts aus Mannschaftssport.»

«Ich schon. Zumindest aus Derbys.» Sie schielte zu Janita und zuckte mit den Schultern. «Felix hat mich angesteckt.»

Janita zog eine verständnislose Fratze.

«Aber das ist nicht der wahre Grund. Wusstest du, dass hier einst eine Talsperre verlief? Eine sogenannte Letzi? Diese Anlage sollte schlechten Menschen den Zugang zur Stadt verwehren. Und das macht das Stadion zum perfekten Ort, denn genau hier ziehe ich die Grenze. Bis hierhin und nicht weiter!»

Hartknaller exhalierte gelangweilt. «Bist echt eine Kaffeetante.»

«Ein perfekter Ort wofür?», fragte Janita.

Enitta blickte ihrer Schwester in die Augen, fasste sie sachte an der Schulter und liess ihre Hand geschmeidig auf ihren Rücken gleiten. Dann verpasste sie ihr einen abrupten Schubs, sodass Janita vorwärtsstolperte und direkt vor Hartknallers Stiefel zu liegen kam. Enitta schickte einen todernsten Blick zu Hartknaller. «Nicht ins Gesicht, hörst du?»

Janita hatte sich bereits auf die Beine gekämpft, als er sie bei den Haaren packte und hart in die Magengrube boxte. Janita brach auf die Knie und rang nach Luft. Tränen schossen aus ihren Augen. Mit einem Blick voll ungläubigem Entsetzen wandte sie sich nach Enitta. «Warum?», schaffte sie zu röcheln.

«Spiel hier nicht das Unschuldslamm», erwiderte Enitta regungslos. «Ein bisschen verdient hast du es schon.»

Hartknaller würde Janita keine Verschnaufpause gönnen. Mit beiden Pranken ergriff er ihren Hals und riss sie mühelos hoch. «Du missratene Scheisskuh!», brüllte er, während er immer fester zudrückte. «Ist dir bewusst, was du mich gekostet hast?» Er liess von ihr ab und verpasste ihr eine Ohrfeige, dass ihre Haare davonpeitschten, als zöge ein Tornado vorüber. Sobald sie erneut ins Gras geplumpst war, trat er gegen ihre Hüfte. Er machte ein paar Schritte um sie herum, und Janita schaffte es, sich aufzubäumen und mit der Faust seinen Schritt zu treffen. Doch er lachte nur. Ob er einen Tiefschutz trug? Wimmernd hielt Janita ihre Hand auf die schmerzenden Knöchel.

Schon hatte er sie bei den Haaren gepackt, erneut hochgerissen und fast zwei Meter weit davongeschleudert. Wie ein Fussballer, der einen Elfmeter treten will, machte er einen Satz auf sie zu und traf sie mit dem Stiefel am Hintern.

Janita schrie auf, heulte jämmerlich und flehte Hartknaller an, aufzuhören.

Währenddessen stand Enitta nur emotionslos wie ein Torpfosten da und schaute unparteiisch zu.

Hartknaller beugte sich über das Bündel und ergriff es bei der Jacke. «Du solltest mir dankbar sein. Ein Schnellprogramm steht dir eigentlich nicht zu.»

Hilflos fuchtelte Janita mit den Armen, hieb mehrere Male nach seinem Kopf, konnte sich aber nicht aus seinen Klauen befreien und kassierte eine Ohrfeige nach der anderen.

Enitta begann, die beiden mit sorgsam gewählten Schritten zu umrunden. «Du hattest recht», sinnierte sie laut, während sie auf den Rasen starrte. «Sie *ist* eine blöde Kuh. Sie *hat* das Leben von Ventin ruiniert. Und sie bereut es nicht im Mindesten.» Beiläufig liess sie ihren abgewandten Ärmel baumeln. Etwas Kaltes glitt hervor, entlang ihrer Finger. «Aber dennoch ... ist sie unverändert ...» Endlich bekam sie eine Gummibeschichtung zu fassen. «Meine Schwester!», bellte sie und hieb mit einem Mini-Baseballschläger nach Hartknallers Knie.

Er sah ihren Spielzug voraus und knickte mit dem angepeilten Bein absichtlich ein, sodass sie nur den Oberschenkel traf. Dennoch ging er jaulend zu Boden. Enitta nutzte die Gunst und drosch blind vor Wut auf seinen Rücken ein. «Varegg!»

Janita kroch ausser Reichweite und versuchte vergeblich, aufzustehen. Hartknaller gelang es, sich zur Seite zu rollen. Enittas Hieb landete im Gras und gab ihm die Gelegenheit, den Baseballschläger zu ergreifen und sich vor ihr aufzurichten. Erschrocken wich Enitta zurück, während er den Stock über seinem Knie in zwei Teile brach und diese gleichzeitig in entgegengesetzte Richtungen entsorgte. Sie war starr vor Schreck und konnte Hartknaller nicht daran hindern, sie einhändig an der Gurgel zu ergreifen und zu stemmen.

«Weisst du, was wirklich ironisch ist? Die ganze Zeit über warst du mein Hauptziel gewesen, denn dich hat Ventin am allermeisten gehasst.» Er zog sie ganz nahe an sein Gesicht. «Insgeheim wollte er immer nur dich.»

Dieses Bekenntnis brachte Janita in Rage und zurück auf die Beine. Torkelnd ergriff sie eins der Bruchstücke, stürmte schreiend zu Hartknaller und rammte ihm die geborstene Seite mit aller Wut gegen die Schläfe.

Blitzartig liess der Hüne von Enitta ab, taumelte und stürzte in den Rasen, wo er die Hände an den Schädel presste.

Janita blickte keuchend auf Enitta herab. Erst zögerte sie, dann streckte sie den Arm aus. «Er ist zu stark. Lass uns abhauen, solange wir noch rennen können.»

Enitta hob den Blick zum rabenschwarzen Himmel. Kalte Wassertropfen begannen ihre Nase zu küssen, und ein Luftzug fuhr durch ihr Haar. «Wir sind hier noch nicht fertig», ächzte sie und fasste in ihre Jackentasche, um ihr Smartphone zu zücken. Es hatte schwer unter Hartknallers Attacke gelitten. Die Kristalle des Displays begannen auszulaufen, aber die Nummer, die sie wählte – wenn auch von Fehlpixeln durchzogen –, war noch immer leserlich. Mit zittrigem Daumen startete sie den Anruf.

«Was tust du da? Jede Hilfe wird zu spät hier sein», sagte Janita.

Enitta stand wieder auf gebrechlichen Beinen. «Diese Hilfe nicht», erwiderte sie und betete, dass sie recht behalten mochte.

***

Thönder führte eine tanzende Flamme an die letzte Zigarette. Er zerknüllte die leere Packung und warf damit erfolglos nach dem Züriberg-Panzer, der unten an der Kalki vorbeischlich. Drei Tage und drei Nächte ohne Nachricht. Selbst wenn sie sich jetzt noch meldete, wären die Akkus wohl kaum mehr leistungsstark genug, um eine grössere Aktion zu überstehen. Um ihre Einsatzbereitschaft zu gewährleisten, hatte er die Geräte schon vor Stunden von den Ladekabeln befreit, aber der Bereitschaftsbetrieb allein verbrauchte erschreckend viel

Strom. Nie wieder würde er billige Massenware aus Fernost bestellen.

Nun war es fast halb zwei. Wenn er nicht bald Schlaf fand, würde er von der Unger am nächsten Morgen wieder Liederlichkeit vorgeworfen bekommen. Ihm donnerten ja bereits jetzt die Augendeckel zu. Er streckte laut gähnend die tumben Arme, erhob sich und trottete die schmale Treppe zum Innenhof hinab. Obwohl seine kleine Unterkunft nur noch fünfundsiebzig Meter entfernt war, fühlte sich der Heimweg wie ein Marathon an. Er hauste in einem der Gästezimmer der Kalki, das ihm die Wohngemeinschaft vorerst für ein Jahr überlassen hatte. Nichts Spektakuläres, aber er war mit wenig zufrieden. Besser wäre jedoch gewesen, es hätte sich im Parterre befunden. Sogar eine Matratze neben dem Empfangsschalter wäre ihm recht gewesen.

Er wollte schon nach der Eingangstür greifen, da schrillte etwas in seiner Hosentasche auf. Hastig nestelte er das kleine Billighandy hervor, denn nur eine Person kannte dessen Nummer.

So rasch es seine müden Glieder erlaubten, stolperte er zurück, die Stufen hoch, hin zum Pool, wo er die Abdeckung mit beiden Händen von den Rändern zerrte. In der entleerten Wanne begannen blau-weisse Lichter zu blinken, und ein elektrisches Surren mischte sich in das Rauschen der Stadt. Nacheinander erhoben sich kleine Maschinenwesen aus Plastik und Aluminium, vereinten sich emsig zu einem Schwarm, der den Innenhof überflog und Kurs auf Altstetten nahm, in sicherem Abstand zum Lochergut.

Thönder zog hart an seiner Zigarette und sah dem blinkenden Schwarm aus rund fünfzig Objekten dabei zu, wie er sich allmählich in der Ferne verlor, während der einsetzende Regen die Glut seiner Zigarette löschte.

***

Hartknaller riss sich mit zornigem Schrei einen Holzsplitter aus dem Gesicht und wischte das tropfende Blut weg. Knurrend erhob er sich. «Das war's mit euch.»

«Von wegen», widersprach Enitta. «Zwei gegen einen.»

Er zog eine Handfeuerwaffe aus der Innentasche seiner Lederjacke. «Irrtum. Fünf gegen zwei.»

Janita schnalzte genervt. «Du musstest ja unbedingt einen Baseballschläger zu einer Schiesserei mitbringen.»

«Jetzt warte einfach.»

«Worauf denn?»

Enitta drückte einen Finger an ihre Lippen und lauschte. Sie vernahm leises Rieseln, einen aufbrausenden Windstoss, der heulend das Stadion umspielte. Aber da war noch mehr. Ein feines Rauschen, das allmählich penetrant wurde. Sie blinzelte hoch und fand Dutzende kleine Lichter, die sich über ihnen herabsenkten, um in etwa fünf Metern Entfernung die Höhe beizubehalten. Eine kleine Armada aus Selfie-Drohnen, die dem Positionssignal ihres Handys gefolgt waren.

Hartknaller beäugte die Fluggeräte argwöhnisch.

«Fünfzig zu fünf», korrigierte Enitta triumphierend. «Vielleicht kannst du ein paar von ihnen abschiessen, aber ganz sicher nicht alle. Sie zeichnen übrigens auf.»

«Zuschauer sind mir scheissegal. Sonst hätt's dieses Treffen nie gegeben.»

«War mir schon klar. Aber ich spreche von einem ganz bestimmten Zuschauer.»

Hartknaller kniff die Augen zusammen, als hätte sie wenigstens einen Funken Interesse entfacht.

«Du hältst dich so sehr für den Superdetektiv, dass du offenbar vergessen hast, dass ich selber Ermittlerin bin – und gelernte Informatikerin –, weswegen mir dein kleines Geheimnis nicht verborgen blieb.» Sie wagte sich tapfer einen Schritt näher. «Für deine aussergewöhnlich gute Vernetzung in der Stadt musstest du sicherlich einen hohen Preis bezahlen.» Sie lachte auf. «Es war so offensichtlich. Das Tattoo an deinem Unterarm. Ich dachte erst, es stünde für ‹Justice›, weil du einst ein treuer Helfer des Gesetzes warst. Aber ich sah mich getäuscht. In Wirklichkeit steht dort ‹Justin› – der Name deines leiblichen Sohnes.»

Hartknaller fasste sich mit der freien Hand an die tätowierte Stelle.

«Und das Schmuckstück an deiner Kette? Das ist dein Ehering, nicht wahr? Du warst verheiratet.»

Hartknallers Hand wanderte an den Hals.

«Der Preis für deinen Lebensstil, für deine Undercover-Arbeit war deine Ehe. Du hattest deine Frau geschlagen und selbst deinen Sohn misshandelt. Du konntest deine Familie nur noch retten, indem du deine Biker-Kumpels auffliegen und das wilde Leben hinter dir liessest. Nur so konntest du ins normale Leben zurückkehren. Aber dafür war es längst zu spät gewesen, oder? Deine Frau liess sich von dir scheiden und kehrte mit Justin nach Österreich zurück.»

Hartknaller entsicherte die Waffe. «Dein unsägliches Schandmaul», dröhnte er.

«Sorry. Liegt in der Familie.» Enitta trat noch einen Schritt näher. «War übrigens ein Leichtes, deine Vaterschaft in Erfahrung zu bringen. Ich brauchte bloss das Krankenhaus von deinem Heimatort Liebefeld zu hacken. Dort wurde 1997 ein Justin Dominik Hartknaller geboren. Sohn von Rolf Hartknaller und Manuela Wehrheim. Und rein zufällig wohnt heute ein Justin Dominik Wehrheim in Wien. Ich stiess auf einen Schülerzeitungsartikel. Justin ist durch seine musischen Fähigkeiten aufgefallen, aber auch wegen seinem Hang zum Jähzorn. In einem Interview erklärte er, sein Vater sei tot. Und genau in dem Glauben soll er gehalten werden, stimmt's? Du willst nicht, dass er so wird wie du. Er soll nichts von deiner kriminellen Vergangenheit erfahren oder der Brutalität, die du bereits durch deinen Vater erleiden musstest. Bestimmt dachtest du, bei seiner Mutter wäre er am besten aufgehoben.» Sie verkürzte den Abstand weiter. «Und genau deshalb war dir Ventin auch so wichtig. Er stellte quasi einen Ersatzsohn dar, nachdem du deinen eigenen Sohn zu dessen Schutz aufgegeben hattest.»

«Noch ein einziges Wort aus deiner dreckigen Fresse», dröhnte Hartknaller und feuerte zu den Drohnen, was zwei der Geräte ins Gras stürzen liess. Wieder nahm er Enitta ins Visier.

Sirenengeheul schallte von weit her und wurde mit jedem Herzschlag lauter. War das die Kavallerie?

Hartknaller lauschte dem Geheul. Seine Gesichtszüge mässigten sich. «Zu spät. Du wirst es niemandem erzählen können.»

«Ich vielleicht nicht. Aber die Dinger da oben bestimmt.»

«Träum weiter. Sobald ich euch umgelegt hab, sammle ich sie ein, und gut ist.»

«Für dich wird gar nichts gut. Die zeichnen nämlich nicht nur auf – die übertragen alles in die Cloud. Drück den Abzug, und die Daten fliessen augenblicklich ins Netz, an die Presse und die Polizei. Dann wird Justin erfahren, was für ein Mensch sein Vater wirklich ist. Einer, der kaltblütig wehrlose Frauen erschiesst. Die Klatschheftli werden dich zur Bestie vom Letzigrund küren. Eine Schmach, die Justins Leben überschatten und ihn selbst zur Bestie machen wird. So wie du in die Fussstapfen deines Vaters getreten bist.»

Janita tauchte an ihrer Seite auf und versenkte einen unsichtbaren Basketball. «Boom.»

Hartknallers Blick begann umherzuschweifen. Erst senkte er die Waffe, dann legte er ruckartig wieder an. «Du bluffst.»

«Wirklich? Hol dir doch deine Rache. Sie wird dich die Zukunft deines Sohnes kosten. Und ich weiss, dass dieser Preis selbst für dich zu hoch ist. Wir leben alle für etwas. Auch du.»

Draussen erstarben die Sirenen auf dem Zenit ihrer Lärmkraft. Rotblauer Schein züngelte an den östlichen Stützbalken, und in den Wohnblöcken dahinter gingen immer mehr Lichter an.

Er drückte den Lauf der Waffe an seine Stirn und kniff die Augen zusammen, schüttelte den Kopf, so als würde er sich der Niederlage verweigern. Dann sank er in die Knie und liess alle Extremitäten hängen. Unablässig wimmerte er: «Nein», hieb mit den Fäusten ins Gras und vergrub die Finger in der Erde.

Enitta sah, wie Gestalten den Rasen stürmten. «Polizei!», brüllte jemand. «Keine Bewegung.»

Enitta beugte sich stattdessen tief über Hartknaller. «Und zum Schluss bekomme ich noch etwas anderes von dir.»

Er fasste in seine Tasche und warf den gewünschten Gegenstand zwischen die Grashalme. Geschwind steckte Enitta ihn ein, bevor sieben Beamte der Stadtpolizei sie umringten. Kriminaldetektiv Mettmenstetter holte keuchend zu seinen Kollegen auf und zeigte auf Janita und Enitta. «Festnehmen», japste er. «Beide Frauenzimmer.»

Enitta scheuerte dem erstbesten Polizisten eine und stellte sich schützend vor Janita. «Keiner fasst sie an.»

Sie schrie es so laut, dass die Beamten auf der Stelle innehielten. Der Geschlagene hielt sich die Wange und starrte zu Mettmenstetter. Enitta zeigte auf das Häufchen Elend am Boden. «Das da ist Ihr Mann.»

Mettmenstetter gaffte mit gefletschten Zähnen auf seinen langjährigen Vertrauten. Dann bückte er sich und konfiszierte die Schusswaffe, als dieser nicht reagierte. «Geht's, Räbbel?» Da er noch immer keine Antwort erhielt, kam er fluchend hoch. «Führt die Schwestern ab.» Er war schon ein paar Schritte davongetreten, als sich Hartknaller unvermittelt aufrichtete. «Ich war es, Mette. Ich habe all diese Menschen getötet.»

Mettmentstetter wirbelte herum. «Was hast du gesagt?»

Hartknaller stöhnte. «Es ist wahr. *Ich* habe Thorbach erschossen. Und die Schauspieler ... das war ich ebenfalls. Selbst die Tweets stammen von mir.»

Mettmenstetter schielte abrupt zu Enitta. «Was haben Sie

mit ihm gemacht? Haben Sie ihm Drogen verabreicht?» Er verwarf eine Hand. «Mir reicht dieses Theater. Wir klären das auf dem Revier.» Er setzte seinen Abgang fort, als sich Hartknaller aufbäumte und Mettmenstetter mit Kriegsgebrüll hinterherrannte.

Dieser begriff die Situation sofort und gab den Beamten, die bereits ihre Waffen auf den Angreifer gerichtet hatten, ein Zeichen. «Nicht schiessen», befahl er, und als Hartknaller ihn erreichte, trat er geschmeidig zur Seite und rammte ihm die Faust in die Magengrube. Vom Kampf gezeichnet, brachte ihn dieser Schlag endgültig zu Boden.

Fassungslos starrte Mettmenstetter auf den Gefallenen. «Du gottverdammter Idiot», knurrte er und wies stumm dessen Verhaftung an.

«Und diese beiden?», fragte der geohrfeigte Beamte verdattert.

Er wedelte ihn unwirsch beiseite.

Enitta blickte zu ihrer Schwester, deren Mimik sich soeben wandelte. Aus ihrem Zorn wurde etwas, das sie nur als Verblüffung deuten konnte. Sie schaute den Beamten nach, die den humpelnden Hartknaller zu dritt abführten.

Auch Mettmenstetter verfolgte die tragische Szene. «Das begreife ich nicht.» Er liess beschämt den Kopf hängen. «Ich fürchte, ich schulde Ihnen eine Entschuldigung.»

«Mindestens uns beiden», entgegnete Enitta. «Warum hat das so lange gedauert? Gingen etwa keine Anrufe aus der Nachbarschaft ein?»

«Doch», knurrte er, «etwa drei Dutzend. Alles Lärmbeschwerden. Es hiess, hier würde jemand herumschreien. Da musste ich aus mir unerfindlichen Gründen sofort an Sie denken.» Er hob den Blick zu den Drohnen, die noch immer hell blinkend und laut surrend über ihren Köpfen hingen. «Wo wir von Krach sprechen, könnten Sie die Dinger ausmachen?»

Enitta zückte das Westluck und strich auf dem Display herum. «Obacht», warnte sie. Unvermittelt erloschen die

Lichtspiele, und die Armee aus Fluggeräten purzelte auf den Rasen.

Eine der Drohnen traf Mettmenstetter an der Schulter. «Ich will jetzt wissen, was hier vorgefallen ist.»

Enitta trat ihm drei zackige Schritte entgegen und rammte ihren Zeigefinger gegen seinen Mantel. «Sie haben diesen Verrückten laufen lassen, obwohl wir Sie vor ihm gewarnt hatten. Stattdessen haben Sie *uns* verhaftet. Hätten wir uns nicht zur Wehr gesetzt, wären wir mittlerweile tot.»

Er setzte eine zerknirschte Miene auf. «Sagen Sie, dieser Zwischenfall an der Rosengartenstrasse ... Was war da?»

«Wir wurden entführt. Das waren diese Schandbratzen, von denen noch zu viele frei herumlaufen. Beantwortet das Ihre Frage?»

«Diese vielleicht, aber ich habe noch eine Menge mehr. Also? Bekomme ich jetzt Ihre Aussage?»

«Meine Aussage?», wiederholte sie empört und bückte sich, um eine Drohne aufzulesen. Sie drückte ihm das Gerät auf die Brust. «Da haben Sie Ihre Aussage. Aus achtundvierzig verschiedenen Winkeln.»

Janita stützte sich dankbar auf ihre Schulter, und gemeinsam humpelten sie los, schleppten sich ruhmreich und tapfer nach gewonnener Schlacht vom Spielfeld.

In ihrem Rücken wendete Mettmenstetter missmutig das kleine Fluggerät. «Mit dieser Einstellung werden Sie keine Zukunft bei der Polizei haben, Fräulein Carigiet», rief er ihr frustriert nach.

«Pah, wer das hier überlebt hat, findet überall einen Job», brummte Enitta und packte Janitas Arm, der um ihren Nacken geschwungen war. «Und ich bin *kein* Fräulein.»

«Das war echt rücksichtslos.» Janita hustete, als sie den Durchgang nach draussen erreichten.

«Ich würde es eher verwegen nennen, gefährlich oder riskant.»

«Wir hätten draufgehen können.»

«Wir hätten als Feindinnen sterben können. Oder als Freundinnen leben.»

«Den Teil hab ich kapiert. Aber du hättest ihn gleich zu Beginn angreifen sollen», sagte Janita.

«Ich musste ihn erst ablenken. Und selbst mit dieser Strategie hab ich nur halbwegs getroffen.»

Janita rieb ihr Kinn und schob sich einen Finger in den Mund. «Ich glaub, da wackelt ein Zahn», lallte sie.

«Gut. Dann ist er noch drin. Du kennst bestimmt einen prima Zahnarzt.»

«Das tu ich tatsächlich.» Janita lachte dunkel. «Jetzt kann diese zur Abwechslung was für ihr Geld tun.»

Jenseits des Tunnels erreichten sie die Rückseite des Stadions, zur breiten Strasse vor der Fleischfabrik. Der Regen wurde stärker.

«Wohin jetzt? Ich muss mal dringend absitzen.»

Enitta suchte das Trottoir gegenüber ab und sah ein Objekt matt zwischen den Strassenlaternen glänzen. Mit der freien Hand griff sie in ihre Jackentasche und bekam etwas Kaltes zu fassen. Sie zog es heraus und klimperte damit. «Ich weiss da was. Mit Aussicht.»

***

Tiefes, dunkles Rauschen dröhnte zu ihnen herauf. Es stammte aus dem Stadtzentrum und überraschte Enitta mit seiner Intensität. Sie hatte den Mustang auf einen kleinen Einzelparkplatz gestellt, direkt unterhalb des Restaurants «Die Waid», über dem sich Gewäld erhob. Doch weder dieses noch die Rebberge neben der Gaststätte ragten aus den Schatten. Nur der Name des Lokals leuchtete mit Grossbuchstaben neonfarben in die Nacht.

Dies war der höchstgelegene Aussichtspunkt des Hönggerbergs. Vor ihren Füssen fiel eine kurze Böschung stark ab und wurde von einer Landstrasse begrenzt. Sie kam aus dem gefühlten Nirgendwo und verlor sich im sicheren Nichts. Sie glänzte noch, weil der Regen eben erst ausgesetzt hatte. An die andere Seite grenzten Wohnhäuser, hinter denen der Hönggerberg seinen Abstieg fortsetzte, bis er einen halben Kilometer später am Limmatufer enden würde.

Sie hockten auf der Kühlerhaube und blickten zu den Türmen in Zürich-West, die sich selbst um diese Zeit hell beleuchtet von ihrer Umgebung abhoben. Der Rest der Zwinglistadt ruhte unter dunklem Tuch.

Janita zog an einer Kippe, die sie im Handschuhfach gefunden hatte. «Nur Stadt, so weit das Auge reicht», bemerkte sie nach endlosem Schweigen, das Enitta schon lange zu durchbrechen versucht hatte.

«Du solltest dir das Panorama bei Tag geben.» Enittas Blick verlor sich über der Mitte der Stadt in der Ferne. Doch was man bei Sonnenschein geniessen konnte, liess sich bei Nacht nur erahnen. «In dieser Version fehlt etwas Entscheidendes.»

Janita räusperte sich. «An jenem Abend hatte ich längst beschlossen gehabt, Chur zu verlassen. Ich hatte sogar den Koffer dabei. Drei Monate später wäre Mum ohnehin nach Paris gezogen. Sie meinte, ich sei nun alt genug, um auf eigenen Beinen zu stehen. Also hatte ich ein Zimmerchen in einer WG klargemacht.» Sie zeigte nach links, auf einen dunklen Hügel, wo sich das Unterstrass-Quartier befand. «Ventin verstand die Welt nicht mehr. Er drehte total durch, wollte nicht, dass ich gehe. Wir bekamen heftig Streit, und schliesslich begann er, mich zu schlagen. Dabei muss meine Kippe ins Heu gefallen sein. Als die Flammen zu lodern begannen, verlor er die Nerven und türmte wie der kleine Feigling, der er war. Dabei vergass er seine Tasche, und die liess ich auf meinem Weg zum Bahnhof natürlich mitlaufen.»

«Dann hat Ventin den Hartknaller angelogen?»

«Wundert dich das?» Sie schluckte ein einsetzendes Lachen sogleich wieder runter. «Weil mich seine Reaktion so mitgenommen hatte, reagierte ich derart gereizt, als du und ich uns am Bahnhof trafen.» Sie machte eine Pause, nur um rasch fortzufahren: «Weisst du, was der Witz an der ganzen Sache war? Ein halbes Jahr später hätten sie die Clausenmühle sowieso dem Erdboden gleichgemacht. Auf eine Art sparte Ventin der Stadt viel Geld für den Abbruch. Ein Wunder, dass die Feuerwehr überhaupt ausgerückt ist. Hab gehört, dass sie ein neues Jugendzentrum gebaut haben. Ein viel kleineres. Mitten in der Stadt. Nur einen Steinwurf von den Bullen. Damit sie es besser unter Kontrolle haben.» Sie exhalierte hart. «Ventin war kein böser Kerl. Der totale Loser halt, aber was er bekam, hätte ich ihm nie gewünscht.»

Enitta musterte sie eindringlich, bevor sie die Frage wagte. «Warst du wirklich schwanger von ihm?»

Janita verharrte mit dem Blick zur Stadt. Eine Träne kullerte über ihre Wange. «Ich konnte ja nicht mal auf meine kleine Schwester aufpassen.»

«Hab ich anders in Erinnerung.» Enitta zog Janita näher und bettete deren Kopf auf ihre Schulter.

Ihre Stimme wurde brüchig. «Noch nie hat jemand so hart um mich gekämpft wie du.»

«Ich hätte mir dich nicht ausgesucht», witzelte Enitta. «Aber du bist die einzige Schwester, die ich hab.»

«Es ist nichts passiert», erklärte Janita kleinlaut.

«Ja, gottlob.»

Sie richtete sich auf und schaute Enitta fest in die Augen. «Nein, ich meine, es ist *wirklich* nichts –»

Enitta kuschelte sich an sie. «Ich weiss schon, Liebes. Ich weiss schon.» Man konnte dem Typen nur schwer widerstehen. Aber auch wenn sie oft die Eifersüchtige heraushängen liess, so wusste sie haargenau, wie gut er Versuchungen mittlerweile widerstehen konnte. Ungleich der Zeiten vor ihrer Beziehung. Sie dachte lächelnd an das Foto, das ihr an jenem Morgen zugemutet worden war. Wenn Felix über eine herfiel, sah das ganz anders aus – und dann hätte Hartknaller auch ein entsprechendes Bild geschickt. Dennoch: Wenn es neben dem getrockneten bösen Blut zwischen ihr und Janita noch einen weiteren erfreulichen Aspekt an der ganzen Sache gab, dann jenen, dass Felix zumindest ein bisschen hatte schmoren müssen.

«Hier bin ich nun. Mit verschontem Leben und ohne jede Peilung – wie ich befürchtet hatte», sagte Janita.

Ein Schmerz durchfuhr Enitta, als die Erinnerung an den blauen Briefumschlag ihre Gedanken streifte. «Wir überlegen uns was. An Verschlagenheit mangelt es uns beiden nicht.»

«Apropos», sagte Janita. Sie zog etwas aus ihrer Tasche und hielt es Enitta hin. Es war ein transparentes Plastikgehäuse mit einer Kompaktkassette. «Kleines Andenken aus der Zitadelle. Jetzt, wo du einen mobilen Kassettenspieler hast.»

Enitta lächelte und steckte das Tape weg.

Still verweilten sie in bittersüsser Harmonie, bis linker Hand ein Objekt auf der Landstrasse erschien. Je näher es kam, desto unwirklicher sah es aus. Es verlangsamte die letzten Meter und kam direkt unter ihnen zu stehen. Enitta traute ihren Augen nicht. Es war ein uraltes Modell, womöglich ein Cadillac aus den Fünfzigern, mit rundlicher Karosserie. Minutenlang liess es den Motor laufen, bis jemand den Kopf aus dem Fenster streckte. Dann setzte es seine Schleichfahrt fort, um am Ende der Strasse erneut zum Stillstand zu kommen. Eine Person stieg aus, danach verlor sich das Fahrzeug endgültig in der Ferne. Die Gestalt walkte gemächlich die Steigung herauf und wurde mit jedem Schritt vertrauter. Eine quälend lange Ewigkeit später stand sie vor ihnen, die Hände lässig in den Hosentaschen.

Enitta grinste. «Blödmann?»

«Abenteuermäuschen?», erwiderte Felix.

Sie bemerkte sein blaues Auge. «Ist das ein Veilchen?»

«Beschwerst dich doch sonst immer, dass ich keine Blumen mitbringe.»

Sie lächelte verlegen. «Wie hast du uns gefunden?»

Er zuckte mit den Schultern. «Bergkinder halt.»

«War das vorhin etwa ein Leichenwagen?», fragte Janita herausfordernd.

«Unglaublich, was heutzutage alles bei Uber mitmacht», antwortete er unterwältigt und streckte sich ausgiebig. «Der hatte eine Matratze im Stauraum liegen. Bin noch nie so komfortabel gefahren.»

«Und ich bin echt stolz auf dich», räumte Enitta ein.

Felix nickte nur und schielte zu Janita. «Wie steht's um unsere Femme fatale?»

«Ich tu mal so, als würd's dich interessieren.»

«Kommst du nach Hause?», fragte er Enitta.

«Dort bin ich schon.» Sie stand auf und umarmte ihn innig. «Ich bin müde», flüsterte sie. «Lass uns einen Moment hier oben bleiben.»

Regen setzte wieder ein.

«Auf dem Rücksitz hat's noch Platz», sagte Felix zu Janita.

Sie griff in ihre Jackentasche, holte einen Minischirm hervor, spannte ihn einhändig auf und blies gelassen eine Rauchwolke in den Regen. «Für mich stimmt's grad. Hab drei Tage kein fallendes Wasser mehr erlebt.»

«Ganz sicher?», fragte Enitta.

«Jetzt passe ich eine Weile auf *euch* auf.»

Felix und Enitta flüchteten ins Auto, wo Enitta eingelullt von den prasselnden Regentropfen schon bald in Felix' Armen einschlief und vom blauen Briefumschlag träumte.

9

Donnerstag, 10. Oktober, 20.15 Uhr, Sechseläutenplatz

Enitta stand am Rand des Trottoirs und schaute sich selbst dabei zu, wie sie ins gegenüberliegende Kino Corso spazierte.

In ihrem Rücken trat Janita aus einem transparenten Festzelt, das die letzte Meile vom Green Carpet überdachte; die Schnittstelle zwischen Medien- und Filmschaffenden, wo selbst aus gestandenen Journalisten Fanboys wurden und sich Cervelat-Promis ins Scheinwerferlicht mogelten. «Schau mal», rief Janita und wies auf eine junge Frau mit langer brauner Perücke. «Das bin ja ich.»

Enitta nickte und musterte eine Gruppe Girls vor dem Restaurant Globus. «Und die dort ebenfalls. Und die da drüben gleich mit. Täuschend echt.» Der Andrang bei der Premiere von «Tanita Courage und der Wipkinger Klingenschwinger» war ohnehin schon so gross, als würde ein US-Blockbuster gezeigt. Doch es kreuzten zig Fans auf, die sich aufwendig als Charaktere des Films verkleidet hatten. Dank diesen Doppelgängerinnen würden sie sich ohne Probleme unters Publikum mischen können. Ein Segen, nach einer Woche Versteckspiel.

Es folgten falsche Felixe und verblüffend ähnliche Hukkis, und Enitta erspähte sogar ihr klassisches Selbst mit Melone, Hosenträgern und weissem Iron-Maiden-Shirt. Allerdings kamen den Originalen nur wenige so verflixt nahe wie jene dickliche Gestalt, die am Strassenrand eilig an der Besucherschar vorbeiwanzte. Sie trug ein langes weisses Hemd über dunkler, schlabbriger Hose, hatte die öligen schwarzen Haare zu einem Pferdeschwanz gebunden und zuckte unablässig mit dem Auge. Was für ein gruseliger Moment. War das etwa DJ Prügelsuff? Jener Ganove, der sie damals beinahe an der Auffindung der Zorilla-Rose gehindert hatte und der ihr als einziger Bösewicht je entwischt war? Nein, das konnte nicht sein. Der würde doch nach all den Jahren nicht in denselben schäbigen Klamotten rumrennen. Bestimmt ein Nachahmer, oder etwa doch nicht?

«Gilt auch für die Dinger hier.» Janita studierte eine weisse Plastikkarte an einem goldenen Bändel, auf der ihr schwarz-weisses Porträt prangte. «Woher wusstest du, wie die aussehen würden?»

Enitta hatte die Premierentickets zu Hause gelassen und stattdessen auf VIP-Pässe gesetzt, weil diese ihnen Zugang zu allen Bereichen des Festivals garantierten und sie nicht auf zwei ganz bestimmte Sitze limitierten – egal wie bequem ausgestattet und vorteilhaft gewählt diese sein mochten. «Basil hat sie für mich abfotografiert. Den Rest tat der 3D-Drucker.»

«Sieh an, Knilcherinho hat einen Verwendungszweck.» Sie wedelte mit einem Fächer Kinokarten, die sie drüben beim Festivalzelt ergatterte, als sie Tickets für die Premiere verlangt hatten. Fürs Festivalprogramm bekam man als Mitglied des inneren Zirkels solche Freipässe beinahe aufgedrängt.

«Freu dich nicht zu früh. Für Kinovorstellungen wirst du in naher Zukunft kaum Zeit finden», sagte Enitta.

«Was sollte mich davon abhalten?»

«Weiss ich selbst noch nicht genau.»

Polizisten bewachten den Strassenabschnitt zwischen dem Bellevue und dem Bahnhof Stadelhofen. Nur Trams durften passieren.

Janita warf einen sehnsüchtigen Blick zurück. «Mit Scheller hab ich eine Menge solcher Events besucht.»

«Vermisst du das?»

Sie seufzte verträumt. «Ein bisschen. Es gefiel mir, Privilegien zu besitzen. Der Glamour, die Stars, die Premieren, der Champagner – die Aufmerksamkeiten … Aber davor hatte er mich lange Zeit wie sein geheimes Pokémon behandelt. Diese Zürichsee-Gala von deinem Freund Stassel vor drei Jahren war das erste Mal, dass ich ihn an einen öffentlichen Auftritt begleiten durfte. Sonst wäre ich viel eher in den Klatschspalten aufgetaucht. Und du hättest mich früher gefunden.»

Enitta wurde von Ameisenkribbeln ergriffen, als sie den Besuchern dabei zusah, wie sie sich in den engen Gebäudezugang quetschten, über dessen historischer Fassade der Name des Kinos in roten Neonbuchstaben leuchtete.

«Tut mir leid, dass ich dir vorwarf, das Rampenlicht zu meiden. Wenn dir dieses Cabaret zuwider ist, können wir gerne den Rückzug antreten. Niemand würde wissen, dass du das in dem Film bist. Wir warten, bis der Streifen aus den Kinos verschwunden ist, und verschwenden nie wieder ein Wort darüber», sagte Janita.

Enitta wandte das Haupt nach ihrem Rennrad, das in einer Herde Göppel klemmte. Es wartete förmlich darauf, dass sie endlich die Ketten löste, um auf seinem Sattel dem Rummel zu entkommen. Sie schüttelte den Kopf. «Ich *will* aber, dass darüber geredet wird. Das schulde ich ihnen, Jani.» Wie selbstverständlich führte eine Doppelgängerin ihren Rehpinscher Gassi. «Ausserdem mag ich meine Rolle nicht länger anderen überlassen.» Entschlossen überschritt sie die Schienenstränge und passierte die mampfenden Gäste des angrenzenden Italieners. Von den Leuten hinter der Absperrkordel bekam sie Komplimente für ihr «aussergewöhnliches Cosplay» zugerufen und wurde gar zu einem Selfie genötigt. Zwei Glastüren weiter stand sie im grellen Foyer des Kinos, wo eine unüblich hohe Dichte aus schwarz gekleideten Mitarbeitern, bulligen Sicherheitsmenschen, Presseleuten und Fabelwesen aus den Tratschmedien herumstand.

«Wenn du das jetzt durchziehst, gibt's kein Zurück mehr», mahnte Janita.

«Darum bleib dicht an mir dran, bevor mich der Mut verlässt.» Sie packte Janitas Hand und eilte zum Eingang des Kinosaals. Dahinter erwartete sie ein gewaltiger Saal mit Balkon, dessen Seiten von überhängenden, rollstuhlgängigen Logen flankiert wurden. Die über siebenhundert Sitzplätze waren allesamt besetzt, und die Gänge entlang der Reihen von Leuten mit Kameras und Bändeln verstopft. Projektionen des Kugel-Logos vom TuFF schlichen über die Wände. Enitta bahnte sich unerschrocken einen Weg zur Bühne unterhalb der Leinwand, wo ein paar Herrschaften mit Mikrofonen bereitstanden.

Enitta erkannte Bernadine Blaufinger, die rothaarige Direktorin des Festivals, Basil und Regisseur Henz Klüber neben einem Moderator mit gelierten Haaren und grauem Frack.

Dieser hob sein Mikrofon und zückte eine Karte. Bevor er zu sprechen begann, verblich die gewaltige Wolke aus Geschwafel, und ein Scheinwerfer erfasste ihn. «Sehr verehrte Damen und Herren», begann er distinguiert. «Herzlich willkommen zu dieser exklusiven Weltpremiere. Heute Abend haben wir es mit einer wahren Geschichte zu tun, die sich so oder so ähnlich hier in unserer Limmatstadt zugetragen hat. Wir freuen uns besonders, Basil Bölz begrüssen zu dürfen. Das Talent einer Generation.»

Basil lächelte gequält, als Applaus aufbrandete.

Um das Schlimmste zu verhindern, hastete Enitta zur kleinen Treppe an der Bühne und entkam nur knapp den Griffeln eines Sicherheitsmenschen. Bevor ihr dieser hinterhereilen konnte, machte Basil einen Satz auf sie zu und streckte ihr den gesunden Arm entgegen. Enitta spielte mit, umarmte Basil und gab ihm einen dicken Schmatzer auf die Wange, während der Jungschauspieler die Security wegwedelte.

«Und jetzt gesellen sich auch noch Fans auf die Bühne», kommentierte der Moderator verblüfft.

Enitta rekelte sich an Basils Seite.

«Sehr authentisches Outfit übrigens. Allerhand», sagte der Moderator.

Was wusste dieser gelackte Schnösel schon. Nach tagelanger Flucht hatte es tatsächlich einen Moment gedauert, um sich in ihr junges gut aussehendes Selbst zurückzuverwandeln. Allein der Aufwand, all die Blessuren zu überschminken.

«Bevor es nun mit diesem Leckerbissen der Schweizer Filmgeschichte weitergeht, möchte der Regisseur noch ein paar Worte an Sie richten. Herr Klüber, was –»

Enitta schnappte sich Basils Mikrofon. «Ja, Herr Klüber, was haben Sie den Hinterbliebenen der Darsteller und des Drehbuchautors zu sagen?»

Der Regisseur sperrte den Mund auf. «Sie schon wieder?» Er wollte fortfahren, im Saal war längst Getuschel aufgekommen. Schliesslich hatte die Presse unablässig über die Todesserie berichtet, sodass er nicht einfach vom Thema würde ablenken können. Hoffte Enitta zumindest.

«Wir … dies ist ein fiktionaler Film», rechtfertigte sich Klüber und tippte auf Basils Gips. «Und das da bloss eine Attrappe, verstehen Sie?»

«Dann waren die ganzen Morde nur Teil einer PR-Kampagne, oder wie?», fragte Enitta.

Klüber wandte sich nach der Direktorin um, doch Blaufingers böser Blick traf nicht Enitta, sondern ihn.

«Was ist mit Junbaldo? Wieso ist er heute nicht hier?»

Klüber machte eine hilflose Geste. «Ich, ähm … ich habe ihm immer gesagt, er solle nicht so viel trinken.»

«Haben Sie das auch Sacred Holy erzählt? Die in ihrem Hotelzimmer erdrosselt wurde? Und dem Drehbuchautor? Hing der auch an der Flasche? Wird Autoren ja gerne vorgeworfen. Nicht zu vergessen Jena Thorbach, die ihr Leben gab, um meines zu retten», tadelte Enitta.

«Na, hören Sie mal. Ihre Lebensprobleme in Ehren, aber die haben nicht das Geringste mit meinem Film zu tun.»

«Ihr Film basiert aber auf *meinem* Leben. Ich hoffe, Sie würdigen diese Leute wenigstens im Abspann.»

Das Tuscheln im Publikum war zu empörtem Murmeln angeschwollen. Klüber rüttelte mit gequälter Miene an seinem Brillengestell.

Eine aufgebrachte Stimme meldete sich aus den vorderen Reihen. «Wer sind Sie denn überhaupt?»

Enitta wandte sich der Richtung zu, aus der die Frage gefeuert worden war. «Ich? Sie fragen, wer *ich* bin?» Sie trat an den Rand der Bühne und lehnte sich vor. «Ich bin Tanita Courage. Die *echte* Tanita Courage. Und nun wünsche ich Ihnen gute Unterhaltung. Feine Menschen sind für diesen Film gestorben.» Sie liess das Mikrofon theatralisch fallen, breitete die Arme aus und machte einen tiefen Hofknicks.

Der ganze Saal erhob sich und feierte sie mit stehender Ovation. Hielten die Leute ihren Auftritt echt für einen Werbegag? Der Applaus war so tosend, dass sie sich die Ohren zuhalten musste, nur um sich schützend die Arme vors Gesicht zu halten, als unzählige Handylichter auf sie gerichtet wurden. Sie wandte sich ab und fand den strengen Blick von Bernadine Blaufinger. «Tut mir leid, Frau Direktorin. Aber das war ich diesen Leuten schuldig.»

Blaufinger nickte geduldig und bat sie mit einer Geste von der Bühne.

Sie schielte zu Basil. «Freitag?»

Er nickte. «Freitag.»

Enitta hopste hinab und eilte zu Janita, die sie in den Arm nahm. Noch war der Weg nach draussen aber nicht frei. Mathias Krummenacher hatte sich vor ihr aufgebaut und hielt ihr ein Mikrofon ins Gesicht. «Was für eine Show! Frau Carigiet, was sind Ihre nächsten Karrierepläne? Gibt's eine Spin-off-Serie fürs Fernsehen? Werden Sie ein Buch schreiben? Planen Sie ein Parfüm?»

Enitta presste die Zahnreihen aneinander. Dieser miese Verräter. Musste er ihr dauernd das Leben schwermachen? Sie versuchte, an ihm vorbeizugelangen, doch er liess sie nicht durch. Da packte sie kurzerhand seine Plastikkarte, riss sie vom Bändel, schleuderte sie ins Publikum und wandte sich einem Aufpasser zu. «Sie, dieser Mensch hat keinen Presseausweis, imfall.»

Ein breitschultriger Mann begann sich für Krummenacher zu interessieren. «Wo ist Ihr Festivalpass?»

Der Reporter fasste sich an den nackten Bändel und zeigte anklagend auf Enitta. «Sie hat ihn.»

Enitta hob entwaffnend die Hände. «Ja, meinen eigenen. Sehen Sie? Der ist ganz echt. Den kann man nicht so einfach fälschen, wissen Sie?»

Der Hüne nickte und funkelte den Reporter an. «Unverschämt, einfach so unschuldige Damen anzuschwärzen. Mitkommen.»

«Aber ich bin von ‹JEZ›», rechtfertigte sich Krummenacher.

Er wurde am Arm gepackt. «Ja, jetzt.»

«Nein, ich bin Reporter. Bei JEZ.ch. *Dem* Internetportal.»

«Ich lese doch keine Blogs. Raus mit Ihnen.» Schon schleifte er den Reporter wie einen prallen, stinkenden Kehrichtsack zum Notausgang.

Enitta schaute den beiden mit Genugtuung nach. Durch ihren Abgang war ein Platz an der Wand frei geworden.

«Willst du dir nicht wenigstens den Anfang des Films anschauen?», fragte Janita.

«Hab ich alles schon gesehen. Lass uns besser einen neuen Anfang schreiben.» Sie türmten durch den Notausgang, hinaus aus dem Haus der Traumwelten, hinein ins echte Leben. In eine irreversibel veränderte Realität.

10

Freitag, 11. Oktober, 13.31 Uhr, Genossenschaft Kalkbreite

Enitta starrte seit einer Ewigkeit auf das hastig geöffnete blaue Couvert. Der Brief darin hatte ihr die Sprache verschlagen und sie die Umgebung komplett vergessen lassen. Sie fand aus ihren Gedanken und blickte durchs Beifahrerfenster zur grossen Treppe der Kalki. Sie hatte den Mustang auf dem breiten Trottoir gegenüber abgestellt und begann sich allmählich zu wundern, warum noch niemand Interesse daran gezeigt hatte.

Nicht die Pressefritzen und -fritzinnen, die seit der Premiere vor dem Gebäude lauerten, und auch nicht die Cafégäste und Fussgänger. Bedrückt schob sie den Umschlag in die Innentasche ihrer Lederjacke und stiess mit der Kante auf Widerstand. Sie liess ihren Lederhandschuh hinterhergleiten und holte ein kleines Plastikgehäuse hervor. Darin glänzte das Tape, das ihr Janita gesteckt hatte. Sie bettete es aufs Armaturenbrett und ergriff mit beiden Handschuhen das Lenkrad. Sie hatte den Wagen eben erst aus der Garage geholt, für kleinere Reparaturen an der Karosserie, wie etwa Kratzer und Dellen, die während der Verfolgungsjagd entstanden waren, und natürlich zum Rundumcheck. Der Wagen war nun in äusserst akzeptablem Zustand. Nur der Zigarettengeruch des Vorbesitzers hatte sich noch nicht verflüchtigt. Dafür gefielen ihr die mechanischen Anzeigen und das Gefühl, nicht von Elektronik umgeben zu sein. Wer hätte gedacht, dass sie Janitas frühere Abneigung für technische Spielereien einmal nachvollziehen würde?

Diese Erkenntnis liess sie an ihr Smartphone denken. Es befand sich seit Donnerstagmittag im Flugmodus, weil es ständig von unbekannten Nummern angerufen wurde. Besonders überrascht war sie darüber, dass sie die sozialen

Medien überhaupt nicht vermisste. Als sie beispielsweise wieder Facebook besuchen wollte, wurden ihr über viertausend Freundschaftsanfragen und rund zweitausend Nachrichten angezeigt, doch bevor die Seite richtig geladen war, stürzte die App ab und liess sich seither nicht wieder öffnen. Ihren Twitter-Account deaktivierte sie gleich ganz, und Instagram hätte beinahe das Gleiche geblüht. All diese gammligen Kommentare unter ihren Bildern.

«Bella».

«Schöni».

Endlose Ketten aus Smileys mit Herzaugen und selbstverständlich die obligate Kombination aus Auberginen und Wassertropfen.

Erwarteten die allen Ernstes eine Antwort? Ständig dieses Zetern nach Beifall, Zeugs und Privilegien. Sie würde künftig weniger hohle Interaktivität und mehr persönliche Kommunikation wählen. Ausser vielleicht bei Jonas, dessen Wohnung von Hartknaller ruiniert worden war. Gott, sie hatten sogar das Badewasser stehen lassen. Aber wofür gab's Hausratsversicherungen? Und der Rollstuhlfahrer im Nachbarsblock war mit einer leichten Hirnerschütterung davongekommen. Sie hoffte inständig, dass er sich über den Blumenstrauss und die dazugehörige Karte mit der langen Entschuldigung freuen würde.

Auch Dale hatte ihr verziehen. Der Baseballschläger war zwar ein unersetzliches Sammlerstück gewesen, aber für einen guten Home Run mussten halt manchmal Späne fliegen.

In ihrem Kopf wurde es leise. Sie musste an Jenas Abdankungsfeier denken, die tags zuvor stattgefunden hatte. Sie war nicht eingeladen gewesen, wodurch sie sich nicht ausgegrenzt fühlte. Die Feier fand ohnehin im sehr kleinen Kreise statt. Jena hatte noch nicht viele Freunde und kaum Verwandte in der Stadt, weshalb Enitta in der Ferne wachte. Erst als die Fahrzeuge der Gäste davongefahren waren, traute sie sich ans Grab auf dem Sihlfelder Friedhof und verabschiedete sich still von ihrer lieben Arbeitskollegin.

Beschämt rieb sie sich die Stirn. Jenas Opfer durfte nicht vergebens gewesen sein. Sie griff unter den Sitz, gönnte sich einige Schlucke aus einem Flachmann und verschluckte sich beinahe, als Balu die Schnauze durchs offene Fenster streckte. Hastig schraubte sie die Flasche zu und schob sie zurück. Die Tür ging auf, und der Hund wollte sie vor Freude anspringen. Doch eine Hand hielt ihn am Halsband, klappte den Beifahrersitz runter, um ihn auf die Rücksitze zu scheuchen. Dann nahm die Person Platz.

Sie trug eine Maske, die Enitta nur als bösartige Parodie ihres Gesichts beschreiben konnte, mit aufgesetztem Lachen und blondem Kunsthaar, das wallend herabhing. Zwei Finger schnippten lässig eine Strähne weg. Auf der Stirn der Maske war ein kleiner Lautsprecher mit Knopf eingebaut, ähnlich wie bei Kinderspielzeugen, die Soundeffekte abspielen konnten.

Enitta wollte gar nicht erst wissen, was dort für ein Sprachsample hinterlegt war. «Wag es ja nicht!», fauchte sie.

Felix schob sich das dünne Kunststoffgebilde vom Kopf und griente. «Hab ich aus dem Halloween-Regal bei der Migros. Dein Typ wird Ende Monat sehr gefragt sein. Die verkaufen sogar Plastik-Caquelons, zum Süssigkeitensammeln.»

«Mein Leben ist zu einem schlechten Witz verkommen. Ganz zu schweigen vom Ruf der Schauspieler. Die Leute applaudierten, als wäre deren Tod ein genialer Publicity-Stunt.»

«Nichts Neues. Als sich James Cameron bei der Oscarverleihung eigenhändig zum König der Welt krönte, kümmerte es auch niemanden, dass tausendfünfhundert Menschen abgesoffen waren. Sieh es positiv: Alle interessieren sich für dich.»

«Ja. Jetzt plötzlich. Die wollen bloss ihr Netzwerk erweitern. Geht doch um nichts anderes in dieser Stadt. Stellung, Status und Reputation. Alle leiden darunter, und niemand rebelliert dagegen.»

Er strich zärtlich über ihren Kopf. «Zürich mag der Mittelpunkt der Welt sein, Abenteuermäuschen, aber es gibt noch so viel mehr zu sehen.»

Sie tippte auf das Armaturenbrett. «Allerdings.»

Felix nahm es in Augenschein und strich über den Einlass des Kassettenspielers. «Du hast mir einen Walkman besorgt. Das wäre wirklich nicht nötig gewesen.» Er drückte ihr einen dicken Schmatzer auf die Backe.

Sie stiess ihn liebevoll von sich. «Das Tapedeck ist auch das Einzige, das du anfassen darfst.»

«Ehrlich, mir gefällt die Karre, aber sie ist alles andere als neu. Was, wenn die unterwegs liegen bleibt? Kannst du sie dann reparieren?»

«Mein Dad hatte einen alten Jeep vom Schweizer Militär, an dem er jeden Sonntag herumschraubte. Hab ihm oft dabei zugesehen. Ein paar Dinge sind da schon hängen geblieben.» Sie strich mit dem Finger übers Lenkrad.

«Du steckst voller Überraschungen. Wirft allerdings die Frage auf, warum du überhaupt Velo fährst.»

«Weil Städte kein Ort für Autos sind. Und weil sich noch lange nicht alles, was vier Räder und einen Auspuff hat, Auto nennen darf. Da gibt's klare Kriterien.»

Felix nickte. «Du willst das Ding also behalten?»

«Ist mir lange genug gefolgt, um mich zu erobern.»

Er steckte sich eine an. «Solange ich im Auto rauchen kann, soll's mir recht sein. Die Zwangsfamilie wird allerdings keine Freude an dem Gefährt haben.»

«Dann suchen wir uns halt eine neue Bleibe.»

Felix forschte in ihrem Gesicht und wandte sich ab. «Und was wird nun aus deiner Schwester?»

«Die bleibt erst mal bei uns.»

«Ich würd halt gern wissen, ob die irgendwann normal wird.»

Enitta schürzte die Lippen. «Normaler als ich wohl nie. Glaub mir: Sie hat ein gutes Herz, aber es muss erst heilen.» Sie schmiegte ihren Kopf in die Stütze. «Vielleicht gelingt es mir, die Gemeinschaft davon zu überzeugen, dass ich den Wagen beruflich brauche. Mit dir und Thönder sind mir bereits zwei Stimmen sicher.» Ein Grinsen schlich sich zwischen ihre Backen. «Und sollten wir dennoch das Domizil wechseln, dann ziehen wir nicht so weit weg, dass du für den Arbeitsweg aufs Tram angewiesen bist.»

«Die kommen zur Not auch mal 'ne Weile ohne mich klar.»

Gezeter liess sie rüber zum Gemüseladen schauen. Manolis, Felix' Stellvertreter, war über eine Topfpflanze gestolpert und hatte dabei einen Korb mit Äpfeln fallen gelassen, die in alle Richtungen kullerten. «Siehst du?», sagte Felix. «Die wissen genau, was sie tun.»

«Sonst hätten sie auch keine Verwendung mehr für dich.»

«Du hast es erfasst.» Er klopfte aufs Armaturenbrett. «Wollen wir?»

«Da fehlt noch jemand», erwiderte Enitta.

Dieser Jemand klopfte gerade ungeduldig an Felix' Tür. «Monsieur?», sagte Janita auffordernd.

Felix bequemte sich aus dem Wagen und klappte den Sitz runter. «Madame?»

Janita schob sich an Balu vorbei auf den Sitz hinter Enitta. Sie knuddelte den Hund und zog Felix die Kippe aus den Fingern. «Wie lange dauert das hier?»

«Kommt drauf an», erwiderte Enitta.

«Worauf?»

«Weiss ich noch nicht. Es steht eine Menge auf dem Spiel.»

«Uh, wie geheimnisvoll. Dann lass uns lieber keine Zeit verlieren.»

«Es fehlt noch jemand.»

Eine weitere Hand klopfte gegen die Tür. «Monsieur», riefen die Schwestern gleichzeitig, und Felix stand erneut auf, um das Prozedere zu wiederholen. Kurz angebunden verwies er Basil auf die hinteren Plätze. «Monsieur.»

Janita rümpfte die Nase. «Knilch-Alarm.»

Basil ignorierte sie. «Also: Was hängt herunter?»

«Dein Sicherheitsgurt», knurrte Janita.

Enitta drückte herzhaft auf die Hupe. «Wollt ihr dahinten wohl friedlich sein?»

Janita grummelte Zustimmung, während Basils Gurtschnalle einrastete.

Felix stupfte Enitta an und zeigte aus dem Fenster. «Schatz. Da drüben.»

Ihre impulsive Geste hatte die Aufmerksamkeit der Pressemenschen erregt. Diese versammelten sich am Rand des Trottoirs und wiesen in ihre Richtung.

Enitta klaubte das Tape aus dem Gehäuse und schob es in den Schlitz unterhalb der Digitaluhr. Während verträumte Synthie-Klänge von «The Trip» der Gruppe Still Corners aus den Boxen strömten, beugte sie sich übers Lenkrad, um einen letzten Blick auf die Kalki zu erhaschen. «*Jetzt* sind wir so weit», flüsterte sie, setzte den Blinker und rollte auf die Fahrbahn.

Rufende und fotografierende Menschen versuchten, sich dem Mustang in den Weg zu stellen, doch Enitta folgte unbeirrt den Tramschienen, um an der Kalki vorbei und über den Bahngraben zu steuern. Sie passierte die Corsar-Tankstelle, den Sattelbahnhof Wiedikon, fuhr hinab zum Sihlhölzli-Park, wo sie rechter Hand eine Rampe hinaufrollte. Auf die Autobahn, die beidseitig von meterhohem Lärmschutz eingefasst war, hinaus aus Wiedikon, hinaus aus der Stadt. Als die Wände endeten, eröffnete sich zu ihrer Rechten erst die Allmend und danach auf beiden Seiten Gewäld.

Janita hatte längst Basils Arm gepackt und kritzelte mit einem Schreiber unflätige Dinge darauf. «Ich … einfach … knilcherich.»

«He!», beschwerte sich Basil vergeblich. «Das ist Nötigung.»

«Nein, das ist nötig.» Sie liess von ihm ab und klopfte auf den Vordersitz. «Jetzt sag schon, Schwesterherz. Wohin geht die Reise?»

Enitta holte so viel Luft wie möglich in ihre Brust, bevor sie in die Innentasche fasste und das Couvert wortlos über die Schulter reichte.

Janita wurde augenblicklich still. «Das ist Dads Handschrift», hauchte sie.

Enitta lauschte, als Janita den Brief ungeduldig auffaltete. Quälende Sekunden des Schweigens. Dann konnte sie Janita leise wimmern hören. Sie wollte etwas sagen, kämpfte beim Gedanken an die Zeilen jedoch selbst mit Tränen. «Ich weiss», erwiderte sie tapfer. «Wir sind ja schon unterwegs.» Sie fasste nach hinten und ergriff den Brief, um ihn einzustecken, doch Felix bat wortlos um Einweihung. Sie streckte ihm das Couvert wortlos hin, ohne den Blick von der Autobahn zu wenden.

Nur Momente später beugte er sich abrupt vor und hielt sich die Hand vor den Mund. «Du lieber Himmel!», stöhnte er und suchte Enittas Blick. Sorgenfalten hatten sich in seine Stirn gegraben. «Das ist echt furchtbar. Denkst du wirklich, dass du für so was gewappnet bist?»

Sie liess den Brief verschwinden und schaute ihm unverwandt in die Augen. «Natürlich nicht. Was glaubst du, weshalb ich euch mitgenommen habe?» Sie richtete alle Aufmerksamkeit auf den Weg, der vor ihnen lag, und schaltete einen Gang höher. Linker Hand wichen die Bäume und gaben die Sicht auf den Zürichsee frei. Sie hörte Janita schluchzen, schielte in den Rückspiegel und fand Basil, wie er mit betretenem Gesicht Balu übers Fell strich. Felix lehnte mit starrem Blick ans Fenster. Sie konnte sagen, dass gerade tausend Fragen durch seinen Kopf rasten, aber er liebte sie fest genug, um keinen Ton von sich zu geben.

Dafür gewannen die Klänge aus den Lautsprechern an Intensität. Treibende Wandergitarrenakkorde, über denen melancholisch-ätherischer Gesang schwebte.

So viele Meilen. So viele Meilen. Entfernt.

«Nicht verzweifeln. Dieser Moment gehört uns. Und nur

uns alleine.» Ein grünes Verkehrsschild glitt am Strassenrand vorbei. Chur war noch hundert Kilometer entfernt, aber es hätten ebenso gut zehntausend sein können. Kein Auto weit und breit, und in der Ferne glitzerten die Schneeberge. Vorboten einer Welt, von der sie sich vor über sieben Jahren losgesagt hatte. Sie, ihr Auto und die Umgebung verschmolzen zusehends. Sie drehte die Musik lauter. Dies würde keine leichte Reise werden, möglicherweise sogar die schwierigste ihres Lebens.

Der Brief in ihrer Tasche drückte wie ein Felsen gegen ihre Brust und machte das Atmen schwer. Enitta kämpfte gegen schwelende Sehnsucht, Reuegefühle und so viele unausgesprochene Dinge. Sie hielt sich die zittrige Hand an den Mund, presste heisse Luft aus den Nasenlöchern, schluckte die Tränen hinunter und beschleunigte. Das Wasser in ihren Augen liess die Strasse verschwimmen. Sie betete, dass es noch nicht zu spät war. Sie durften einfach noch nicht zu spät sein. Halte durch.

Wir kommen, Dad.

Wir kommen!

Mike Mateescu
DER KÖNIG VON WIEDIKON
Broschur, 256 Seiten
ISBN 978-3-7408-0273-8

Hans-Ueli »Hukki« Zünd ist tot. Zürichs führender Eventveranstalter und Partykönig wurde auf einem besetzten Areal in Albisrieden ermordet, wo Aktivisten den Krieg gegen das Kapital ausgerufen haben. Privatdetektivin Enitta Carigiet beginnt im Wohnprojekt zu ermitteln. Dort hofft sie, neben der Lösung des Falls auch ihre verschollene Schwester Janita zu finden. Doch dabei gerät sie zwischen die Fronten von Linksradikalen und Polizei …